后宫还阳

侯磊 作品

百花洲文艺出版社

目 录

第一部

误入皇城深似海

第一章

净 身

这天一早，毕玉在毕小四家中醒来，他几乎完全失忆了，不知道昨天晚上发生了什么。毕小四为毕玉打来一大木桶热水，要他好好洗洗澡，并拿出上好的布料来给毕玉搓背。毕玉记得，他似乎只是小时候在河沟中玩的时候，才和别人一起洗过澡，到现在已经不知道有多少个年头了。如今要一个同村的族兄来给自己洗澡，多少有些别扭。他觉得一切事情都来得太快了，自己还没有整明白，就稀里糊涂上路了。

毕玉洗干净后，毕小四又给他找来一身新衣服，随手把毕玉的衣服扔在了地上。毕玉连忙向毕小四要了个包袱皮，小心翼翼地把衣服包好，这才放心地出了门。他舍不得扔掉这身行头。

毕小四带着毕玉七拐八拐，来到了一处隐秘的胡同。京城的胡同很多，有名的三千六，没名的赛牛毛。毕玉不知道这条胡同有没有名字，只感到胡同越走越窄，两边的墙壁像山一样压过来。最后他们拐入一条死胡同，进入了最里边的一户人家。

院门是敞开的，院子不大，小巧而精致，透出主人家的随意和格调。院子中花草很多，有不少都该修剪了，主人家却任由花草疯长。毕小四跨进院门，连连叩打厢房的门环，许久却没人答应。

毕玉想张大嗓门喊一声，但他张了张嘴没有喊出来。不远的房檐下，有一只黄鸟在笼子中一动不动地盯着他们。毕小四又拍了几下门环，院中终于有动静了，最里面的一扇门，像有无常鬼的手推了一把，闪开一条缝，一个矮小瘦弱、上了点岁数的人走了出来。

"谁呀？"他的嗓音又哑又尖，别人想学都学不来，并没有张嘴就发出了声音，仿佛声音是从他长着稀稀拉拉又十分蓬乱头发的脑瓜顶上冒出来的。那个人似乎半闭着眼睛，对他们爱搭不理，漫不经心。

毕小四直接领着毕玉进了内屋。

一

偌大的京城，留给毕玉的第一印象竟然是厕所。

那天毕玉刚刚进了城，他看到古城哪里都好，就是找不到厕所。偶尔找到一间厕所也是四处漏风，破旧的柴草混着泥土砌成的墙，根本无法遮蔽住毕玉并不高大的身躯。他只能将就着，捏着鼻子钻进去。

脚下蛆虫四处蔓延像发大水一般，坑内的蛆虫密密麻麻就像庙会上攒动着的数不清的人头，每只蛆虫都仿佛在窃窃私语。他便意全无，只好灰溜溜地出来。

那时京城中的人们还保留着随地大小便的习惯，墙根处都是成堆的粪便，很多胡同、院落因此被称为粪街、粪院。经常看见那些肥大的野狗或家猪，凑近街道上一座座米田共宝山，大快朵颐，饕餮一番，然后心满意足地离开。

整座老城泛滥着一股厕所的味道。

市场上，屠夫们肆意屠杀鸡鸭牛羊。这些畜类的内脏被随意丢弃在路边，和成堆的粪便垃圾混合在一起。

毕玉对此深恶痛绝。他想如果这辈子发达了，连如厕都要选最高档、最豪华的。秦始皇曾经用美女的嘴唇当痰盂。想到这里他不自觉地笑了。要说京城最好的厕所，王公大臣家的显然都算不上，那只能是皇帝家的，在皇宫里面。

总之，这座古老、巨大的城市一点也不像他的老家，至少不是他想象中的样子。

从老家来到京城的道路是崎岖的，毕玉一路上斜么签儿（北京方言。歪着、斜着）地走到了京城，用坎坷颠簸来形容一点也不为过。

毕玉多多少少算是个读书人，起码他是以读书人自居的。他自幼念了几年私塾，在村里也算有些文化，邻家写封信、算个数什么的，都会来找他。他也参加过童子试，几次三番都没有上榜，连个秀才都算不上。可是毕玉觉得自己考试经验丰富，觉得那些中了秀才甚至中了举人的文章也不过尔尔，也就俨然以秀才自居了。

可是在天子脚下皇城根畔生活的人们眼里，毕玉充其量只是个刚进城、没见过大世面的土鳖愣头货。

毕玉踏进京城的时候正值清晨，他看到的是古老的城市上空那片湛蓝的天以及空中飞翔着的一群群鸽子，鸽哨声萦萦入耳。他还见到那些闲散的人胳膊上架着大鹰出游。

看到那些大鹰凶恶的眼睛，他不由得想起一件十分令人熬淘（北京方言。堵心、恶心）的事，他也曾娶过一只"鹰"。

毕玉读过书，又成了家，本来是不用出来做工的。他记得在结婚当天，整个村子都是喜庆的，人们见面互相说着贴切的吉祥话，像一只只微笑的木偶一样在他的家里进进出出。一边是人们在酒席上大吃大喝、猜拳行令，一边是新娘按部就班地履行完各种仪式后被送入洞房。毕玉不得已在各张酒桌上张罗应酬，当他好不容易送走客人进入洞房时，却迎来当头一棒，发现所谓的洞房花烛夜，只有一片偌大的虚空在等待着他。原来他遇到了被俗称为"放鹰"的骗术，那个女子就是"鹰"，女子和同伙儿"放鹰人"里应外合，席卷了毕家全部的细软，早已逃得无影无踪。

这样一来，毕玉不仅婚没有结成，最后还亏空家产，落到秀才也要出来做工的地步了。

毕玉羞于和那些短衣帮、没有读过书的人为伍，一心想找个能匹配自己文化人身份的差事，同时还要有干净的厕所可以使用。尽管心怀这样的宏愿，可是直到毕玉进了宫以后，他才发现那里的厕所也并不像他想的那样完美。这是后话，暂且不提。

什么事情都是有代价的，京城里的建筑看上去富丽堂皇，其代价就是厕所都十分低矮破旧。毕玉一直努力在找一个干净一点儿的、能让自己静下心来把方便的事情办完的厕所，但他失望至极。胡同中的厕所触目所及，根本没有地方下脚，很多人不得不去路边的水沟解决，长年累月下来，水沟中堆积的污秽之物在阳光的照射下散发出异常刺鼻的气味。

京城中的风渐渐大了起来，毕玉觉得自己就像那些路边无人注视的枯叶一样，被风吹到了积攒着污水、淤泥还有人畜粪便的水沟中。那污水也许是从皇宫中流出来的，皇宫中处处都干净，连污水也比寻常人家的干净许多。有几只肥大的老鼠在水沟中乱窜。不由自主地，他的视线就跟着老鼠一起顺着地沟进了宫。他是希望自己能变成一只乌黑硕大的老鼠，哪怕是从地沟中爬进宫里也好，至少能仰视那个红墙黄瓦的世界。要知道，皇宫戒备森严，毕玉这类平民不要说靠近，哪怕是远远地观望，也会被轰走。

为了找到一间相对干净的厕所而像老鼠一样在街巷中乱窜的毕玉，终于在一个僻静的胡同中找到了一家官茅房（北京方言。公共厕所）。痛快出恭后，毕玉紧贴着官茅房的墙，从一个无人注意的角落观赏着黄澄澄的琉璃瓦，殿堂上高大的飞檐也历历在目。他仿佛从那些房檐上看到了自己的影子，要不是厕所的气味，他一定觉得飞檐也是香的，散发着诱人的芬芳，沁人心脾。他幻想着那高大的屋檐下，一定有一间干净的厕所，到时候他在里面方便，完全可以不受任何人的打扰。

毕玉不清楚自己下一步的计划是什么，他只知道人渴了要喝水，饿了要吃饭，憋急了要上厕所。他在京城中逢人就打听怎么入宫。京城中的人们说话可真怪，在很多字的后面都加上了"儿化"韵，很多音都是含在嘴里，在没有发出来时一带而过，像唱歌一样轻快。毕玉刚开始听不大懂，听懂后他又不好意思张嘴了，他是怕京城人笑话他那混合着高粱味儿的土音。

万般无奈之下，他只能求助于自己的族兄毕小四。毕小四告诉毕玉，进宫的道路有很多，宫中的大门是向任何一个人敞开的。只要他肯干，就一定能在宫中出人头地，不仅能让自己识文断字的能耐派上用场，还可以用皇上的同款食盒盛饭吃，上干净的香喷喷的厕所。

兄弟两人坐在一间乌黑的小店中，毕小四向毕玉历数了进宫的种种方式。

"要你这么说，"毕玉问道，"进宫是一件很容易的事情了？"

"那当然，只要你能找到进宫的腰牌，宫里随便逛。尤其是对于咱们，进宫那真是再方便不过了。"

"为什么？"

"你忘了咱们的老家在哪儿了？宫里到处都是咱们的老乡啊。"

"好啊。"毕玉一下子兴奋起来，他从来没有意识到老乡这个关系是这么好用，那时的人们是很注重同乡和同学关系的。

"你要想进宫，我带你去见一个人。"毕小四说。

二

第一次走进紫禁城，毕玉忍不住要抬头看看四周的房子，毕竟这里就是皇上生活的地界儿，是龙居，可他又不敢看。他胆战心惊之余，更觉得一肚子屈辱，要是早知道进宫谋个差使必须净身的话，他宁可待在老家，即使饿得五积子六瘦（北京方言。一个人难受）也不进宫了。

毕玉的无明业火一股脑儿地烧向了毕小四和刘爷师徒。同族的兄弟竟然能这么孙子，那这世上陌生人之间还有什么事情干不出来？整个世界他是想管也管不了，只是想到自己还没有尝过女人的荤，就要作为阉人来度过余生，不禁万念俱灰。

可是不管怎么说，做太监也是他毕玉自己同意的，没有人强迫他这么做。毕玉从小就想追求和村里人不一样的生活，这才去念书。现在对于宫中生活的向往，又让他充满了新鲜劲儿。不说别的，就说他身上穿的簇新的布袍、靴子和绣花腰带，这都是为了进宫而特意预备的，如果不挨那一刀子，他一辈子也甭指望穿上。

毕玉听说，皇宫以前像一大片广袤的森林，宫中古木参天，几乎每一寸土地都在树荫的掩盖之下，即使是炎热的夏天也异常凉爽。后来有刺客凭借大树潜进宫内密谋行刺，皇上震怒，导致宫中除了三个御花园外，成片的树木都被连根拔掉了。那些大殿曝露在阳光下，显得明亮高大，在夜里却是阴森恐怖、鬼魔三道的，那股劲儿压得刚进宫的毕玉喘不过气来。

毕玉小时候就曾幻想过，在宫中有那么大片儿的地方，一定会有老家那样的菜园子和草场，上面会有种菜的农妇，给奶牛挤奶的农妇，总之是年轻漂亮的农妇，大姑娘小媳妇啥的。现如今，毕玉想到自己要和那么多连根拔除的人在这些光秃秃的大殿中一起生活，自然是十分沮丧。

就在这时，他见到一些头发稀疏斑白、脸上油光水滑的老太监。仿佛是黑锅底似的天空中出现了一道阳光，毕玉的心情竟然好了一些，那些老太监都长着鹰一样的鼻子和鹞子一样的眼睛，能把人从头上到脚底看个透心儿凉。毕玉不敢正视他们的目光，这些人身上有股阴鸷气，令人不寒而栗，看上一眼能害怕半拉月（北京方言。半个月）。毕玉觉得自己就像个刚刚出家的小沙弥，站在寺庙中一群铁面无私的执法长老面前一样。宫中和寺庙里很相似，都是不能有私欲的地方；为了灭私欲，设立了严酷的法度。

毕玉规规矩矩地给那几位老太监请安，他一时面盲症一般，分不清这几个人都是谁，只能老老实实接受他们的盘问。他时时刻刻铭记着宫里头的规矩礼仪，生怕有一点闪失而受责罚。他心中反复默念着：下跪要先跪左腿再跪右腿，身子要挺直，不能把衣服跪在膝盖下，眼睛只能直视不能乱瞟，还有将来遇事要怎么有眼力见儿，要如何端茶、递水、摆膳、递东西，怎么别让大太监们挑了眼（北京方言。拿住把柄）……而几位老太监却显得漫不经心。他们叫毕玉抬起头来，问了他一些简单的问题，又像检查身体一样，让他伸出手来，转转手腕，动动手指，弯弯腰，抬抬腿，挠挠胳肢窝，用舌头舔舔胳膊肘。

"嗯，还算灵巧，这小崽子倒是挺白净呢。您看呢？"

一位老太监问另外一位，他们慢腾腾地交谈着，像一对衰老的绵羊头碰头地在一起商量先吃哪一片草。

"不傻，不是死脸子（北京方言。不论喜怒哀乐表情全一样），也还算顺溜，不过这孩子到底机灵不机灵，那可就不知道了。"

"孩子，过来。我问问你。"一位脸上皱纹最深的老太监向毕玉伸出了手，示意他走近些。毕玉虽然本能地想躲在一边，但他还是凑向那张橘子皮一样的老脸。

"你说在这宫里头，你听谁的？"

毕玉吓得出了一身冷汗，他真的不知道该怎么回答，慌慌张张冒出一句"听您的"。

"听我的？嘿嘿嘿，我要是叫你死，你去死吗？"老太监进一步逼问道。

这下毕玉傻眼了，张口结舌愣在原地，只有他的新衣服开始抖动。

老太监又厉声问道："说呀，叫你死，你去死吗？"

毕玉心一横，咬紧了牙："不死！"

"凭什么不死？"老太监"腾"地站了起来，右手揪住毕玉的耳朵，使劲儿地往下拧，"你死不死？"

"不死！"毕玉也不知道自己哪儿来的劲头，"我土了点了（北京方言。死了）……谁来伺候您呢？"

"呵呵呵，"老太监听了一阵冷笑，"嘴巴还真甜呢。告诉你，在这宫里，你不能听咱家的，你得听皇上的。我们都是皇上的奴才，皇上叫你干什么，你就得干什么。听到了吗？"

"听到了。"毕玉战战兢兢的。

"你说在这宫里头，你听谁的？"老太监又问。

"听皇上的。"

"那你就不听我的了吗？"老太监又窜儿了（北京方言。急了）。

毕玉觉得这个老太监发神经了，但他没有办法，只能逆来顺受忍着，根本不知道怎么才能熬过老太监们的盘问。

宫里头的事情就是这样奇怪，在毕玉看来，连每一堵墙都是晃晃悠悠的，随时都有倒下来把人拍死的可能。

不过到了最后，老太监们还是对他夸奖了一番。之后，不断有年长的太监到这里来挑人，毕玉眼瞅着身边的人一个个都被提溜走了，免不了有些焦急。他希望自己赶紧被挑走，就不用在这里受责难；同时又担心被一个更厉害、更凶暴的太监挑走。

没想到进宫第一天就这么难熬，可是既然进来了，多想是没有用的，只能看运气，走一步算一步了。

这时，有位在一旁一直没有说话的中年太监开口了。

"毕玉，你以后就叫小玉子吧。以后在宫里，好好跟师父们学着点儿。我们看你这么白净，别委屈了这张奶色的脸，你去负责倒马桶吧。"

三

就这样，毕玉开始了他在宫中的生活。跟着老太监们耳濡目染，很快他就沾上了京城口音。

宫中虽大，但真是步步惊心，他觉得宫中到处都充满了眼睛和耳朵。连那些石雕的狮子，铜铸的麒麟、仙鹤，还有救火用的大缸上的兽头，都用眼眸子死死地瞪着他，使得他不敢多动一下。

时间久了他又发现，这些狮子、麒麟、仙鹤等等所谓的祥瑞之兽，它们的位置是游移不定的，经常是刚才看还在地面上，一会儿就跑到高台上去了。还有那些大殿屋檐上的脊兽，他好不容易才弄清楚它们的名称和形态，狮子、天马、海马、狻猊、狎鱼、獬豸、斗牛，它们也都经常换位置玩儿。

毕玉慢慢也就习以为常了。他想，只要这些神兽不冲过来啃他一口就行。

刚开始，毕玉觉得倒马桶应该算得上宫中最为低贱的工作，因为皇上的马桶和普通人一样臭不可闻，尽管皇上的马桶内要铺上锯末、草灰等来掩盖气味。看起来，皇上这尊龙体内并没有排出与众不同、更加高档的秽物。

由于刚动过手术，毕玉还是免不了遗尿的毛病，赶不及上厕所，又没有时间换衣服，这使得他在宫女面前很尴尬。

净身进宫以后，毕玉才第一次见到如此之多的姑娘。她们和他一起干活儿，每个人都涂脂抹粉，身段窈窕，水灵灵的像时令水果，走起路来一步三摇，引诱男人往不好的地方去想。每当毕玉带着一股尿臊气从宫女身边经过时，他都非常不自在：既自惭形秽，同时他的胸膛里又有一匹烈马在咚咚咚地跑，震得整个地面随着他的身子一齐颤抖。

这时他才发现自己和其他太监的区别：他见到宫女还会脸红心跳，有一种说不出的冲动。为此他千方百计地躲着宫女行走。实在躲不开时，他就尽量把身子往下弯，而把马桶往高了提。他甚至暗暗希望马桶中的味道越大越好。

毕玉的担心完全是多余的，没有一个宫女会多看他一眼。她们只不过把他当作一个新来的雏儿，还在摸索熟悉后宫规矩的小太监，就像众多刚刚进宫的小太监一样，仅此而已。在宫中，太监和宫女之间是没有什么避讳的，阉割太监的目的，其实就等于是招一批力气大的宫女来干活儿。他们之间也会互相照顾，互相开玩笑，一副其乐融融的样子。

通过和宫女的相处，观察宫女妃子们梳妆打扮，毕玉发现了一个真理：女人真是三分长相七分打扮，不会打扮的女人肯定是天字第一号傻瓜。随着他发现的真理越来越多，他的眼睛也越来越明亮，能穿透宫女们厚厚的脂粉，看清那些纯天然的脸蛋；甚至能透过宫女们层层的衣服，看到她们雪白的肌肤。很多宫女其实还没有他来得白净，比起看那三分长相，还不如去看那七分打扮为好。

在毕玉看来，宫中比外面要开放许多。小时候，毕玉听说过这样的事，走在大街上的陌生男女，如果他们的袖子不慎碰到了一起，那女子要么回家上吊自杀，要么立刻把胳膊砍下来以示贞洁。当时他恍然大悟：怪不得女人的袖子都那么长。而在皇宫里，宫女们是没有这些禁忌的，她们和太监们的关系十分要好，甚至可以说是暧昧。那些大门儿不出二门儿不迈的律条，在宫女眼里并不存在。当然啦，宫门更是不能随便出，随便迈的。

渐渐地，毕玉适应了宫中的生活，他知道该当着什么太监说什么话，也知道必须隐瞒自己心底真实的想法。

第二章

行　房

　　屋子有一百年没有打扫了，脚下的方砖地凹凸不平，越往里走越阴暗恐怖。中间是一个大型条案，上面堆满了杂物。那个矮小瘦弱的人说话了，这是毕玉听到他说的第二句话。

　　"是个好苗子。"

　　"按老规矩办，我在这等您，刘爷。"毕小四说。

　　被称作刘爷的人带着毕玉走进对面的一间房子。

　　这间屋子陈设简单，干净舒适，却有一种阴森恐怖感。刘爷和毕小四扔下毕玉，又返回原来的房间，关上门窃窃私语了很长的时间。毕玉一个人猫着无聊，想走进去看看却又不敢，他不知道这位刘爷是什么来头。

时间是越盼着它过，它就过得越慢。毕玉实在忍不住了，就动一动屋子中的各种破烂木器家具，在凳子上坐坐，在床上趴一会儿，甚至在床上拿个大顶。正当毕玉拿大顶上衣往下落的时候，毕小四和刘爷进来了，看到了毕玉稚嫩的肚脐。

毕小四咳嗽一声，毕玉赶紧从床上下来。

"你先在这里住两天，熟悉一下环境，好好听刘爷的话。"毕小四照应说。

毕玉看了一眼刘爷，这个干巴老头实在深不可测，他从刘爷眯缝的眼睛中，看到一种不容置疑的神情。

毕玉就这样在刘爷家住下了。他每天要干一些杂活儿，同时还要细心周到地服侍刘爷。虽然他想通过察言观色了解刘爷的来路，他还是一无所知。这时刘爷开始让他服用一种有保健作用的中药。毕玉心内的疑团越来越大，觉得作为一个有咂摸劲儿（北京方言。值得琢磨、回味）的人，不应该随便喝别人的药物，但他没有办法拒绝。

药物的苦涩在他的口腔中留下了深深的痕迹，像吃乌鸦肉熬成的汤一样，他不知道世界上还有这么难吃的药。他只能盼着药劲儿比较猛烈，这样才能对得起自己喝下药物的努力。没想到，毕玉很快就开始上吐下泻、四肢无力、没有胃口。毕玉越来越坚信，自己真的是吃错药了。

一

毕玉其实并不傻，他知道自己被骗净身入宫。既然做了太监，就只能按照一个太监的行为准则来要求自己。公鸡、公羊、公牛、公猪等等如果被劓掉了，那么它们最好的心态，就是安心去做一只肉鸡、肉羊、肉牛或肉猪。

毕玉在后宫"马桶处"跟着一位姓和的公公一起干活儿，每天除了负责倒马桶外，还要伺候这位年长的和公公。经过对比，毕玉宁愿去倒马桶，也不愿意伺候和公公。和公公特别脏，似乎从来没有洗过澡，一说话口中就散发出一股狐臭的味道。和公公的身上、腋下以及和公公的脚是什么味道，毕玉连想都不敢想。

和公公虽然姓和，却一点儿也不和气，性格十分冷酷。不但是毕玉，其他小太监也从来没有见到和公公笑过。

林子大了什么鸟都有，在后宫中异兽已经这么多，奇人怪人肯定也不会少。和公公不算最特别的，还有一个厉公公，年事已高，看上去却十分年轻，据说他驻颜有术，依靠炒食童蛋子儿（北京方言。童男）的心肝并饮用他们的血液，来永葆青春活力。另外，厉公公有一个宝贝茶壶，偶尔他会请你喝茶，但又不允许你的嘴碰到茶碗边上，如果你犯规了，就要被厉公公煮成茶来喝。说得有鼻子有眼，不由得人不信。

毕玉对于茶壶的传说并不感兴趣，他疑心的是童蛋子儿从哪里来？后来他才了解，太监本身就是童蛋子儿，难怪太监们看到厉公公的茶壶，都说里面就是一壶热腾腾的血。

关于和公公、厉公公，毕玉早就听说过他们的大名。在分配活计之前，那位大太监还对毕玉说，有两位公公，一位叫和公公，一位叫厉公公，你愿意跟着谁就跟着谁。不过不管跟着谁，你都得……哼哼。

姓和的公公总比姓厉的公公要好，怀揣着这样的想法，毕玉选择了"马桶处"。结果没几天，毕玉就领教了和公公的厉害。那时他才明白，和公公是以冷酷残忍在后宫为人所知的，他已经习惯了无缘无故地处罚别人，几乎每个小太监都受过他的折磨。

毕玉哪里晓得选择了和公公就是选择了地狱，可惜世界上从来就没有后悔药。

每天天不亮，毕玉就要起床给和公公准备好漱口水、洗脸水。估摸着时候差不多了，他再把和公公叫起来。晚上直到和公公躺下睡熟了，他才敢睡下。和公公不知是年岁大了还是怎么了，他几乎每天都不睡觉，顶多是过了晌午打一会儿盹儿。

和公公简直就是一座西洋石英钟，害得毕玉每天都困得嘀啦当啷（北京方言。来回晃动）的。与毕玉一起倒马桶的小太监中，有一个叫尹小六，他似乎已经习惯了不睡觉的和公公。毕玉每天都和尹小六一起去各个宫殿提马桶，把马桶集中在一起倒掉。毕玉一直想找机会和尹小六说说话，可是尹小六从来不理他。

毕玉终于等到了机会，他看到尹小六艰难地提着马桶，他连忙走过去帮忙。却没想到两个人一起抬一只硕大的马桶，还不如一个人提来得方便。由于用力不均，再加上他们犯困，马桶一下子打翻了。那些皇上太子、公主娘娘的排泄物洒了一地，招来了众多的苍蝇。

和公公看到了，他把毕玉叫到了跟前。

和公公说："小玉子，你干什么呢？"

"我……"毕玉一时无言以对。

和公公又说："小六子，你过来。"

小六子走了过去，和公公忽然间一抬手，"啪啪"给了尹小六两个嘴巴。"小六子，你不是愿意让他帮忙吗？你给我到那边去，以后别在这里干了。到厉公公那边去。"

"奴才不敢，奴才不敢，和公公您饶了我吧。"尹小六一下子瘫在了地上，声音也变了，对着和公公连连磕头，磕得方砖地面"咚咚"地响。

这是毕玉第一次听到尹小六说话，同时，他也闻到了尹小六身上飘来的一股尿骚味。尹小六一定大小便失禁了，这一点毕玉十分肯定。

尹小六受过惩罚，接下来就是毕玉了。

和公公对毕玉也同样是抽了两个嘴巴，腮帮子上顿时火辣辣地疼。毕玉疑心和公公肯定是位练家子，他打人嘴巴，声音并不十分响亮，却让人疼在肉里，关键是内伤，表面上还一点儿都看不出来。

"你不是愿意帮助人吗？好啦，以后小六子的活儿都给你干了。"

毕玉也赶紧跪下来央求，他暗自庆幸自己不会被送到传说中的厉公公那儿。他不自觉地抬起上眼皮瞥了一眼和公公，没想到被和公公看个正着。

"啪啪"，和公公过来又是两个耳光："猴儿崽子，你还不服，你想造反？"

和公公突然间急了，气得肚子一鼓一鼓的，像一只大声喘气的蛤蟆。毕玉不明白自己怎么就想造反了，又"嗯"了一声。

这下，和公公更加暴怒了。"好啊，刚来了没几天你就不听话了，给我教训教训他！然后送到厉公公那里去，我这里不要你了！"

说着，和公公已经转向身边的人。其他几位小太监也吓得面色惨白，赶紧把毕玉带到另一个院子里。毕玉不知道迎接自己的将是什么。

毕玉被带往一个偏院中，远远地就能听到院子中噼啪打人的声音以及高声的哀号。毕玉走进去一看，一个犯了错误的太监被押在院子当中，趴在一条长凳上受刑，正是尹小六。尹小六的裤子被扒掉，毕玉隐约能看到他阉割得干干净净的下身。在另一边，一个太监正用大板子往他臀部狠狠地打下去。旁边还有专门负责数数的人。只听"噼啪"的板子声，混着"哎哟"的求饶声，跟炒蚕豆似的。这都打老半天了，数数的人才开始数"一"……又"噼里啪啦"地打了一会儿，数数的人才数到"二"……

这种数数的方法真是令人惊奇，照这个趋势，要真打上四十板子，天都要黑透了。

旁边的太监让毕玉在这里认真地看着尹小六，还不忘叮嘱一句：

"你也帮着数数，别出声就行，小心一会儿和公公问你。"

二

毕玉就这么看着尹小六挨打，默默地数着数。尹小六大约挨了几百下，毕玉忽然发现自己忘记数到多少了。毕玉急出一身冷汗，身为太监就必须按照别人的要求去做，做不到就得受罚。如果连数个数都数不周全，估计离被撵出宫门也差不远了，指不定哪位大太监突发奇想，要把自己垫在尹小六的身上接着打呢。

毕玉在担惊受怕中一直站到了天黑，刚才围观的太监们都走得差不多了，院子中间只剩下臀部被打得血肉模糊的尹小六。行刑的太监请一旁的大太监过来验了刑，这才把尹小六抬到一间屋子里去治疗，顺便把毕玉也叫了过去，说是让他"涨涨眼"。

宫中当值的太医皮道士负责来给尹小六治伤。这是毕玉第一次亲眼见到太医。在他的想象中，太医都是留着长长的胡子，一副不苟言笑的样子。皮道士却不是这样的人。他人到中年，显得十分儒雅，可是一张嘴形象就全毁了，那一嘴碎芝麻粒儿似的黄牙，几乎没有一颗是整齐的。毕玉还想不通，明明是位太医，却为什么管他叫道士。

皮道士边处理边感叹："唉唉，肉都没了，已经没地方下板子了，你看看，你看看。"他叫毕玉过来看，"你看看这里，半天的工夫就化脓了，边上已经开始腐烂，证明里面有火，治起来要费点儿劲。"他又顿了一下，"不过还好，打得不算重。"说着，皮道士打开自己的医箱，取出小刀、小剪子、小钳子、小挠子、小刷子等手术工具，摆成一排，先把尹小六臀部那些打烂了的肉都一一挖去，不一会儿，尹小六的臀部出现了两个大坑，似一片被挖去了大量土方的荒地。

皮道士不慌不忙地走进了里间屋，很快提着一只刚刚宰杀的羊走了出来。他当着毕玉的面卸下一条羊后腿，熟练的行刀技法让毕玉觉得这位太医更像个屠夫。皮道士伸出手在尹小六的臀部一比画，一拃、一拃半——然后开始在羊后腿上切割。

这让毕玉大开眼界，原来宫中是这样治疗外伤的。

皮道士从羊后腿上熟练地切下两块呈弧形的肉，分别填在尹小六臀部的窟窿里，然后给尹小六涂抹各种药物，之后再用布将伤口绑上。皮道士说："用不了多久，羊肉和尹小六的臀部就会长在一起，等到那时伤就完全好了。以后再怎么挨打都不会感到疼痛，冬天坐在阴凉的地面上连个垫子都不用垫，宫中很多太监都被我换过屁股，效果可好呢。"他顿了一下："这可是宫中不外传的秘密疗法。"

听着皮道士的自吹自擂，毕玉的头皮和臀部都有些发麻，只怕过不了多久自己也得换上羊后腿做的臀部。

对于这一次尹小六的挨打，毕玉觉得十分过意不去。可是尹小六一直昏迷不醒，他没有办法前去道歉。

和公公重重地责罚了尹小六以后，这才开始收拾毕玉。看着毕玉，他的眼睛开始发亮，像是看到了一个绝美的猎物。他还阴阳怪气假意宽宏大量地说："念在你们都是初犯，姑且饶了你，小玉子。"

和公公转身又对尹小六说："这次挨打都是他害得你，你明白吗？如果他不过来给你捣乱，你怎么能够打翻了？还不快去抽他嘴巴？快去啊！"

尹小六想都没有想，他像一架机器一样，过来就给了毕玉两个嘴巴。每一下都打得啪啪作响，毕玉觉得脸上一阵青一阵麻。如果只是挨这些老太监的打也就罢了，偏偏这些老太监更乐意看他们自相残杀，太孙子了。

果不其然，和公公又扭头对毕玉说："小玉子，这次你和小六子一起抬马桶，都因为他看你是新来的，存心把马桶打翻要你好看，你怎么不赶紧去打他啊？"

毕玉知道这会儿应该怎样做才能明哲保身，但他又觉得不应当。他硬着头皮，小声说道："和公公，之前您已经派人打过他了，我这里就免了吧。"

"什么？你敢顶嘴？！"和公公暴跳如雷。毕玉感觉和公公又要开始抽自己了，没想到和公公却忍住了。"你饶了他，我不饶他，这是我让你打的，你给我狠狠地打他。再不打，我就把你送到厉公公那里去！"

毕玉还没来得及动手，尹小六就"啪啪"地自己打上自己了。

"我没让你自己动手，是不是你想去厉公公那里了？"和公公这一句话，吓得尹小六立刻趴下来。他浑身发抖，仿佛自己马上要被扔到火化炉里一般。

毕玉看不过去，只得上前打了尹小六几下耳光。随后，他被和公公勒令马上送到厉公公那里去。临走前，毕玉看到尹小六的眼睛里闪烁着异样的光，好像自己即将要去的是一个生死叵测的不祥之地。

很久以后，毕玉才知道尹小六原本出身一个殷实之家，因为小时候和父母逛街时不慎走失，被人倒卖了不知多少次后，才被卖到净身房中净身当太监的。按照毕玉老家的说法，尹小六属于那种被"拍花"（北京方言。用迷药或者其他的手段来拐骗儿童）拍走的小孩。这样的人，他的内心将来也许比和公公更险恶，这一点毕玉早就料到了。

三

尽管此时的毕玉已经做好了面见一个青面獠牙的妖怪的心理准备，当他近距离接触厉公公时仍旧吓了一跳，他从来没有见过如此这般腰围大于身高的人。

厉公公确实十分白净，他身上的肉一坨一坨地垂向地面。他耸在马扎上，肚子都垂到了地上。他的眼睛不笑的时候都眯成一条缝，从里面射出墨一样的光芒。厉公公每顿饭肯定能吃下一只羊，这样想时毕玉又很为马扎担心。他上前请了安，厉公公张了张深深瘪进去的嘴，毕玉看到他满嘴只剩下一颗牙齿。

"来啦？"

"来了。"毕玉毕恭毕敬的，连大气都不敢出。

"坐。"厉公公道。

毕玉一时不知道该坐在哪里，由于厉公公坐的是马扎，自己就更不能坐椅子了，按说应该趴下才好。没想到厉公公却比他想象的要温和得多，像一杯温吞的白水一样。他一指屋子里，要毕玉搬来一把椅子坐下，开始和毕玉轻声款语地聊起天来。

"你别怕。他们都说啊，说我这房子里，闹鬼。所以啊，我就把你找过来，就伴儿。"

毕玉刚刚松了半口气，顿时又紧张起来。难道太监多了也怕闹鬼吗？毕玉的眼睛里映着厉公公的轮廓，似乎大白天就能看出鬼的样子来。

厉公公交给毕玉的工作不算重：除了倒马桶，打扫庭院外，他还要伺候厉公公的生活起居，比如帮厉公公把身上垂下的肉一块块翻起来找东西，或者帮厉公公在睡觉时翻身。不过有关闹鬼的事，他连一点儿风声都没有听到过。更让毕玉高兴的是，厉公公嗜睡，这下他终于可以把在和公公那里缺的觉都找补回来了。

没多久，毕玉就知道了那些在宫中口耳相传的事。原来自己和厉公公所在的宫殿是冷宫，宫里最可怕的地方就是冷宫，那里比闹鬼还可怕。

冷宫并不是专门的一座宫殿，而是哪位妃子得罪了皇上，皇上不来宠幸，她居住的地方就成了冷宫。

厉公公管理的这座冷宫，里面总是散发着一百年来尸体的腐臭味和血腥味。皇上为了宣扬礼教，要求宫中的一切都要名副其实，比如冷宫，既然是冷宫，那就要冷，冬天不允许生火，很多妃子就这样在冷宫中冻死了，没冻死的年纪轻轻也得了风湿和老寒腿。每逢冬天里最冷的那几天，冷宫中四处都会冒出重重的白雾，人们呼出的气会立刻变成冰摔碎在地上，就像一个宫女不慎摔碎的玉石。

就在前不久，刚刚冻死了一个年轻又刚烈的妃子，就像冬日里的城墙根儿又多了一具倒卧（北京方言。死于路旁或郊外等处的尸体）。妃子的冤魂还常常盘旋在宫中呼喊，使得很多太监都不敢到这里来。按照宫中的说法，凡是死过人的屋子就是脏了房，更加不吉利了。

每当宫里各个宫殿门都上了锁，专职的太监在通道中高喊"小心火烛"的时候，厉公公就会招毕玉过来聊聊天，尽管毕玉总是听不清厉公公说什么，但他总是带着一副耳朵老老实实地倾听，有时也说几句。

毕玉觉得厉公公是个好人，比动不动就打人的和公公要和善很多。他对厉公公很忠诚，有五说五有十说十，从来不敢说半个字的谎话。他听说厉公公掌握了一种神奇的催眠术，一旦被厉公公催眠了，那个人就会把所做的事情全部说出来。

由于毕玉是受罚被发配到厉公公这里来的，以后肯定还要回到和公公那里，他很希望时间能走得慢一点，再慢一点。每过去一天，就好像离被虐打致死的日子又近了一天，他实在不想回去了。

恐惧来自内心深处，这一点毕玉深有感触。他觉得惩罚不可怕，临近受罚的时候才是最为恐怖的，一旦罚上了倒也认了。他现在恨不得和公公赶紧过来宣布，回去要被打多少板子，这样自己也就不胡思乱想了。

四

这天晚上，冷宫里头夠冷夠冷（北京方言。非常冷）的，毕玉怎么也睡不着，他索性走出屋子，在院子中仰着下巴颏儿望天。看到玉兔东升，无比明亮，云彩似纱幕一样把月亮遮住了又拉开。渐渐地，毕玉眼睛花了，他看着云朵就似纱幕，而月亮就像一个出浴女人圆润的身躯……毕玉的眼睛看直了。忽然间，他眨了眨眼，发现面前真的有个女人在洗澡。

他不知道自己的视线怎样被前方的女子从天上拉到了人间。

原来，毕玉走到院子中间时，他看到跨院中顺着游廊传来了微弱的灯光，那灯光似乎在召唤着他过去。毕玉不知不觉走向灯光闪烁的地方。跨院本来有一道门，毕玉清楚地记得那粗大的门闩上，挂着一把锈迹斑斑的大锁。这里就从来没有打开过。据说，如果打开了那扇门，里面就会跑出来许许多多的老鼠，直至把整座皇宫全部淹没。而此时，这道门居然开了。毕玉正在犹豫的时候，腿脚已经先行一步，把他带到了跨院。跨院中的东、西厢房仍旧是黑暗的，只有正房中有光，还有人影在晃动。

毕玉觉得自己到了另一个世界。

猛然间，整个院子都亮了起来，明晃晃的，突然涌现的一群人影在围着毕玉转动，并传来女人微弱的哭声。

这时，天上的月亮已经躲进云层中了。毕玉没有提灯笼，此时他借着正房中影影绰绰的光，看到冷宫中那些青郁郁的石台阶旁已经长出了一些荒草，约有半人高，这在其他宫殿是看不到的。想来正是草影，像一群人影在月下舞动。那些古朴的石栏杆上仍旧雕刻着鸟兽的形象，那些图案不舍昼夜，随时都在盯着每个来访的陌生人，让人感觉仿佛到了阴曹地府一般。毕玉开始根本不敢扶那些石栏杆，甚至不敢踏上殿堂前的台阶。

猛然间，毕玉也不知道哪里来的胆量，他只觉得四肢发冷，而身子却热乎乎的，仿佛喝了酒一般。他迈步走到了正房前，顺着门缝，他看到里面有一个女人在跪着哭泣。那人背对着自己，他看不清楚，只能看到一袭素服。

毕玉只觉得头皮发麻，脖子后像是有人给他吹来了一股凉气，他不由自主地哆嗦起来。一不小心，他碰到了门，"吱"的一声，门动了一下。只听一个惨兮兮的声音在跨院中响起，声音来自里面那件衣服。只听衣服说道："谁呀！"

毕玉的心一下子从嗓子眼儿落回到肚子里，他明白鬼是不会说人话的，这肯定是个人，是被打入冷宫的妃子。他不由自主地跪了下去。"奴才小玉子，拜见娘娘！"

"哦，你起来吧。"那个人没有转身，只是缓缓地站起身来，"你别怕，进来吧。"

毕玉硬着头皮蹭进屋子，他看到了一张美丽而又惨白的脸。面前这个女人头发有些散乱，从穿着上，毕玉确信她就是冷宫的主人淑妃，一位被皇上彻底冷落的妃子。

淑妃让毕玉坐下，毕玉哪儿敢坐，哆哆嗦嗦地站着陪淑妃聊天。淑妃问及他的名字、进宫多久了、老家是哪里、家里还有什么人、有没有习惯宫里的日子，等等，毕玉一一作答。

当淑妃问及毕玉为什么小小年纪就进宫当太监时，这下轮到毕玉掉眼泪了。

"娘娘，这个我也不知道。"

"不知道？不知道你怎么进的宫？"

毕玉就把自己进宫的经过原原本本地讲述了一遍，包括怎么挨打，怎么到了厉公公这里，又怎么在大半夜里误闯冷宫。毕玉到现在才明白过来，他是被自己的族兄毕小四给骗阉了，要早知道是当太监，那真的让和公公打死也不会当。

听到这里，淑妃咧嘴笑了："你要是不当太监，怎么会挨上和公公的打呢？"

"是啊，我说呢，嘿嘿。"毕玉也咧嘴傻笑。不知道为什么，毕玉觉得自己对淑妃有一种亲近感，这种感觉是他进宫以来从来没有过的。淑妃娘娘就像自己的姐姐、嫂子、大婶，甚至是母亲。

他接着说："总之，我也不想当什么太监，但是现在既然进宫了，除了一心一意地伺候主子外，真没别的活路可走了。人总得给自己挣份嚼谷。原以为宫里的生活有多好，皇上的马桶都是金的，现在给皇上刷了几个月的马桶，也没有见到哪个真是金子做的。"

"呵呵，你以为皇上也像你这么傻呢。"淑妃也笑了，她觉得面前这个小太监挺好的，还没有被后宫这个大染缸弄脏本性。有了他，就等于多了个贴心人儿似的。"你以后就经常来吧，到我这里，和我说说话儿、解解闷儿什么的。"说完，她又补了一句，"别让厉公公知道就行了。"

"这……"毕玉犯了嘀咕，他感到自己的主子太多了，真不知道该听谁的好。

"怎么，还怕我吃了你不成？我都被废了。这是冷宫，别说皇上，那些大太监，就是厉公公也不怎么来的。"

"禀主子，我不敢。我……我嘴巴大，藏不住话，我怕跟厉公公面前说漏了。真的，小时候家里人告诉我什么别说，我转过头就跟别人说，谁谁告诉我了，不让我把话告诉你，结果他们总是一块打我。"

"呵呵……"淑妃这下忍不住笑出声来。毕玉偷眼瞧着，发现淑妃笑起来挺好看的。尤其是配上冷宫中的种种陈设，就像那画中的女子。他的心不由得动了一下，具体是因为什么，他还没来得及想。一种隐匿在他内心深处的感觉开始萌动了。

"好啦，那你看着办吧。来不来，告诉不告诉厉公公，都随你。你回去吧。"

一听到淑妃让他回去，毕玉又愣了，他后悔起来，刚才的话不能那样说，要先答应下来，具体办不办得到以后再说。其实，作为一个刚进宫的底层太监，即使是冷宫里的妃子也是得罪不起的。毕竟人家曾经让皇上宠幸过，而自己呢，连皇上的毛也没见着，每天只看见宫中那一座套一座的院落和那些院落中数不清的主子。

看到毕玉愣着没动地方，淑妃又说了："怎么了，还不想回去？不怕厉公公打你？我告诉你，厉公公跟和公公他们之间一定有某种利益关系，你别瞧他现在对你好，到时候他们还是会一致对付你的。"

"啊，主子，我……"毕玉又结巴了。

"好啦，好啦，我只是随便说两句。你回去吧。"

毕玉只能遵命，他倒退几步走出了房门，刚刚转过身时，身后又悠悠地飘来了一句："以后别叫我什么主子了，就叫我淑妃吧。"

毕玉赶紧答应一声，头也不回地撒丫子颠儿（北京方言。撒开脚丫子跑了）了。

他还来不及想最后这一句是什么意思。

五

自从无意中遇见冷宫中的淑妃，毕玉的生活就有了变化。他发现宫中的日子并不是那么难熬，各种规矩虽然多得吓人，但也可以找到一些偷懒喘息的机会。那些大太监平时高高在上，不把新进宫的小太监们当人来看待，但日子久了也不是不可接触。

　　毕玉从来没有发现自己的内心世界有这么丰富过，丰富得足以装下整个皇宫。他也曾仰望高墙内的天空，却发现天空在金黄的琉璃瓦和深红的高墙映衬下显得那么湛蓝，仿佛是传说中西域那边的天空，蓝得一眼能望到天的尽头。宫中是一片广袤的土地，就像毕玉那四月间会开满油菜花、五月间会长满金色麦子的家乡。

　　宫里比几个村子连同它们的土地加起来都大，尽管四周有着高高的围墙。毕玉就这样把皇宫看作他的家：三大殿就是村头的古庙，村里人有什么事情都到那里去商议；东西六宫就是村里那些寡妇家。他记得小时候也曾跟随一些游手好闲的年轻人去敲寡妇的门，在寡妇迎面扑来的呵斥与怒骂中总隐藏着点点的微笑，他觉得这是一件很好玩儿的事；而升平署就是村口的戏台，逢年过节全村人都要请戏班来唱戏。

　　毕玉所知道的这点儿知识，所认识的这几个字，基本上都是流浪的戏班和大鼓艺人告诉他的。

　　他记得村里有劁猪的，每当动手时，都要把刀口刺得狠一点，就为了多流几滴猪血好回家炒菜吃。那个劁猪的曾经说过，劁下来的猪宝是大补的……不能再想了，毕玉又想到了自己的伤心处，他已经不明不白地像猪一样被劁了。

　　在这宫中，哪一个太监又是明明白白、自愿进宫的呢？

　　所有这些胡思乱想，毕玉都会像倒豆子一样讲给淑妃娘娘听，一点儿也没有防备。而淑妃总是静静地听着，不时呼应一下："哦，是这样。""哦，那以后呢？"

和淑妃在深夜聊过天后，毕玉怎么也睡不着。他眼前总是无端出现许多奇怪的画面，是一男一女，像两个赤身的妖精在打架。他想起伏羲、女娲的故事来。肯定还有类似的故事，毕玉想不出，他也就知道这些。这种画面像噩梦一样缠绕着他，他不知道仰着睡觉时要把双手放在哪里才安全，也不知道侧着睡觉怎么才能不压着肩膀。于是，他开始趴着睡，并像抱一个窈窕的女人一样抱着枕头。每当醒来时，他发现那个枕头总是在胯下，而他的胯下又总有些异常。

毕玉对于男女之事一知半解，他自然不愿意查看自己的下体，要知道太监是特别避讳这一点的。毕玉在心中对自己说，别忘了，我是个太监，太监……

既然做了太监，如果别人问及他是男是女时，又该怎么回答呢？这是让毕玉抓狂的问题，后来他发现是自己想多了。太监，其实就是切去了某一部分的男人，他给自己列了如下几点：

第一，因为太监在阉割之前是男人，所以阉割的男人也是男人。

毕玉又想，为什么叫男人呢？主要是因为男人长有那个做太监时要阉割的东西。正是因为有那东西所以才叫男人。如果没有就不叫男人了，所以太监不是男人。

第二，太监是女人，我是女人吗？

毕玉在想，女人是什么样子他当然见过。他觉得自己和女人还不大像，尽管胡子已经不长了，面皮也同样变得白嫩。但丰满的胸部是长不出来的，而且太监也不能给婴儿喂奶。我比那些女人的力气要大得多，头脑也灵活得多。她们四体不勤、五谷不分，她们四肢不发达、头脑也简单，出了事只会哭哭啼啼地找男人。这时，毕玉意识到自己不是女人，如果要是男人阉割完了就变成女人，那么直接多招点儿宫女不就得了，何必要那么费事地阉太监呢？

第三，我既不是男人，也不是女人，那我是什么？答案只有一个，我是太监。

从此，毕玉明白，自己既不能像男人也不能像女人，而是要像太监一样才能活着。而此时床上的毕玉又忍不住想到，太监能骑枕头吗？

渐渐地，他发现自己骑的不是枕头，那个枕头越来越像一个人。

如果没有看走迹了（北京方言。看错了）的话，毕玉觉得她非常像淑妃。

六

厉公公的爱好不多，但他有很多宝贝，其中最重要的就是院子里那两大缸金鱼。厉公公的金鱼是京城最好的金鱼，一般的金鱼尾巴也就分出三尾或四尾，而这两大缸中养的都是能分九条尾巴的金鱼。九尾金鱼能够听厉公公指挥，在水里叼起小件的东西，供人来观看，仿佛还能和人交流。听说，如果你把它们捞出来放在玻璃鱼缸里，它们会在厉公公下棋的时候给他支招。当然，金鱼的语言只有厉公公一个人能听得懂。

九尾金鱼的个儿头比普通的金鱼要大出许多，它们用圆鼓鼓的眼睛盯着你，仿佛在向你要吃的。当然，九尾金鱼也有颓了的时候，只要宫里的野猫一跳到大缸的边缘，金鱼们肯定潜伏到缸底瑟瑟发抖，然后就会出现厉公公拿着鸡毛掸子追着猫打的场景，并传来厉公公怪声怪调的呵斥声。这时，厉公公的头总是微微地抖动，轻微而又快速，看不出他是在摇头还是点头。毕玉总是怀疑厉公公是猪尾巴吃多了。

有时候，毕玉也负责喂金鱼，每当他过来喂食，金鱼们都臊着他，仿佛这个小太监并不存在。而这两天，金鱼们开始反常，都争着来吃毕玉所喂的食物。

"小玉子，你不正常啊。"厉公公若有所思地说道。

"公公，我……"毕玉吓了一跳，他从来没见厉公公这么严肃过。

"呵呵，我点到为止，剩下的就看你小子怎么办了。"

厉公公好像发现了毕玉身上很重大的秘密。这下，毕玉夜里更睡不着了，他躺在床上翻来覆去跟烙饼似的。他再次跌入对宫中老太监们的那种莫名的恐惧中，恐惧来自他内心的最深处，也来自那些宫殿高高翘起的飞檐和硕大的斗拱。

快要离开冷宫了，毕玉的心情放松了许多。厉公公算是对他不错的大太监，作为回报，他每天都要耐着性子搀着厉公公走路，甚至在厉公公睡觉时帮他翻身。

临走的前一天晚上，毕玉心想厉公公是不是要特意为自己准备几个小菜饯行一下，或者多说几句叮嘱的话。很快，毕玉就发现是自己太自作多情了，厉公公对他还是那么面无表情。他始终摸不透厉公公的心。其实，在这深宫里用不着讲什么人情味儿，尤其是太监和太监之间。

毕玉收拾好他随身的几样东西，悄悄地来到冷宫，和淑妃娘娘道别。淑妃娘娘的眼睛里闪烁着异样的光芒。毕玉也觉得，为了面前这个女人，他要努力改变自己在宫中的日子。当他们第一次靠在一起的时候，毕玉发现淑妃的肌肤就像夜里抱过的枕头。

毕玉和淑妃像两条蛇一样彼此缠绕在一起，渐渐地难分彼此。他们只知道彼此在同一张床上，在同一条大被子下面。淑妃像一阵风一样扑了过来，像火一样烧烤着毕玉，毕玉已经毫无招架之力。猛然间，他觉得自己体内也有一团火，那团火由肚脐下方大约三分的距离升起并燃烧，烧得他又慌张又难受，这时的淑妃恰似一泓清泉。

"不，娘娘，我是，我是……"

淑妃赶紧用手掩住他的口。淑妃知道他想说什么，她就是要毕玉忘掉自己。淑妃的手一直伸向毕玉的隐秘之处，他猛然间一惊，觉得下身仿佛多了样东西。

这一夜，令毕玉永生难忘。直到天明时，他才从淑妃那里悄悄地溜走。他迎面撞上的，却还是厉公公的两大缸九尾金鱼。宫中到处都有睁大的眼睛，无时无刻不在盯着他跟淑妃所做的一切。那些眼睛就像刻在毕玉的背上，他怎么扭头都看不到。

毕玉的心里，终于想起了来自宫中的一个传说：还阳。

九尾金鱼纷纷从缸中浮上来鼓起眼睛盯着他。毕玉觉得这些金鱼的眼睛比那些大太监还要可怕，肯定是宫中的鬼魅在金鱼身上附了体。毕玉的腿一软，对着两缸九尾金鱼跪下了，他想自己的祷告也许能起点儿作用。

"小玉子，你干什么呢？"厉公公起身出了屋子，他正好看到跪在鱼缸前的毕玉。

毕玉赶紧起身，一时不知道说什么来搪塞。九尾金鱼们都沉了底，仿佛一切都是自己的幻觉。毕玉匆匆收拾好东西，准备去和公公那儿报到。在路上，他听到了昨天冷宫中闹鬼的消息。

在宫中除了太监，最不缺少的就是与闹鬼有关的故事了。这些故事像长了翅膀一样飞遍全国，毕玉从小就听说过许多，他打算进宫的原因之一就是想搜集、研究一下这些故事。现在毕玉才明白，搜集宫中秘闻的代价就是当了太监并且出不了宫。厉公公虽然没有详细给他讲过这些鬼故事，却在谈话中断断续续地透出了许多细枝末节，把这些拼在一起，毕玉也能给别人讲上几个故事了。

比如，在宫中有两条狭长的过道，一条笔直而另一条曲折，但这两条通道在夜间都是同样可怕。那条笔直的通道在夜间永远也走不到尽头，两边高高的红墙会无形地向人压过来，到了第二天清晨，这个人无缘无故地死在通道上。而另一条曲折的通道，拐弯儿的地方都呈直角状，根本看不到拐角处有没有人，常常有人在拐弯儿时被突然出现的黑影吓死。至于把人吓死的是人是物还是鬼，只有被吓死人的人才知道。

当然，宫中的鬼故事远不止这些，曾有小太监看到一排衣服排成一队在宫墙上行走；还有人在雨天打闪时，看到宫墙上映衬出清晰的人影，经回忆那些都是前朝的宫人，他们进了宫就再也没有出去过。至于小太监们夏天在屋内睡觉，醒来时发现自己已经睡到了院子当中的事情，更是再平常不过了；久在宫中的人谁也不会把这个当回事，都会当作是普通的梦游。

在宫中，老太监和老宫女们既是这些故事的制造者，也是传播者，他们会在深夜把这些故事绘声绘色地讲给小太监和小宫女们听，再由他们变老后传给下一代。这些宫中的故事，可以说除了皇上，没有一个人不知道。而这些故事的发生地点遍布宫内，冷宫更是最佳地点。

如今，这样的故事再一次发生，毕玉赫然发现自己已经成了故事中的人。

"鬼，鬼……冷宫中的鬼……"毕玉心中默念，那个鬼到底是淑妃还是他自己？有了鬼以后要怎样，捉鬼吗？

宫廷中有关驱鬼的故事也层出不穷。皇上本身就是鬼神的奴隶，他总是把大量的精力都花费在炼丹上，以求长生不老、江山永固，保持皇室血统的纯净。而那些药物确实帮助他做到了这些。凡是有二心的、图谋不轨的大臣，皇上一定要赐给他亲自炼出的丹药。臣子们服下丹药，都会失去谋反的心以及他们的性命。

这一次，不知怎么地，皇上竟然也得知冷宫中的鬼故事了。皇上传下命令，要请大光明殿中道行最为高深的法师皮道士前来作法，为此需要一帮太监在法师手下当差。在这群太监中，恰好就有还没见过皇上的毕玉。

很快，皮道士的法台搭起来了。

皮道士身为太医，还兼任大光明殿中的首席道长，朝堂上叫他皮太医，生活中明着大家都称呼他为皮道士，暗地里都称呼他为狗皮道士。据说他有一张绝世高档的狗皮，那张皮细得能从一个扳指中穿过。除了一边嚼着香肠小肚、一边研习道家经典外，他还喜欢喝一点儿小酒，还要让宫中最年轻的宫女前来服侍。

这一切，都是得到皇上首肯的。

皮道士来到冷宫，向厉公公打听宫里闹鬼的事儿。厉公公随即伸手指向毕玉，于是，毕玉开始回忆起和厉公公聊天时的一切细节，给皮道士拼凑出那些冷宫中的故事。

冷宫空着的时候，每逢午夜就传来琴声，每张桌椅都会发出吱吱呀呀的叫声，那是它们在沉寂了一个白天后的窃窃私语，这些私语的声音在宫中寂静的夜晚会显得格外清澈，随时就在你的耳根子边上。

据说在冷宫中待久了的宫女和嫔妃，会渐渐失去自己的面孔，你从后面看着她们飘逸的长发，其实不晓得她们前面也是飘逸的长发。

谁要是无意间闯入冷宫，宫中的鬼魂就会伴随他一生至死不离，随时和他聊天。被鬼魂缠绕的人能随时听到宫中任何一只小虫子的叹息，以及它们啃食草根或被大虫子猎杀时的声音。

自然，毕玉是不会相信这些的。当他把这些都告诉皮道士并商量怎样作法时，皮道士却吓得半死。因为毕玉言之凿凿地告诉他，冷宫中的鬼只有在半夜里才能除掉。

七

帝王一旦偏执起来都是很可怕的，如今毕玉赶上的皇上更为可怕，他下令全国大肆兴建道观，并且把众多道士请进宫来奉为国师。国师的头头自然是皮道士了。同样，皇上还要皮道士常驻宫中对他讲经说法，要全体宫女和太监一起作陪，随时解答他对于人生的疑惑，尤其是对自己执掌江山社稷进行开示。

很快，皇上把自己不能对太皇太后、皇太后甚至爱妃说的话全都一五一十地告诉了皮道士，还把一些重要的国家大事交给皮道士来处理。皇上自己则披上一身八卦仙衣，要在宫中出家，并由皮道士收他为徒。

皇上先封皮道士为"真人"，让他统辖京城里的朝天宫、显灵宫和灵济宫三座道观，并赐给他一枚金印、一枚银印、一枚玉印和一枚象牙印。随后，皇上让皮道士赐给自己"灵霄上清统雷元阳妙一飞玄真君"的封号。同时，皇上还宣布开始和皮道士斋戒，直到他想解除斋戒的那一天为止。

从皇上开始斋戒起，皮道士过得并不幸福。皇上像一块膏药一样紧紧地黏着他，追着他问这问那，请他传授各种法术。并保证宁可皇位不要了，这个师父也不能不要，让他甩都甩不掉。皮道人被追得在宫中四处躲藏，实在躲不开时，才给皇上找一点儿与修行有关的事情去做，并随手抓几个小太监陪着皇上。

毕玉就是这样被临时抓上的。毕玉也终于第一次见到了统治这个庞大帝国的皇上，一个和他一样身材瘦弱、面白无须的人。

按照常理，太监是不能直视皇上的。毕玉偷偷地瞟着皇上，却发现皇上目中无人，根本不会看到毕玉在打量他。来来去去的宫女和太监，就像是空气，连花园中一棵棵高矮不一的树都不如。

这让毕玉明白了什么叫礼不下庶人。于是，毕玉就大胆起来，他直直地盯着假人一样的皇上。这时，他突然有了一个奇怪的认识，这个皇上远不比他高大威猛，也看不出拥有些许聪明才智，不论长相还是精气神，都比不上他。

毕玉从皇上的脸上，看不出这是个随意杀人的人，但能看得出他的外强与中干。想到这里，毕玉赶紧禁止自己往下想，他知道皇上是一国之君，怎么能和自己这样缺了下半身的人相比呢？毕玉要扪心自问的下一句是："为什么自己比皇上少了点儿东西？或者说，凭什么皇上要比他多那点东西？"

他努力克制自己不去想，然而实际上，他已经想了。

从这以后，毕玉开始胆大起来。他自己也开始意识到，古今最重大的罪过，其实就是对皇上有了想法。

毕玉的想法还不止于此，他要像和陌生人套瓷（北京方言。套近乎）一样，去结识这个不苟言笑又喜怒无常的皇上，而且要和皇上说点儿私房话，哪怕是皇上骂自己一顿也行。皇上对毕玉的感觉也不一样，就跟来了一发小儿，有种让他亲近的感觉，这是其他太监和宫女身上从来没有过的。

此时的毕玉已经明白，无论什么事情，最重要的不一定是敢干，而是首先要敢想。他想着想着，就想到了皮道士。

毕玉不是要跟着皮道士出家，而是想起淑妃告诉过他，那些宫中流传的经验之谈：还阳。他注意到自己仅仅是被去了势，而不是完完全全地阉割，还有恢复机能并留下后代的功能。

而这一宝，他押在了这个所谓神通广大的皮道士身上。

八

一连几天，毕玉一直在给皮道士打下手，而皮道士仍旧还是在宫中四处乱跑，反正皇上已经给了他随意出入皇宫并且在宫中四处打漂儿（北京方言。无职无业，在社会上闲逛）的权利。一转眼的工夫，皇上就和皮道士捉迷藏去了。其他太监还在木呆呆地站着，傻头傻脑地看着自己的下体，仿佛那里像壁虎尾巴一样能重新长出似的。

皇上自然还用不着这些太监，也不会特意地搭理毕玉。这时，毕玉大胆地离开了太监的队列，一个人悄悄地走了。

一连转过几座大殿，毕玉在一座宫殿的拐弯处发现皮道士正在和一个小太监交涉着什么。皮道士急得抓耳挠腮，情急之下，甚至把自己的佩玉解下来交给小太监，而小太监给他一个油汪汪的纸包后转身走了。

事情似乎不是那么简单，毕玉从小读过不少话本小说，知道历史上的众多故事，他怕以往那些谋朝篡位的故事在这里重演，尽管他具体也讲不出几个古代人篡位的故事来。他看到皮道士眼睛里突然放出异样的光彩，好像整个国家的山川河流都已经被他收入那对油晃晃的大袖子中了。

这时的皮道士正一头向墙角扎过去，他打开纸包，露出香肠、小肚、叉烧肉、肺头还有猪耳朵，一个劲儿地往嘴里塞。他在偷偷地吃东西，生怕别人看到。

"皮道长好！"

"这位小公公，你好，你好！"

"您都几天没吃饭了？"

"呵呵，饭倒是有的吃，宫里什么山珍海味都有，只是缺少这香肠、小肚、肺头、猪耳朵，这可好比龙肝凤髓，人间美味啊。小公公，您也来一块儿？"

"不了，您还是给皇上留着吧。"

"啊，皇上……"皮道士这才反应过来，"哼，你赶紧给我走开！

就凭你，就敢这么跟我说话？"

"好啊，我这就走。"毕玉不知道哪儿来的那么大勇气，"我这就跟皇上那念秧儿（北京方言。念叨、恳求）去，皇上在守戒律，而你在这里破戒。到时候不仅是皇上，还有你们道家的刑罚在等着你呢。"

毕玉说完这番话直哆嗦，整座皇宫似乎都在旋转。皮道士要是再硬气一句，他立马就跪下求饶。

"啊，别……"扑通一声，这是皮道士先给他跪下了，"公公，啊，总管，您行行好……"

"什么总管，我姓毕。"

"是，毕公公，您千万别给我传出去，除此以外您要什么都行。我这，有进出皇宫的腰牌，您可以拿着随意出宫。我还有七十二种灵丹妙药，尤其是还阳药，保证您还阳……"

毕玉对于眼前的情景大失所望，他原本以为自己能够阻止一场宫廷政变，最后在皇上的支持下把这个道士轰出宫去，再由此受到皇上的重视。可当听到"还阳"的时候，他愣住了。他把皮道士叫到一旁，摘下皮道士的腰牌，戴在自己身上。此时他才发现，平日里作威作福的皮道士就像先前的他一样还没有被阉就尿了一裤子。他要皮道士把还阳的秘方告诉他，并讲述其中的奥秘。

没想到皮道士以替皇上驱鬼为由，说要赶紧办理这件事儿。毕玉想了想说："驱鬼的事情，我替你办。"

当然，皮道士的鬼还得捉下去，不过这一切都改为在毕玉的指挥下进行。皮道士先是在宫中高搭法台，又号召朝中的文武大臣，一起给天上的神仙们写奏折。这种奏折叫作青词，写完了以后就要焚化，如果焚化时起了青烟，就表示神仙们都看到并且同意了。

在写了大量的青词之后，皇上就被皮道士忽悠得晕晕乎乎的。同时，皮道士郑重地告诉皇上，宫中闹的鬼不是一般的鬼，而是西洋人所说的、一种叫作撒旦的魔鬼。这种魔鬼都是被西洋人带来的，他们平常都藏在西洋人的大胡子里，每当入夜就悄悄地冒出来四处吓唬人，一旦有了危险就又跑回到大胡子中。随后，他就在台子上扎了众多稻草人，并给稻草人穿上衣服，戴上帽子，还用羊毛给稻草人做了长长的大胡子。每个稻草人的身上都写上魔鬼的生辰八字，并且用一柄桃木做成的宝剑来回乱刺，口中还念着咒语。

毕玉在一旁，听出那些咒语一共两条：

"咪嘻咪嘻，滑不拉几，如果你不拉几，我就不能咪嘻。"

"吃葡萄不吐葡萄皮，不吃葡萄倒吐葡萄皮。"

皮道士可以把这两条咒语正着念、倒着念以及正反相间花搭着念，一直念到毕玉的耳朵里起了厚厚的茧子为止。至于西洋魔鬼的生辰八字是什么，恐怕只有皮道士知道了。最终，皮道士下令把稻草人都绑到一种十字形的架子上，他说西洋人管这个叫作十字架，并放了一把大火把稻草人都烧成了灰烬。他又让宫女们用布做了一堆稻草人的模型玩偶，仍旧是由他来写上生辰八字，还在玩偶身上刺满了平日里惩罚宫女才用的针。

　　毕玉发现，皮道士尽管对别人十分凶悍，却掩藏不住对自己的恐惧。毕玉刚开始也不敢训斥皮道士，渐渐地，他发现了皮道士的软弱。皮道士见了毕玉就跟老鼠见了猫似的。

　　毕玉心中暗自好笑，就算皮道士真的在皇上面前破了戒也算不了什么，那么大的国师也不能说处罚就处罚。他没想到，这点儿把柄就把皮道士拿下了。这下，毕玉在宫中有了强大的靠山，没人再敢欺负他了。

　　皮道士捉鬼，按照皇上的意图，也该捉到冷宫中来了。

九

　　这一天的大半夜毕玉心里头发虚，夸张的捉鬼活动肯定打扰了厉公公的睡眠。好在厉公公没法儿向皇上去告状，因为皇上早不知道搂着哪位娘娘妃子去睡觉了。就怕厉公公像和公公一样，拿自己出气。好在毕玉的担心是多余的，厉公公好像消失了一样，任由他们在冷宫里折腾。

　　皮道士在冷宫中拉开了架势，他把平日里很少用到的法器都一一拿了出来，有雕刻精美的大印，上面刻着蝌蚪一样的文字，燃着的灯、香炉，还有木鱼、钟、鼓、磬、净水钵、三衣、头巾、手巾、拂尘、如意、花瓶、竹篦、蒲团等等，密密麻麻地摆了一大桌子，还有长短不一的法尺、法剑和九节杖。

　　在桌子上，皮道士摆开了众多的大碗，里面灌满了黑色的狗血，还有几个黑驴蹄子。太监们发现皮道士简直把晓市上的摊子都搬来了。

当然，最重要的还是画符。皮道士画符有一套他独门的东西，那一张张符咒上画着山川、小溪和天上的流云，画着仕女、花鸟和寿星、文竹等众多平常画不到一起的东西。

皮道士把一切应用之物都准备好，单等着魔鬼在深夜现身。冷宫中的魔鬼是超级阴险狡诈、残忍而无影无踪的，要不然皮道士也用不着这么严阵以待。魔鬼一定有着两人高的身材和丑陋的面孔，长着山羊的犄角、奶牛的蹄子还有一条长长的尾巴，穿着黑色长袍，风一样地在宫中飘来飘去；它飘到哪座殿宇前，里面的太监、宫女都要在大太监面前犯错而遭到责打。

夜深了，毕玉和随行的太监宫女们都打起了哈欠，而冷宫似乎被松明燃起的火照得更亮了。魔鬼今天应该不会现身了。这时，毕玉发现这个魔鬼不是他想象的，而是真的出现了。

那个有两人高的黑影似乎没有腿，离皮道士越来越近地飘过来。毕玉他们都站立在两厢看着，一股呜呜的风声响了起来，其他太监和宫女吓得四散逃窜，院子中只剩下毕玉和皮道士两个人。

黑影越来越近，皮道士已经吓得魂不附体，走路都不知道该先迈哪一条腿。毕玉冲着他大喊："道长，快捉住魔鬼啊，快啊！"皮道士定了定神，赶忙拿起桌上摆着的各种法器，凡是能响的都拿起来摇晃两下，发现不灵，就换一样接着摇晃；凡是不能响的就向那个黑影直接抛掷过去，结果偏得一个比一个远。后来，皮道士连扔东西都没力气了，赶紧往桌子底下钻，整张桌子都随着他的身子在阵阵发抖。不一会儿，黑影消失了，只剩下一片狼藉的院子和院中站着的毕玉。

毕玉真有心把桌子给掀了，他实在气不过，堂堂一个帝国的国师居然连个变戏法儿的都不如。皮道士看到黑影消失了，这才站起来整理整理衣服，对着空旷的院子大喊："人哪！都给我回来！魔鬼已经被我降伏啦！"

第二天上朝，皇上开始问起头天皮道士捉鬼的经过。皮道士自然添油加醋地自我吹嘘一番，又向皇上要了大笔的赏钱，并说有个太监在魔鬼来临时坐怀不乱（皮道士就是这么说的）。皇上下朝以后问起那个太监，皮道士就把毕玉叫过去了。

毕玉原以为皇上会认真地看他一眼，没想到皇上仍旧是一副爱搭不理的样子。只是随口说了一句：既然毕玉帮着把冷宫中的魔鬼驱走了，就让毕玉负责管理冷宫吧；厉公公年纪太大了，就让他出宫吧。

就这样，毕玉留在了冷宫中。在厉公公临走的前一天夜里，他十分伤感地望着厉公公，觉得厉公公从来没有对自己有什么不好过，而现在却因为自己的高升而要把他送出宫去。此时的厉公公仍旧是面无表情，于是，他就大胆地问厉公公，关于冷宫闹鬼和厉公公会催眠术的事情。

厉公公仍旧十分平静地同他说话："皮道士那里有一种不错的药，能帮帮你和淑妃。"

毕玉一惊："厉公公，您说什么呢？"

厉公公说:"夜里撒癔症(北京方言。夜间到处乱逛)的时候悠着点儿,别摔了。"

毕玉打了个寒噤,他发现冷宫中的一切确实很不一般。厉公公估摸着是把那两大缸九尾金鱼催眠了,知道了事情的真相。毕玉就像在大庭广众之下被扒光了衣服,这种感觉怪怪的,他在净身以前被扒光衣服时绝不会有。

厉公公还是面无表情地看着他,他正要下跪向厉公公求饶,可是这次,他比平常都慢了许多。在他还没有跪下前,厉公公慢吞吞地说:

"小玉子,你是长大啦……呵呵,我告诉你啊,想要还阳,那可不是个容易的事儿。以前啊,确实有几个没阉割干净,还留着棒槌的小家伙在宫里,想找个机会还阳……本来呢,那机会都挺好的。我慢慢说给你听啊……

"这头一个吧,是不能骂皇上,只要你骂了皇上,甭管皇上计较不计较,你都算完啦……就说这头一个小子吧,长得俊俏,他有个外号叫'顾大姐'。有一次啊,连皇上都叫他'顾大姐'了,结果这小子回了皇上一句。回了皇上一句什么呢?他回了一句'小王八'。你说,这宫里头,就算他是'小王八',也不兴你说啊……结果吧,他多好的身子骨啊,愣是没还了阳,就归了阴了……

"这二一个吧,是不能遛鸟儿,尤其不能让遛着的鸟儿飞了……说起来,这是位总管太监,要权,人家有权;要势,人家有势。结果吧,他有一回提溜着鸟笼子,上外面去遛鸟儿,正赶上庙会……这庙会上,就有那个劝善放生的主儿，上来一下子就把那鸟给放了，紧跟着旁边就有人来打圆场，劝你放生积德行善的……你说这鸟儿一见笼子门打开了，它能不飞吗？要是鸟儿都飞了，您还还什么阳啊……这哪儿是积德啊，纯属缺德！

"三一个吧，是你得喝，喝男童儿的脑髓，唱女童儿的月事儿，我保证你能还阳……怎么啦？吓着啦，嘿嘿嘿嘿，呵呵呵呵，哈哈哈哈……"

毕玉还想跟厉公公再多说几句，厉公公却已经走了，连影子都没有留下来。

这样一来，偌大的冷宫就交给毕玉来掌管了，最下层的宫女、太监们呼啦啦都跑过来给他见礼。他从来没有在冷宫中见过这么多人，这些人似乎都是从地下的烟道中钻出来似的。

此时，毕玉猛然想起来，他要去见一个人。

十

人的胆量是无限的，毕玉现在才发现这一点。他躁动不安的内心使得他难以控制自己的感情，在宫中苦熬学来的一套宫中礼仪规矩都不能起作用了。其实，毕玉发现那些樊笼早已化入他的内心，但改变不了他这个人。他举手投足间都带有一副太监相，但他并不想当太监，尤其是他见到淑妃的时候。从那次以后，他总是想着再见淑妃，恢复自己男人的本能。

淑妃在镜前梳妆打扮，她感觉到宫中有一股异样的气息，这种气息是毕玉带来的。在冷宫冷清孤寂的岁月中，她知道这个小太监将改变她未来的日子。

门开了，毕玉闯了进来："娘娘……"

"哦，怎么了？"淑妃本来想冷冷地看他一眼，但她忍不住站起身来迎了上去。

毕玉迫不及待地把事情的经过都告诉了淑妃，淑妃只是淡淡一笑："那你以后可要常来啊。"

毕玉对于这句话心知肚明，他一下子就扑了上去，投到了一个十足的温柔乡中。他呼吸着淑妃呼出的气息，他感到淑妃满身的香气把他都给融化了。此时的毕玉全身的骨头都快软了，他的手在淑妃的衣服上轻轻地划过，像在检验着自己梦中那一次次的道具。没想到这次毕玉失败了，他全身僵硬如铁，却只有一处软得似一团棉花。毕玉异常沮丧，好容易有个相好的人待见（北京方言。给好脸色），自己却那么不争气。由于是在白天，毕玉不敢多耽搁，他自然也知道危险。"我要去送厉公公。"毕玉对淑妃说，他来不及为自己找借口。

"那你快去，别忘了，找皮道士要药材。"淑妃告诉他。

毕玉不明白，淑妃接着说："你要趁着现在的机会，赶紧找皮道士治疗一下，反正在宫里你又不能找太医。只怕你一旦错过这个机会，以后就再也还不了阳了。"

"更何况，在宫中，皮道士就兼任太医。"

原本积累在毕玉心中的，对于毕小四和刘爷的憎恨突然消失了，他发现原来他们才是天底下最好的人。刘爷净身的刀术居然到了如此水平，这一点是完全超乎毕玉想象的。当时净身几乎都是连根切除；也有极少数是留着阳物，仅仅切除男人平时骂街经常提到的卵蛋。刘爷刀下留情，使得毕玉有了恢复功能的机会。毕玉铁了心一定要还阳。他会按照厉公公所说的去做，他不会骂皇上，不去遛鸟儿，可让他喝男童的脑髓，他怎么能做到？！

毕玉赶紧去找皮道士，却不见他的踪影。他怀疑皮道士怕破戒的事情败露，早找好借口溜出了宫。朝中六部九卿的官员们巴不得这些道士早早地从宫中消失才好。他们已经有了宦官这个对立的政治集团，更不想再出来一群道士，否则皇上就更不会按照他们的想法来主持朝政了。

毕玉差遣手下人四处寻找，他这是第一次差遣别人，却是十分地轻车熟路。他在家乡读书的时候，作为书生，是配有一个老仆和一个书童的，否则就会遭到人们的耻笑。太监们四处寻找，终于在宫中的一个死旮旯儿里把皮道士找到了。冷宫中的太监就是不一样，办事效率都很高，厉公公还是有独特方法的。

在一间厉公公曾经用过的密室里，毕玉开始盘问皮道士。一开始皮道士什么也不说，可毕玉的脸色还没有像水一样沉下来时，皮道士就快尿裤子了。幸亏他是个道士，他要是成了太监，遗尿的毛病就改不了了。随后，皮道士就给毕玉上了一堂生动的太监文化常识课。

皮道士讲，在他看来，自古阴阳是可以调和的，一个人身上同时具有阴阳二气，这是阉刀无法割掉的。太监失去的是一截人肉做成的工具，使得阳气大量外泄，但人身上的阳气是滔滔不绝、源源不断的，因此太监们也有男人的一面，要不宫中就没法儿用他们来当苦力了。至于还阳术，那只是一种手术，一种能够让太监重新修理好他的工具的手术。至于这种手术怎么做……他就不知道了。而他自己，能做的就是给毕玉开上一个还阳的药方，管不管用就得听天由命了。

毕玉把皮道士问了个底儿掉（北京方言。全问出来了）后就开始看他开出的药方，上面写着："（一）鹿茸五钱，多至一两，长毛切片，山药一两为末。薄绢包之，用白酒一瓶浸泡后饮之。日三小杯为度，酒尽，再浸泡一瓶。饮后，将鹿茸焙干，作药内用，必效。（二）沉香五两，木香一两，青盐一两，川楝子肉青盐炒三两，枳壳去穣、酒浸后炒，韭菜子酒浸后炒，各三两。成丸服用。"

这两个药方还有一点注意事项，得用九尾金鱼做药引子。毕玉念着厉公公对自己的好，他在鱼缸面前站了很久，那一对九尾金鱼浮在水面上，都眨巴着水汪汪的大眼睛看着毕玉求饶。毕玉最终一咬牙，把自己的心横下来，下令把两条九尾金鱼捞出来，用葱、姜、蒜、枸杞、肉桂、八角、大茴香、小茴香、陈皮、草果、白蔻、香叶、孜然、砂仁、丁香、白芷一起，和着黄酱、腐乳炖了。

药材在费了很大的周折后准备齐全，毕玉就着药把两条九尾金鱼给吃了，却在很长的时间内不见药效。奇怪的是，毕玉无师自通地学会了游泳和潜水。

当毕玉再次去找皮道士时，皮道士说，还阳之事，靠的不是药力，是神力；不是情分，是缘分。还说他要回到深山的道观里去修行。

"好，您去吧。深山中可以锻炼胆量，省得以后被自己的影子吓死。"毕玉道，"我这次暂且饶过你，但你以后要听我的。"

"是，是。"皮道士吓得脸色死灰，从此后，他都对毕玉忠心耿耿，凡是朝中的大事小事都会通报给毕玉，成了个"包打听"。毕玉也会把宫中的一些小物件赏给他，这一赏，毕玉心中暗笑，所谓宫中的人也不过如此，给个鼻烟壶就能把你当亲爹了。

十一

就在这段时间内，皇上第一次召见了毕玉。

皇上每天都要召见人，而且具体要召见谁他自己并不知道，有时在召见过后也很快会忘记。皇上是一位非常感性、思维跳跃性很强的人，他能同时和八位大臣一起讨论二十四件事情，还能把任务布置得很圆满。这一天他又随手点来了毕玉，毕玉却吓得冒出了一身冷汗，他在宫中早已经听说，如果说太监中的和公公是天下最为反复无常的人，那皇上的境界早已经到了天的外边。

这个故事也是厉公公在屋里给他讲的，厉公公用拐杖指着地上的砖："比如说，小玉子，你杵在大殿的门口，往我这儿能看到这块砖，咱们的皇上他能看到……""唰"的一下，厉公公把拐杖扔到院子中，传来了清脆悦耳的拐杖落地声，"他别说看到，连人都已经在那里了，你懂了吗？"

在这次召见之后，毕玉算是懂了，他在心里念叨着厉公公的好。

皇上说："小玉子，厉公公出宫了，你是怎么想的？我今天要吃的米粉肉，肉味腌制到了几分？你小的时候在哪里吃过老豆腐？几岁的时候看过天狗吃月亮？你认识字吗？……"面对这样的问题，毕玉只能逐一回答，他不敢在皇上面前说自己读过书，只是说认识几个字。"那好吧。"皇上说，"既然你认识几个字，那我有机会就到你那里看看。跪安吧。"

毕玉不知皇上在说什么，就像在听一个人弹古筝的时候还能听到另一个人在旁边吹唢呐。这时，皇上身边的一位御史飞快地把皇上和毕玉的话都一一记录下来，这是为了方便皇上看谁不顺眼时查找后账用的。御史到底是怎么写的，皇上也不会详细地看。毕玉知道，御史也和自己一样，都怕弱不禁风的皇上吹口气把自己吹到墙上去。

一连几天，皇上抬头看阳光灿烂，心情大好，觉得非常舒服，他就让毕玉当了领班的太监，统领着十几个小太监，每天分两班轮番照顾自己。并且要毕玉过几天就从冷宫中搬出来，住在东西夹道的厢房里。毕玉赶紧回去收拾东西，可还没来得及等他去皇上身边，皇上就到他这儿了。

十二

这天晚上，毕玉正不知道要干些什么的时候，忽然太监们传话，皇上来了，并且还要在冷宫里过夜。消息就像乌鸦的翅膀一样，迅速传遍了冷宫，它把先皇们立下的种种规矩都击得粉碎。太监、宫女纷纷担心起来。以往皇上每次郑重地破坏一条规矩，都会发生一些重大的变故。这次他们不知道皇上又要干什么；这件事对于整个国家来说又会有怎样的影响，他们更想不到。其实他们压根儿就不知道，皇上根本就不懂那些规矩。

按照后宫的礼制，皇上要宠幸哪位妃子，要在他睡觉前，由一名老太监上前询问，皇上晚上在哪里安歇？同时呈上一个托盘，盘子中都是写有后妃名字的小木牌，皇上想在谁那里过夜，就把谁的名字翻下去。这是宫中的惯例，本朝的皇上一般情况下也是遵守的，而这次，皇上根本没有翻牌。太监跪在面前问他时，他从兜里掏出一个做工相仿的小木牌，在上面用毛笔写上淑妃的名字后，放在了盘中，随即起身，朝冷宫的方向走去。

皇上的宫内出行彻底打乱了人们的节奏，太监们连忙给皇上准备仪仗，并通知了淑妃和在她房中的毕玉。毕玉一时也是土地爷扑蚂蚱——慌了神儿，他赶紧叫人来打扫冷宫正殿中的每一个角落，让宫女服侍淑妃在偏殿中梳洗打扮。淑妃的洗澡水刚刚准备好，皇上已经一阵风似的赶到了，他在处理政务时从没这么快过。

  宫女们为出浴的淑妃施了淡淡的香粉，毕玉站在偏殿的游廊下，不时往里间张望。要是平常，他肯定急急忙忙地催促起宫女来，甚至呵斥她们几句，可这次他觉得浑身上下的每一个汗毛孔都十分不对劲儿，说不出地难受。具体因为什么他也不知道，要是知道自己就不会这么难受了。

  猛然间，他又看了一眼打扮好的淑妃。原先毕玉对女人并没有什么深入研究，在乡下老家时，只有田间地头的猫狗鸡鸭和书房中的几本旧书陪着他，家里有一个小丫鬟，但只是一般的乡下丫头。而他净身以后才见到了宫中众多年轻貌美的女子，才知道什么样的女人最好看。这就像一个人没钱并且不知道怎么花钱，当他有钱了以后却发现自己已经被众人供养起来，再也没有花钱的机会了一样。

  这时，毕玉才发现了淑妃的美。

  越是得不到的东西越是最好的，在宫中也是如此。毕玉说不上自己是否得到了淑妃，可是现在，淑妃就要去陪那个站在宫中连煤山在哪里都不知道的皇上睡觉了。其实煤山就在宫中的北门外，是用开挖护城河和修建皇宫时的泥土堆成的。

  一切准备就绪后，皇上已经躺在冷宫正殿的床上。这时，毕玉进到屋内："娘娘，是时候了。"

  淑妃叹了口气，她把身上的衣服一件一件轻轻地脱下来。旁边的宫女们木呆呆地站着，其实根本用不上她们，她们只不过是为了显示皇家的排场，像花瓶一样摆放在这里罢了。

　　淑妃钻进了一条丝绣的棉被中，把自己像蚕一样卷成了一个茧。毕玉上前把被子的边角掖好，随手一下子就把淑妃扛到了肩上。他亲眼看着自己的女人脱下衣服，还要亲自把自己的女人送到另一个不相干的男人房中。

　　到了房门口，毕玉敲了敲门，皇上在里面轻微地咳嗽一声。毕玉觉得淑妃轻薄的身子是那样沉重，他不想把淑妃放下，这时淑妃的身子越来越沉，像一头大象那么重。毕玉感觉自己快窒息了，他想尽力把淑妃抬平，可是现在不行了。淑妃就要被放到皇上的床上了，皇上愿意，淑妃不愿意，而自己是不能不愿意。他双臂青筋暴起，已经开始发抖，自己再也控制不了它们。最终，淑妃的身子被轻轻地扔到了床上，毕玉一惊，他知道自己没有赌气的意思，在此时绝对不敢惊动皇上的大驾。好在皇上没有反应，等到毕玉看着淑妃从皇上的脚下轻轻地爬进被窝时，皇上似乎已经睡过去了。

　　如果能有一个人来代替，毕玉绝对不会在此时站在殿外等候皇上。这一夜是皇上和淑妃的不眠之夜，也是毕玉的不眠之夜。他不想听见殿内的声音，可是他的职责就是要听出屋内的各种景象，这个工作是很有难度的，毕玉还要亲自把场景描述出来以便向太后汇报。皇上已经过了而立之年还没有儿子，太后已经着急得开始无端殴打太监了。

　　这是毕玉第一次做这样的工作，他发现这一夜是如此漫长，漫长得似乎皇宫都大修过了一遍。

　　闲极无聊，毕玉开始回忆他的童年，想着他净身以前的生活。他记得听村里的闲人讲过这样的故事：一户人家穷得实在没有饭吃，女人只能靠着出卖自己来换取粮食，男人亲自把女人送到主顾的房间中，还在外面为他们望风，以防被那些卫道之人捉奸在床。东窗事发之后，人们把男人判了重刑，为了活命他只能选择接受宫刑进了宫，而他的女人从此下海，倚门卖笑为生。

他还记得村里的老人们坚决不准女孩儿靠着门靠着墙站着，具体的原因并不告诉她们，而是在背后说，当年自己在风月场所游历时所见到的女子都是那样的。毕玉觉得自己就像故事中的男人，他的女人正在屋中与别人……不过两者不同的是，那个男人是经历了牢狱之灾后才进的宫。"而我已经在宫中了。"毕玉这样安慰自己。

毕玉还是在混沌中熬到了时辰，他听到房屋中的动静越来越大，还伴随着女人的叫喊。这声音就像趴在毕玉耳边呼喊，然后穿过耳朵一下子沁入了脑髓，迫使他不得不开口了。毕玉张开喉咙，一个响亮而不失阴柔的声音破空而出。

"请皇上保重龙体啊——"

顿时，殿内没声儿了。

十三

其实那些巨大问题的背后都隐匿着一些细小的、不为人所知甚至是出于偶然的原因，比如皇上为什么没有后代这个千古之谜，恐怕要算到毕玉的头上了。

毕玉的这一嗓子已经惊了驾，当然他的职责就是惊驾，他在情急之下，有着十足的胆量来干这件能帮他出口气的事儿。不过事情都是有代价的，皇上真的起不来了。

"时候不早了——"毕玉在屋外又叫了一声，这次他没敢用太大的声音，屋子里也是声息皆无。毕玉虽然不知道他该怎么办，但他知道，自己有足够的理由可以放肆一把，就算皇上真的怪罪下来也不能把他怎么样。不长的宫廷生活，已经让毕玉这个曾经的读书人能够在瞬息万变之间拿捏到尽量好的那个分寸。

于是，毕玉敲了敲门，"吱嘎"一声，门半开着，毕玉摸着黑掌上了灯。他朦胧地看到，汗如雨下的皇上在床上倒气，淑妃也在一旁直哆嗦。毕玉先给皇上披上衣服，然后把淑妃卷进被子筒里扛走，刚走了两步，只听皇上颤颤巍巍地说："别走，还没完呢。"毕玉苦笑了一声，又重复了一遍"皇上保重龙体"之类的话，就轻轻把淑妃扛回了配殿。淑妃本来想跟毕玉说点儿什么，但是毕玉转身就走了。

第二天，本来是皇上上朝的日子，可是他没有上朝，据说是夜里在冷宫受凉了。

第三章

对　食

　　到了刘家三天后，毕玉还没来得及问刘爷药是怎么回事儿，这一天，刘爷就把他带到院子最里间一间狭小的屋子里。

　　刘爷要毕玉干干净净地洗个澡。毕玉疑心现在是上午，哪儿有大小伙子一早晨起来就洗澡的。但刘爷发了话，他就照着做了。洗完澡，刘爷又让毕玉去趟厕所，毕玉没什么可方便的，但还是去了。仅仅三天，他就习惯了服从刘爷所说的一切，连他自己都说不清为什么对这位刘爷如此恭敬。也许这就是缘分吧，毕玉胡思乱想着。

　　刘爷原先收了两个徒弟，这几天毕玉就和这两个徒弟生活在一起，但彼此之间没有说过什么话，完全是形同路人。毕小四带着刘爷的那两个徒弟走了进来，他们摆上香案，香案上摆满了各种贡品，正面挂上了一位古人的画像。那古人生得身姿窈窕，面白无须，身为男子的相貌，却多了几分妩媚。

毕小四让毕玉跪下，拜刘爷为师。毕玉茫然不知所措，他还没明白自己要学什么就拜了师父。

这时的刘爷仍旧是那么干瘪瘦弱，但比起三天前，他穿的衣服干净了许多，模样还是那么严肃。他坐在一张太师椅上，毕玉跪下，对着他恭恭敬敬地磕了三个头。

一

事后，毕玉无缘无故地受到了皇上的奖赏，他这下真的被装进了闷葫芦罐（北京方言。小孩的存钱罐，用时只能将罐子打碎）。皇上对他说，那天他喊叫的时机恰到好处，大大增加了皇上和妃子之间的恩爱，等等。毕玉自然是一番谢恩。他知道这时要说一些极其肉麻的吹捧的话，本来他是只会写不会说的，在乡里这么说话会被别人耻笑，在应试时不这么写肯定中不了。毕玉曾经花大力气背诵了很多溜须拍马的话，他认为自己连个秀才都没有中的原因就是这类话说得不够漂亮。

这些话正中皇上的下怀，让皇上龙颜大悦，皇上惊讶于毕玉不仅认识字，而且说话如此文雅。如果毕玉不是太监，皇上恨不得把他点成状元。于是，毕玉的工作又多了一项，专门负责在皇上选择临幸哪一位妃子时，呈上放满了后宫嫔妃名号的托盘。

尽管这样，毕玉见皇上的机会仍不是很多，但他从来不放过每一个观察皇上言行举止的机会，千方百计地接近皇上。

有一天，毕玉终于帮了皇上一个很大的忙。皇上在处理一件公务，需要派一批大臣去治理黄河。他对着大臣的名单端详了一会儿，在其中的一些人名字下面画上了圈，并自言自语道："如果这次黄河没有治理好，那么这些人一律斩首，剩下的一律凌迟。如果治理好的话，这些人升一级，剩下的一律升两级。"随后，皇上拿起名单，对着有阳光的方向端详了一会儿，"嗯，应该把他们之间区别开，该怎么区别呢？"

"画方块。"毕玉斗胆在一旁说了一句。

"嗯？"皇上扭头看他。毕玉接着说："既然为了区别开，这些没有治理好要斩首的以及治理好要升一级的都画了圈，那些凌迟的或升两级的，您就画个方块，这样不就区别开了吗？"

"好主意，没想到你还明白这些，呵呵。"皇上笑了，笑得毕玉直发毛。这个皇上笑的时候真不多，更不知道他是真笑还是假笑。皇上接着说："不过我看还是画三角比较好一些，你想，画方块在拐弯时，要是万一圆了一点儿，不就又区别不开了吗？是斩首还是凌迟，升一级还是两级，他们一个个都比猴子还要精明，是不会跟朕善罢甘休的，到时候又是上书又是递表，那样可就不好办了。"

"是啊，画三角，三角和圆圈的区别比方块要大，万岁圣明。"毕玉说道。

"哈哈。"这下，皇上开心地笑了，"小玉子，你就留在朕身边当个总管吧。"

"得，皇上，那您就擎好儿（北京方言。让人静候佳音）吧。"

二

毕玉宫中领班的位置还没有坐热，就一下子当上了统领后宫的总管。总管太监一天到晚，除了在皇上面前献殷勤，讨皇上的欢喜，是没有什么具体的事情要做的。闲下来的时候，可以戏弄戏弄哈巴狗儿，找下边的人陪着玩骨牌、下象棋、说笑话；再不就是琢磨怎样耍弄别人，同别人争宠；算计着在宫外买房子置地，做买卖赚钱，再多划拉几个傍家儿什么的；还要同当朝的文武大员勾搭连环，舞权弄势；或者无缘无故地责打手下人取乐儿。

毕玉如此地平步青云，好像昨天还在和公公杖下求饶，今天就成了皇上身边的红人儿。他的位置已经比和公公高了。毕玉随便找了和公公一个不是，说他走路时腿没有伸直，这是对皇上的大不敬，就把和公公轰到宫中去刷马桶了。

由此，毕玉真正开始了陪伴皇上的生涯。

毕玉彻底改变了皇上的生活。以往皇上会破坏一些规矩，但总规矩还是要守的。毕玉对皇上这个人本身并不算太讨厌，他只是受不了这样一个不着调的人来统治国家，还临幸他"对食"的伙伴儿淑妃。如果真想取而代之，毕玉兴许就想个办法把皇上"咔嚓"了，就像他对付其他小太监一样简单。皇宫真是个大熔炉，这里能够塑造一切人，才这么长时间，毕玉就已经完全换了个人。好在毕玉还不想当皇帝，他觉得这样的皇帝当了没什么劲，一边玩儿去得了。

毕玉为了不让皇上在破坏哪条规矩时犯二乎，就对皇上的生活做了重新安排。

首先，要取消早朝。毕玉跟皇上说，朝廷已经稳定了许多年，列祖列宗们当年开疆扩土连年征战，就是为了子孙后代能平安地享受生活。现在正是休养生息的时候，皇上完全不用上朝处理政务，一个成熟的朝廷要相信大臣们会把所有事情都做好的。皇上从小做了多年的太子，现在也该放轻松一些了。祖宗的章法固然合理，可时代是在发展的，老年间的东西不一定都适用于新时代，要取其精华弃其糟粕，那些陈年的规矩就得改一改。比如说皇上要怎样吃饭，怎样上厕所，怎样临幸妃子，这些都没有必要再列入起居注了，给御史们也减轻点儿负担。

再有，皇上要与民同乐。最是君王不自由。原本是普天之下莫非王土，可是宫外很多百姓的游乐宫内的皇上都没有见过，这样岂不是把皇上和百姓分开了吗？

皇上听后觉得有理，其他太监连同侍卫也不住地点头，他们知道，自由的日子不远了。至于皇太后那边，毕玉早已经派人把她哄得团团转，无暇顾及皇上了。

从这儿以后，每天早晨起来，毕玉头一个站在皇上的床榻边。他估摸着皇上要起床还不想起床的时候就开始轻声地叫皇上，并给他讲述一些古人惜时的格言，以此说明如果皇上早起，就是历史上的一位圣明君主。皇上这才由两位宫女扶着坐了起来，眼睛还被昨夜残存的睡梦紧紧地粘在一起。这时候叫皇上睁眼也是危险的，人们不知道皇上是在做好梦还是噩梦，不论是中断了皇上的好梦还是延续他的噩梦，都是要受处罚的，先前已经有众多太监宫女被处以极刑或者赶出皇宫。

长期的宫廷生活使得毕玉学会了一切察言观色，他能猜出皇上睡得好不好，几乎都能猜出皇上刚才做了什么梦，并知道在什么时候把皇上叫醒。

皇上睁眼后，旁边的宫女立刻端来皇上的漱口水和饮用水，皇上先是喝上一口，在嘴里"咕噜咕噜"地漱口，宫女立刻呈上痰盂，皇上再"噗"的一声将水吐出，接着宫女要立刻将痰盂移开并呈上水杯请皇上喝水。这一切都要像人工作坊中的流程一样精确，有半分的差错都是不行的。不过，皇上有时候为了省事，他也会在"咕噜咕噜"之后直接把漱口水咽下去。

接下来是宫女们给皇上梳头更衣，皇上会用手在宫女身上四处游荡，并在一些他感兴趣的地方停留一会儿，而宫女们的工作一点都不能受到影响。即使刚刚负责这些工作的小宫女，也早已由年长的宫女反复叮咛过了，闭着眼睛也不会做错。当然，也有宫女人手不够由太监来代替的时候，皇上的手同样也不会闲着。长期的宫廷生活使得太监都像宫女一样细皮嫩肉，这一点皇上是分不出来的。

在宫中，每一件事都有着严格的制度，但制度也不是一成不变的，所以执行起来又有着十足的弹性。就像有时候皇上也和太监宫女们拉拉家常，大家都不必拘泥于礼法，可以跟皇上逗逗闷子甚至动动手脚。此时你要是不对皇上讪脸，就说明你认为皇上不够平易近人。当然，太监宫女们对皇上每一个按照要求而开的玩笑，也有可能成为他们送命的理由。

这就是伴君如伴虎。

起床后不久，皇上会先在御花园中散散步，随后就开始吃饭。

在宫中，原本是每天吃两顿饭，分别叫作朝食和晡食。毕玉知道皇上每日辛劳，特意在中间加了一顿午餐。朝食包括蜗牛、牡蛎、生蚝、天鹅、孔雀、鹳鸟、丹顶鹤、百灵鸟、阉鸡、冬笋、银鱼、狍子、麻辣活兔、塞外黄鼠、冰下活虾、羊尾、羊肚、猪灌肠、牛腰子、卤煮鹌鹑，等等，每次足足要上到一百盘，每次用膳前都要由毕玉亲口品尝一下，看看有没有人下毒。皇上是不能就着一盘他爱吃的菜足吃的，按照礼制他只能每盘都尝上一两口。毕玉每次看着皇上的眼睛在哪道菜上停留，他就悄悄地命人将那道菜做得块儿大一点，并亲自给皇上布菜。每当皇上看到他爱吃的南煎丸子变得像狮子头一样大，并在毕玉的筷子上杂耍一般左右翻飞，最后安安稳稳地落在自己的龙碗中还溅不起半点的汤汁，他自然高兴得跟吃了蜜蜂屎一样。

不管皇上吃得怎样，反正每次毕玉都吃个半死，以致一张嘴都能看见南煎丸子。

在皇上吃饱以后，要给他送上由木槿花果、红萝卜、水蜜桃、蔷薇果、苹果、柠檬、葡萄、樱桃再加上玫瑰花等泡制而成的甘露茶，每次还不能让皇上多喝。至于真正名贵的茶叶宫中是应有尽有。

按照先皇的制度，皇上本来起床以后就要去读书，然后才能吃饭。现在皇上已经吃饱了，再不读书有点儿说不过去，毕玉就安排皇上到书房中坐一会儿，或者在书房门口走上一个来回，这样也算对得起祖先。

后宫还阳

随后，皇上就开始准备吃中午饭了。中午饭毕玉交给别的太监来布置，一定要比朝食丰盛上三倍，具体是什么不用细问，只需要最后向他汇报一声就可以了，因为那顿早饭足以使得毕玉全天不用吃东西。

午后是皇上睡午觉的时间，这时他最想做的是临幸一些宫女。但是皇上也不敢在光天化日之下做不该做的事，所以他只能一个人睡午觉。

午觉过后，毕玉会陪着皇上玩耍。每当这时，毕玉都会准备玻璃球、洋画、铁环、弹弓、陀螺、皮筋、积木、魔方等众多的游戏，有时候也陪着皇上下棋。

宫中的太监们都知道，陪皇上下棋是一件十分危险的事。曾经有位申公公，由于在陪皇上下棋时，无意中说了一句"杀马"，最后以皇上回了他一句"我杀你们全家"而告终。当天，一位姓海的公公连同他的全家就被杀光了，事后皇上才发现是自己记错了人。陪皇上下棋，不仅要让皇上赢棋，还不能让皇上看出来是在让子。由于皇上的棋艺十分低劣，做到这一点的难度是可想而知的。有的时候，就算太监们想输棋都不可能，急得太监们跪下"咚咚"地磕头，求皇上赶紧赢了这一盘。

在这点上又可以看出毕玉的高明之处，他是能陪着皇上下棋唯一得赏还不挨板子的人。其他太监怎么也想不明白，后来他们才知道，原来毕玉不是和皇上下象棋，而是下围棋。他说服皇上把围棋换一种玩法，谁先用五个子连成一条线谁就赢。毕玉教给皇上几套定式，皇上是屡战屡胜，乐不可支。

每当太阳随着皇上的笑声下山时，毕玉就算长出了一口气，他下令太监们准备晡食。皇上吃完晚饭以后要独自休息一会儿，再独自跑到宫中的豹房去修行，研究长生不死之术，有时候也叫上几名道士共同研究。

晚上，毕玉照顾皇上就寝后，再悄悄地溜到冷宫中去陪伴他的淑妃娘娘。

没想到，皇上很快就对这种生活产生不满了。

三

每个人对于自由的欲望是无限的，皇上尤其是这样。取消了上朝和读书以后，皇上感觉到前所未有的轻松自在，他想干什么就干什么，想玩什么就玩什么，想怎么撒欢就怎么撒欢。宫中的那些游乐和毕玉给他准备的玩具，他很快就腻烦了。

毕玉看到这种情况，只能反复念叨一句市井俚语："三天小孩，三个时辰丫鬟。"这句话是说拿出一个玩意儿，小孩能够玩三天，而小丫鬟也就玩上三个时辰。现在还得接上一句"三分钟皇上"，皇上能玩到三分钟就不容易了。

这一天，毕玉仍旧被皇上逼着陪玩，毕玉想了半天，小心翼翼地请示："陛下，扑扑登儿玩过没有？"

"什么是扑扑登儿？"皇上问。

毕玉给皇上找来一个玻璃做的长颈瓶，瓶口非常细小，玻璃壁也很薄，拿起这个玩意儿一吹，只见瓶子底一鼓一瘪的，扑登扑登地响着。毕玉做完了示范，告诉皇上要轻轻地吹气吸气，要不然长颈瓶会破碎，玻璃渣儿会扎进肺里去的。皇上拿起来扑登扑登地吹了几下，很快随手扔到了一边。"没意思，还有别的吗？"

"那好。"毕玉一咬牙，"玩屎壳郎拉车！"

宫中的太监们本以为，毕玉的走红能让他们过两天安稳的日子，没想到还是要无休无止地折腾一些不着边际的事。毕玉下令，依照捕捉来的屎壳郎的质量来论功行赏，谁捉到多沉的屎壳郎就赏给谁多沉的银子。他们开始大肆捕捉起屎壳郎来，屎壳郎就这样在宫里堆成了小山，需要专人来饲养了。

毕玉在成堆的屎壳郎中来回挑选，选出一些个儿又大又健壮的来，又命人拿来很多秸秆和蒿草，把秸秆糊成小巧的车辆，再把蒿草当作绳子，把小车拴在屎壳郎的身上，屎壳郎拉着秸秆制成的小车满处走动。毕玉说："陛下快看啊，大马驴，大马驴。"

皇上说："驾驾，驾驾。"

那只倒霉的屎壳郎拉着车爬了没几步，车就散架了，皇上一副十分惋惜的表情。一旁的太监、宫女看皇上玩得那么投入，心中也是十分欣慰。不过接下来，毕玉的下一个游戏就是教皇上逮苍蝇了。

这样的游戏也无法满足皇上愈演愈烈的好奇心。皇上玩得很不专心，每当有宫女从远处走过时，皇上就像闻到了什么美味佳肴一样忍不住抬起头来，向着有女人的方向眺望。毕玉明白，比起屎壳郎拉车来，皇上最爱的还是女人。

既然如此，毕玉就只好准备在女人身上做文章了。

四

人总归得有点爱好，有点念想，得有点干起来没什么好处还乐此不疲的事。长期以来，宫中最为难办的事情就是不知道皇上到底愿意干什么，更不知道他喜欢什么样的女人。毕玉求助于淑妃，淑妃一边搂着毕玉的脖子，一边在他耳边把皇上喜欢和妃子们做的事情一一道来。

毕玉没听几句，就一下子站了起来，差一点儿把淑妃带个跟头。

淑妃看到毕玉的脸上一阵黄一阵白，好像生了很大的气，但是很快，毕玉又哀叹了一声，皱着眉头坐了下来。淑妃一下子看穿了他的心思。

"呵呵，你还吃上醋了？没办法，全天下都是皇上的，你就别多想了。"

"可是我……"毕玉抬起头看着淑妃，他不知道自己为什么这样动感情。

"好啦，我明白，但是咱们又能怎样？他是皇上，我又是妃子，而你只不过是个……"说到这里，淑妃看到毕玉的脸色变得更难看了，她赶紧止住了话。"别多想，他远远还不如你呢。你看他每次忙个不停，实际上根本就没几下，哈哈……"说到这里，淑妃可是一点也淑不起来了。毕玉也笑了，两个人闹作了一团。毕玉上前一扑，抓住了淑妃的一只脚，很快脱掉鞋子挠淑妃的脚心，淑妃咯咯地笑个不停。

毕玉发现淑妃的足底像一张弓一样深深地弯了下去，而她的小脚趾却向内窝得厉害，似乎都要隐藏到脚面以下了。

"这个啊？"淑妃看了一眼自己的脚，"我是在南方长大的，在我们家乡，有些地方有一种风俗，叫缠足，就是从小把脚裹起来，裹得越小越好；谁家孩子的脚裹得越像个小辣椒，将来就越能嫁到好人家。我小时候也裹过几天，那是我妈妈逼着我裹的。你知道，刚裹上脚的时候特别地疼，根本走不了路，夜里睡觉也不能放开，疼得根本睡不着。我就想，我要是个乡下姑娘、山里姑娘、海边的姑娘，或者是走江湖卖艺人家的姑娘该多好，那样就不用裹脚了。幸好宫里下来选秀女，也不知怎么就选中了我，我就再也不用裹脚了。到了北方一看，北方很多地方的人都是不裹脚的；别说不裹脚，女孩子还能骑马打仗呢。进了宫没多久，皇上一眼就看上了我，他逼着我吃了很多东西，其中有冰糖拔丝白薯和桂花蜂蜜萝卜，晚上我被临幸的时候，那个和公公没有把被子裹严实，我因此着了凉，结果刚一见到皇上，我就忍不住……"

"忍不住什么呀？"

"出了个虚恭（北京方言。放屁）。"

"那是你拔塞子（北京方言。放屁）了吧。哈哈……"他们又笑作了一团。毕玉接着说："其实你还得感谢皇上，要不然咱们怎么能在冷宫中相遇呢？对了，你们周围是所有女孩都裹脚吗？你只要想，自己是对门街坊一个不裹脚的女孩子就行了。"

"才不是，就是受了街坊的影响才裹脚的。你知道，我妈妈她们一天到晚就是在巷子里议论，谁家女孩裹脚了有多么漂亮，谁家女孩因为脚小而有多少人家上门提亲。当时我就想，我要是个男人该多好啊。"

"唉，是男人……是男人，你要像我这样呢？"

"我宁可当太监也不裹脚！"淑妃斩钉截铁地说道，"我就喜欢小太监，像你这样的。"她一侧脸，又在毕玉的脸上亲了一口。要是早先，毕玉一定会高兴得天旋地转，不过现在他已经习惯了。

"你说裹了脚到底有什么好处呢？"

"你真的想知道啊，耳朵，过来。"淑妃撒着娇。毕玉把耳朵伸过去让淑妃咬，最后，淑妃咬着毕玉的耳朵轻声道："裹脚的女人臀部大……"

毕玉"扑哧"一声笑了，猛然间他想到了一个好主意。

五

毕玉告诉皇上，他发现了一个最为好玩的游戏，只要皇上答应，他保证能让皇上足不出宫就笑翻天。皇上听罢自然是十分高兴，他同意毕玉由着性子来。于是，毕玉先找来十个宫女，让她们赶紧洗脚，让皇上坐在一边看着，又叫来尹小六等一干太监给他打下手。他先让一个宫女坐在院中，自己坐在宫女面前，让宫女脱下鞋把一只脚放在他的膝盖上。他把宫女的脚反复揉了揉，然后取了一些白矾撒在宫女的趾缝中间，又扯了二尺白绫子，把宫女的四个小脚趾用力往脚心一窝。只听那宫女忍不住"啊"了一声，眼泪差点没掉下来。由于皇上在一旁坐着，她根本就不敢哭，怕惊了这位反复无常的皇上的驾。还没等她反应过来，毕玉快速地用白绫子一缠，宫女的脚就窝成了一张弓。随后，他命令一旁专门做针线活儿的宫女赶紧把裹脚布密密地缝起来，随后给宫女穿上里面垫了软布和棉花的铜质小鞋。刚开始，这位宫女怎么也穿不下，急得旁边的尹小六满头大汗。他们每次给宫女提鞋，宫女都似乎疼得要跳起来，而尹小六也跟着宫女一起往上蹦一下。随后宫女一下子瘫在了地上。

太监们仍旧忙个不停，皇上看到这一切，他忍不住哈哈地笑了。这下，缠足和没有缠足的宫女们才一起松了口气。当毕玉宣布在场宫女一律照此缠足时，她们立马拉了胯（北京方言。服软），一下子都趴在地上，像小鸡吃米一样地磕头："皇上饶命，皇上饶命啊！"

皇上看着这个情景，笑得更欢了。皇上没说接着缠还是不缠，毕玉一看缠足宫女的痛苦，他也发了傻，没想到缠个足能把宫女们吓成这样。他平素里跟着几位宫女关系还不错，搞得他自己都过意不去了。尹小六是被打怕了，带领太监们一拥而上，给其他九个宫女也都缠上足，穿上铜质的小鞋。庭院里都是"吱哇吱哇"的乱叫，宫女们哭声震天。等到众人缠完了足，宫女们别说走路，一个个站都站不起来了。

毕玉只能再叫来更多的宫女，先把她们都搀起来。皇上还在这里看着发笑，一个个都趴在地上也不成体统。其他宫女得知消息后，吓得一个都不敢来，纷纷往太后寝宫中跑去。

毕玉也没辙，他只得让尹小六叫来一干太监，把宫女们搀到屋子里休息。他等皇上笑完了，又偷偷跟皇上说了许多缠足的好处，并要传授皇上一些床上秘技。为了提高皇上的兴致，他还为皇上讲述了南唐后主李煜推广缠足的故事，并且给皇上讲了"春花秋月何时了"等几首李煜的词。皇上什么都没听进去，他只想着过几天检验缠足的效果。

一连几天，皇上总是找个时间就去探访那些缠足的宫女，连自己用膳的时间都大大缩短了。在毕玉的指点下，他发现那些缠了足的宫女果然因为身子站不稳而变得身材窈窕，脸上因为总是布满泪痕而变得面赛桃花，因缠足而吃不好睡不好而变得腰肢消瘦。皇上没想到毕玉真的能这么快让他的宫女都变得妩媚起来，他来不及对毕玉进行赏赐或说上几句鼓励的话，就向宫女们扑了过去。很快，十名缠足的宫女已经无法满足皇上的偏好，他下令让宫中的所有宫女都缠足，并要参加评比，由毕玉负责为那些缠好的小脚起名字。

毕玉绞尽脑汁，给宫女们的众多小脚起了名字。比如两脚缠得像粽子叶一样又细又长的叫作钗头金莲，两脚缠得脚底窄成一条线的叫作单叶金莲，缠得端端正正看不到棱角的叫作锦边金莲，缠得丰满得像鹅头上疙瘩的叫作鹅头金莲，若是缠成了内八字脚或者外八字脚的，恰好可以叫作并头金莲和并蒂金莲，等等。毕玉正给皇上介绍这些名字，皇上突然接了一句：

"很好，很好，我想这样，如果缠足的宫女姓潘，就把她叫作潘金莲吧。"

这句话毕玉刚开始都没有反应过来，随后，他恭维皇上学富五车、聪明绝顶的话就一连串地脱口而出，皇上自然是笑眯眯的，为自己的机智和才华暗自喝彩。不可否认，皇上确实还是看过一些书的。

毕玉借此为皇上举办了大型宴会，在宴会上，随着毕玉一声令下，当那些缠足的宫女用粽子一样的小脚七扭八歪地走进殿堂时，大臣们的心里乐开了花。他们纷纷把宫女的小鞋脱下来，比赛用小鞋玩投壶，看谁能把栗子、桂圆等干果投进鞋中；如果投不中，就要被罚用小鞋饮酒。

宫中热闹成了一团，再也没有人去管什么与国家有关的事了。

六

自从宫中流行起缠足以来，人们发现皇上难得地勤奋起来，不时穿梭在各个宫殿之间，忙着挑选宫女。他会采用抽签、转勺子、扔钱币等方式来决定临幸哪些宫女，他也会召集众多宫女来共盖一张大被子。总之没多久，宫中的宫女已经来不及补充了。临时选秀女还需要一段时间，远水解不了近火。皇上目前还只敢在宫中游乐，不敢走出宫门一步，他觉得那样有失宫中的体面——难道宫里穷得还要向宫外借东西不成？

可是毕玉觉得，是时候敞开宫门面向民间了，再不转移一下皇上的注意力，皇上连太监都不会放过了。

毕玉发现宫中的女子虽然美丽，但在严格的规矩下一个个都木呆呆的，她们不敢说不敢动，更不会讨皇上的喜欢，这些无疑加速了皇上对于缠足的厌烦。皇上也在问自己这是怎么了，一个男人对于女人都没有了耐心或失去了兴趣，恐怕要同身边的太监们一样了。他悄悄地告诉毕玉，自己想去出宫游乐一番，却被毕玉制止了。毕玉知道，要是自己唆使皇上出了宫，那些大臣们一定会利用祖宗的各种章法疯狂地向太监们施加报复，到时候皇上可不会陪着自己一起掉脑袋。为了保证不掉脑袋，毕玉只能自己偷偷地出宫了。

毕玉出宫是顺利的，这全在于他长久的思考。他知道，太监的容貌和声音是无法改变的，只要一出宫很快就会被人看出来，就算经过巧妙的化装，那股仿佛与生俱来的尿骚气同样会暴露自己比正常人少了点什么。为此毕玉想过很多办法，他先是泡了很长时间澡，每次泡澡都加入大量红玫瑰、多瓣茉莉、大叶牡丹的花瓣，再加上一些甘菊或柠檬，弄得身边的尹小六以为毕玉要用自己来泡茶。确实，毕玉每次泡完澡后，发现自己的洗澡水有一股茶的芳香，就让小太监们一起把洗澡水分了喝掉，每个人都得喝平均的几大碗，谁也不许贪多。同时，为了保证那些花瓣泡出的芳香味道，谁也不能往里面加蜂蜜和糖。毕玉特别强调，那是西洋人的喝法，在宫中喝茶就得守祖训，等等。太监们终于把几大澡盆的花瓣洗澡水喝完后，毕玉又特意给自己喷了香水，这下连宫女们也不明白他要干什么了。随后毕玉就进了几位宫女的房中，不一会儿，后宫就多出来一位宫女，"她"悄悄地上了一顶小轿子，从一个隐蔽的宫门出宫了。

原来，毕玉发现唯一能够掩盖自己身份的方法就是扮成大姑娘，为了防止突然遗尿，还在下身特意垫上了一块中间夹有草木灰的护垫。由于这两天毕玉犯了痔疮还流着血，有个大护垫连痔疮都管了。他还在脸上重重地打上了半斤粉底霜，又涂上了二两多胭脂，乔装改扮后再照镜子，发现离远了看自己还算个标致的大姑娘。

就这样，毕玉悄悄摸摸地赶往城南八大胡同。

八大胡同是京城南部最为知名的八条胡同，也有一种说法是"八"是虚指，实际上的胡同肯定不止八条。那里是歌楼酒肆、妓院林立的地方，在那片神奇的土地上不知发生过多少风流韵事，曾有多少吟咏那里的诗篇。尤其是朝中的士大夫们，他们常常乔装改扮前去狎妓邀游，不过平常要是问起来，他们是宁可被打死也不承认的。

毕玉的轿子很快就到了王皮胡同的贻来年仙馆中。轿子停下，人们望见毕玉进了仙馆，走上木制的楼梯，都以为这里又新来了一位头牌。

毕玉和妓院的老鸨子一番密谈后回了宫。很快，人们看到贻来年仙馆中不知从什么时候开始走出了众多太监，他们大都是乘坐着小轿子进了宫。有一次，太监们却在宫门口被人拦住了。

七

毕玉正是进宫的带队者，他原本已经安排了尹小六在宫中接应，没有想到自己带的人会被人拦下。等到阻拦的人出现时，毕玉还是吃了一惊，他看见尹小六撇着嘴站在他面前。

"小六子。"毕玉上前对尹小六示意了一下，不管怎么说，尹小六也是他的手下。"拿下！"尹小六的回答干净利落。紧接着，尹小六身后的几个侍卫往前一站，毕玉和身后那些所谓的太监一起束手就擒。毕玉并不害怕，毕竟他出宫是皇上默许的，是为了皇上才出的宫，无论如何皇上一定会保他。

毕玉心中一连把皇上默想了四十多遍，他确信皇上天生的使命就是为太监做主的。

等到毕玉发现不对劲儿时已经晚了，尹小六没有把他往皇上住的乾清宫带，而是直接带到了皇太后居住的慈宁宫。关于皇太后，毕玉只知道那是一位威严的老太太，差不多和皇上一样喜怒无常。不知道这次被尹小六参一本，自己的下场将会怎样。尹小六把毕玉带到慈宁宫，先是单独向皇太后请安，然后由太后亲自对毕玉进行训话。毕玉从周围的架势猜到，这些天皇太后好像气有些不大顺。

其实，皇太后很清楚自己的宝贝儿子是什么样的皇上，但她始终还是要维护自家江山的，皇上的胡作非为她清楚，只是没有能力去过问，唯一能做到的，就是当着皇上大臣的面教训教训太监，这也就当吓唬皇上了。

"小玉子，你这是要干什么啊？"

"禀太后，奴才不知道要干什么啊，奴才刚刚奉了皇上的旨意出宫办事，回来后还没有交旨就被尹公公领到这里来了，这下把皇上要办的正事全耽误了。"

"皇上有什么事要你办啊？宫里头什么没有，用得着你出宫吗？"

毕玉灵机一动，现场抓词："啊，皇上说了，要给您做寿，考虑让奴才准备操办……"

"净胡说，我刚刚做完寿！"

"啊，皇上说了，要我准备下次的。再有，皇上说了……"毕玉瞥见太后的头发有两根略微有一点乱，他顿时来了劲头，"皇上说您一向很重视仪表，太后要母仪天下，他说您身边的宫女为您梳的头有些老套了，要奴才出宫去打听打听街上有什么新发型……"

"哦，新发型？"毕玉看到皇太后的眼睛里泛了亮光，心中猛地一震。"没错，您看您的头发虽然梳得好，但就样式而言有些老套了，奴才才特意上街去学的。您看您这边，有两根头发有些乱了。"

"哦，那你一定会梳个新发型了？这样吧，你给我重新梳梳头，如果梳得好我就饶了你，梳得不好咱们再说。"太后仍旧是面沉似水，毕玉心里也没谱了，他一扭头，"太后，尹公公也会梳头，您就找两个嬷嬷来，让奴才们跟这里比一下，来个梳头擂台赛怎么样？奴才保证，我能将嬷嬷们头上比较稀薄的头发梳得厚实起来。"

毕玉哪里知道，尹小六本身就是给太后梳头出身。他本以为太后不会答应，可是太后没有答应毕玉拿嬷嬷们来练习梳头的手艺，她说："这样吧，小六子给孙嬷嬷梳头，你给我梳就行了。"

梳头的工具很快就准备好了，太后稳稳地坐在慈宁宫一间大殿的屋内，先让尹小六给孙嬷嬷梳头。只见尹小六把孙嬷嬷的头发散开，用一把犀牛角的梳子来回梳得顺畅，又在孙嬷嬷头顶盘成一个十字形的髻，再装饰上各种钗环。孙嬷嬷的头发本来有些稀疏了，可经过尹小六的一番巧手，却显得多了起来。看不出这位小太监还有这样一手，使得年迈的孙嬷嬷经过梳理也显得精神了几分。

轮到毕玉了，他早就注意到，太后的头发其实比孙嬷嬷还要稀少，刚开始他只不过是信口开河，这下真的让他梳头，他就有些心慌了。平心而论，毕玉梳头的水平还是初级，尤其是面对太后这颗珍贵的头颅，他实在不知道怎么下手。忽然间，他对太后说："启禀太后，我梳头时能不能请尹公公回避一下？我梳头的技术不大方便当众展示。"

"好吧。"太后准许了，并让尹小六带着太监们退下。这时，屋子中除了毕玉和太后以外，只剩下一些宫女。毕玉发现屋外的太阳快要落山了，那一抹金黄最后在大殿的前沿扫了一下很快就溜走了。正是一个褪节儿，毕玉一狠心，拿起剪刀就向着头发剪了下去。

八

似乎过了很长时间，太后的头也梳好了。太后的头发由有些花白变得白中透黑，虽然在细节上明显没有尹小六的好，但确实显得又厚又密，比原先多了许多。天暗了下去，太后一时心情舒畅，她原也没存心为难毕玉，却把一腔怒火发在了尹小六身上。

"尹公公，"太后言道，"你眼睛出气使的吧？你看小玉子这头给我梳得怎么样？"

这个问题对于尹小六来说太难回答了，他看到太后的神情，总不能说自己的对手梳得比自己好。

"太后的头发真不错，您又焕发青春，显得更加年轻啦。我实在是比不了啦。"

"哦，你不行啦，不行啦还那么多事，还不快给我下去。"

尹小六赶紧借着机会，灰溜溜地走了。他原本想说的话只好先憋了回去，临走时他还看了一眼春风得意的毕玉。毕玉却紧张万分，接着说了几句恭维太后的话，赶紧带着被尹小六一起押来的人走了。他生怕太后一高兴站起来走走，或者这会儿刮上一阵风，太后的头发再乱了。

回到自己的屋内，毕玉手心中的汗好一会儿才消。尹小六当时就发现，毕玉的头发变得稀薄了许多。原来，他是把自己的头发悄悄剪下来一些，和太后的头发梳到了一起。

这时候，毕玉也顾不得去修理头发，赶紧把那些打扮成太监，从贴来年中带进来的姑娘们叫到一旁，关上门叮嘱她们。毕玉说，要不是因为你们，今天就不用着这份儿急了。姑娘们刚才都扮成了太监，已经站得快僵了，这时，纷纷抱怨做太监实在太累了，有几个甚至和毕玉大胆地调笑起来。

"我说毕公公，您为什么让我们扮作太监啊？我们也没有像您那样少了点什么，我们是天生就没有长。哈哈……"

"是啊，您说皇上的三宫六院，哪一个不比我们漂亮，还把我们招来干什么啊？"

"哎，我听说宫里吃的比我们贴来年好多了，据说连冰糖肘子都上不了席面。而且你看那些宫女，比我们窑姐儿穿的还鲜亮。我说毕公公，要不您行行好，让皇上给我赎身，把我收了得了，哪怕做第九房我都乐意。"

"安静，都给我闭嘴。"毕玉气不打一处来，心知对她们也没什么道理可讲，"我出宫都是扮的女人到你们那里去，现在你们就不能装扮一会儿我吗？都跟我走。"毕玉赶紧把她们都安顿到一个僻静的院子中，一边在院中腾出一间房子供自己休息，一边盘算着如何把这些窑姐儿献给皇上。

又一个窑姐儿跑进屋来跟他说笑，他忽然想到皇上把很多和自己相好的宫女，连同心爱的淑妃娘娘一起霸占了，现如今费了那么大的劲才带进宫的水灵灵的窑姐儿，凭什么白白送给皇上？毕玉顺势一伸手，就把这个窑姐儿揽入了怀中。毕玉房间里的门和窗户都仿佛知道该怎么做一样，知趣地关上了。这一次毕玉原本以为会好些，哪知道还是老样子，他气得一脚把窑姐儿踹到了地下，急匆匆地走了。

事后，毕玉找到尹小六，尹小六口口声声地说，那次的事情完全是皇太后指使他那么干的。主子发话了，他只能那么说，那么做。毕玉想找个借口再狠狠地打一顿尹小六，非打得他把臀部的肉再换一遍不可。虽然最后还是忍住了，但他对尹小六却开始有了提防之心。

九

皇上面对毕玉扎猛子般的进献忙得不知所措，他把窑姐儿们都编入自己的后宫。毕玉急得直跺脚，早知道皇上这么猴急就晚点儿再献上去了，几个不错的窑姐儿自己还没来得及近身，这可是个不小的损失，太便宜皇上了。

这下皇上才发现宫中的女子是多么味同嚼蜡。窑子中的姐儿们不一定有多么年轻漂亮，但十分耐看，一个个敢说敢做。她们敢于跟皇上开各种玩笑，还跟皇上要这要那的，皇上当然不愁没东西给她们。而且窑姐儿们的技术更是花样百出，皇上一辈子都玩不过来。他后悔自己为什么从小就生在宫中而不是生在妓院，如果自己的父亲不是皇上而是妓院里的大茶壶，那该多好啊。由此，兴奋过度的皇上还作了一首诗："后宫深处不常见，大街小巷找不着。青楼女子何处有，王皮胡同赊来年。"

人的欲望是无限的，皇上的欲望更是无限的，毕玉带进来的十几位窑姐儿不够他临幸的，他给毕玉下了死命令，要毕玉再去找更多的窑姐儿进宫。

毕玉说："咱们干脆效仿宋徽宗，在宫里修条地道得了。"

皇上说："那也成，但要快。明修栈道，暗度陈仓。"

于是，宫中就开始修地道，地点就在冷宫，施工声吵得毕玉常常睡不着。可是即使在修地道期间，毕玉也得给皇上去找些玩乐的东西。

毕玉无奈，不过这回他多了个心眼儿，让皇上给他写了一道密旨，他拿着密旨又出宫上了大街。这一次，毕玉用不着穿女装了，他一身便装，穿过了那八条赫赫有名的大胡同，往东一直向着天桥的方向走去。

十

天桥是京城南部的一块杂巴地，那里聚集着南城的穷人，外省四处来讨生活的人，和流浪艺人。这里因为有一座通向皇上祭天的天坛的桥而得名。在天坛周边那一大块空地上，到处都是摆摊练摊的，做买做卖的，打把式卖艺的，说相声唱小曲的，乃至擂砖要饭的。这里已经成为京城南部老百姓的一处游乐园。至于这里为什么每日都是人头攒动，原因是皇上祭天的地方，周边是不收税的。

毕玉从小就知道天桥的大名，但他从没有逛过，等到了他才发现，天桥那里的一切都是他熟悉的，令他想起了过年时的赶大集。他先到了那些艺人卖艺的地方，听听这边唱数来宝的，又到一旁看看拉硬弓的、耍飞叉的、变戏法的，他不知皇上看到这些杂耍会不会高兴，但这些东西能不能进宫又是个问题，别再有人借此机会一飞叉把皇上给叉了。

社会底层人的心思最难以琢磨，抱怨社会的穷人才来此卖艺，这些人中保不齐就有人把不满发泄到皇上乃至太监的身上。

毕玉不是江湖中人，却也知道些江湖中事，他在这里是不敢作威作福的，真要是被人打了都没地方抓人去。他又看了一会儿那些单掌开碑的气功表演者，看了擂砖要饭的乞丐。那些出宫的太监要是要了饭，连擂砖的力气都没有。他心里想还是看些文静的东西吧。

一转身，毕玉看到的还是天桥耍中幡的，还有一些摔跤的跤场，他远远地躲开了。穿过一片人群，看到前方有一些人围成一个圆圈，他往里一路钻了进去，却发现是一对穿长衫说相声的。是一个大人和一个孩子，分明是父子俩。只听那大人说道："我问您一问题，您说说，什么大，什么小；谁用得多，谁用得少。"

那小孩说道："你妈奶大，奶头小；你爸爸我用得多，你爷爷用得少。"

"哈哈哈……"人群中传来了一阵哄笑，原来是说荤口相声的，这些实在粗俗，可正适合进宫说给最爱听笑话的皇上听。说相声的祖师爷一般都认为是东方朔，他也是汉武帝身边的滑稽人物。这汉武帝都能听得的东西，当今皇上怎么就听不得？虽然皇上没法和汉武帝相比，不过……毕玉在这里止住了想法，他知道皇上是不能随意褒贬的，不论是说出来还是在心里褒贬。而这时，就听说相声的又说开了。

"哎，您知道，我前两天到尽忠胡同去了。"

"哦，尽忠胡同，那可是个好地方。"

"此话怎讲？"

"那是个老公窝子。"

"哈哈哈……"围观的人群又都开始哄笑，毕玉却笑不出来。这两个说相声的所说的尽忠胡同，有一处专门为太监准备的宅院，宅院中有剃头棚、裁缝店、吸烟房等等，还有专供太监使用的浴池。太监洗澡是要避讳他人的，只有同为太监的人才能一起洗澡，澡堂子里搓澡、修脚、收钱的也都是太监。这条尽忠胡同也有人叫作太监胡同、老公大院等等。

只听说相声的接着说：

"您知道这尽忠胡同里的老公大院吧？"

"是啊，可是那里边，您要是不少点什么东西的话，人家可不让进。"

"废话，您进去过？"

"别介啊，没有，我就是听说。我听说里面裁缝店、剃头棚、澡堂子什么都有，尤其是那个澡堂子，那叫一片好风光啊，满池子肥猪，没有一个上下有毛的！"

"哈哈哈……"人群里笑得更欢了，毕玉气得要发作了，他不知道这两个说相声的是不是认出了他的身份才故意这样说的；要不是自忖打不过人家，他早就冲上去拼命了。同时，毕玉也伤心得差点没落下泪来，他从净身之日起，他的下巴就开始变得油光水滑，再也生不出半根毫毛，身上的汗毛也淡了。虽然他现在的身子还算匀称，但不知道自己老了是否会像那些老太监们一样变得臃肿肥胖，成为一只上下都没毛的肥猪。

因为是秘密出宫又是孤身一人，毕玉在说相声的面前没有办法，这帮走江湖的艺人都是软硬不吃，要是真动用官府捉拿，一转眼就不知溜到哪里去了。他的心口堵着一块宫中的太湖石，这场相声实在听不下去了，他转身就往外挤。

"哎哎哎，您瞧瞧，我们哥俩在这里说了大半天了，这还有没掏钱就走的呢。您知道他为什么要走吗？您别动，我这告诉您，咱们这里边有人当了王八啦，老婆让人家给睡了。我们哥俩阅人无数，一眼就能看出来是谁，我们这就告诉您，都别走啊，您走了您就听不着是谁啦。哎，您瞧有人走了没？走的那个，肯定就是他当了王八的。"

"哈哈哈……"人们又接着笑开了。本来有几个想走的人，为了不在说相声的嘴里当了王八也就不敢走了，他们附和着人群一起笑，生怕别人看出来自己是王八。毕玉进也不是退也不是，他恨不得把地上刨开个缝自己钻进去。他没想到自个儿在宫里几乎是一人之下万人之上，而到了天桥却什么都不是，任由世人嘲弄。两个说相声的开始打钱，他们就是靠这种说完了要钱的能耐来谋生，如果你不给钱指不定他们嘴里冒出什么更难听的损话来。

毕玉怕到时候万一人们注意到自己是太监，还指不定有多少闲人上来帮腔。对于毕玉这个读过几年书的人来说，人活一世要的就是面子，他在宫中损尽了别人，也最怕别人当众损他了。于是，他掏出一小块银子扔进人群中，转身飞快地跑了。而这时，他耳边还传来了这样的相声。

"哎哟，二哥哎，您看这位爷多大方啊，人家给了银子。"

"是啊，指不定是当了王八急着回去捉奸呢。"

"哈哈哈……"笑声渐渐地远了，毕玉一抬头，发现自己早已经跑出了天桥，来到一条自己也不大熟悉的胡同。这条胡同中有很多鬼鬼祟祟的人来来往往，不时有女子靠着门轻轻地招手或点头，那些男人一闪身，像耗子一样敏捷地钻进门中。毕玉也从那些门口走过，却发现没有女子向他招手，这种地方的女子不会看出来他是个太监的，但为什么连暗门子的人都不搭理他？他的心里开始有了更大的失落，为此，他快步向前，朝着胡同口一家规模最大的妓院走了过去。进去之后，他才发现，这里不是妓院，而是大烟馆。

十一

这家大烟馆是一座二层的小楼，里面通道狭窄，毕玉走进去后，一个小伙计对他点头哈腰地打招呼。毕玉发现面前的小伙子矮小瘦弱，对着自己这个当奴才的人还是一副奴才相，自然是十分地满意。毕玉一高兴，就没有掩饰自己的身份。他尖着嗓子说道："你知道我是什么人吗？"

小伙计可能这辈子只听说过太监，而今天见到活的了："啊，您是……您是位老公？"

"哼哼哼……"毕玉笑了，其实在宫外被人叫老公是个很歧视的称呼，换作其他太监肯定不干，而这回毕玉却忽略了这一点。

"给公公请安。"小伙计赶紧跪下请安。毕玉看他请安的架势，标准的奴才秧子，完全是当太监的好材料，以后要是有机会，一定劝说他进宫当太监。哦，还劝说什么，直接拉到刘爷那里净身算了。

毕玉说明了来意，说自己不懂吸烟，只是想来看看，学习学习。小伙计连忙找来掌柜的，毕玉由掌柜的陪着，顺着楼梯上了楼，来到一间挂着白布帘子的单间前。掌柜的挑帘子请毕玉进去休息，并派人叫来了一名少女，端着一个硬木的大托盘走了进来。毕玉看到那大托盘上有着一杆玳瑁烟枪，上面镶着白玉烟嘴，别提多趁手了；有一盏外为景泰蓝、内盛香油、上面盖着玻璃灯罩的烟灯，此外还有挑灯芯的铁镊子、控烟灰的铁挖子、烧烟泡的铜烟板……这些工具显然都是给富人用的，都是十足的工艺品。毕玉没有心思看这些，他想到时候宫里一定会有人去造办更为精致的，少不了镶金带银。

掌柜的给毕玉一一做了介绍，并简单地演示了一下如何吞云吐雾。

毕玉看到旁边有一个不大的卧榻，他学着掌柜的样子卧上去，由那位少女服侍点上烟试了两口。毕玉本来不抽烟，他对这个还是没什么兴趣，不过他觉得，如果和皇上一起抽完烟再喝上一碗酽茶，再摸着宫中窑姐儿的手聊天，可谓是人生一大幸事了。

忽然间，那位少女开始解开衣服的扣子，而掌柜的早已经出去放下了门帘。那少女吹气如兰，趴在毕玉耳边说悄悄话。毕玉一失手，哗啦一下把烟具都打落到了地上，可是他顾不得这些，他猛然间发现自己的魅力。他听过民间的传说，说前朝皇帝就是不论走到哪里都处处留情，最后在临驾崩之前，才从千里之外把当今的皇上给寻了回来，所以当今这个缺爹少妈的皇上才会在宫中这么胡闹。自己身为太监也有这等艳福，一定是因为英俊潇洒，面白貌美，毕玉紧紧地搂着烟馆中的少女，他想象着自己马上就能还阳了，但很快他又失望了。

毕玉站起身来，这时，那位少女才跟他讲了价钱，要他三两银子。毕玉一下子后悔了，有着王皮胡同赊来年中的经验，虽然少女年轻漂亮，但顶多也就值个二两五。三两银子的价格太虚了，要是砍砍价一定能砍下来，更何况，事情压根就没有办成。

"怎么就没想着问问价呢？"毕玉在回宫的路上不断地自责。这次出宫总的说来还是平安和成功的，他知道该给皇上进献什么了。唯一的遗憾就是在烟馆女子身上多花了自己半两的私房钱。如果这个价能砍下来的话，那么自己里外里就亏了一两银子。

第四章

驾　崩

　　刘爷领着毕玉进了屋，他的俩徒弟从屋外抬进来不少东西，有几十斤的大米，一小筐草木灰，一刀窗户纸，还有一筐晒干的玉米梗，看上去是做柴火用的。他们忙于烧水熬药，同时用窗户纸把屋子糊得密不透风，使得毕玉都觉得屋子里闷得无法待人。

　　刘爷让毕玉躺在一张床上，床上的白布单子上没有一个污点，干净得让人瘆得慌。同时，身边的俩徒弟七手八脚地把毕玉的衣服都退了下来，让他整个身子就像一个展开的"大"字。毕玉好歹是个读书人，不想自己变成这个字让大家来认。猛然间他又一想，自己其实是个太阳的"太"字。

其中一个徒弟把一个煮好的鸡蛋的皮轻轻地剥下来，随后放在一个盘子里备用。毕玉不明白这是要干什么，他看着那个嫩得能弹跳起来的鸡蛋，不由得咽了咽口水。他馋了，可现在他什么也不想吃。

毕小四站在毕玉头部的位置，他双手抓住毕玉的头发，两位徒弟分别按住毕玉的双手和双脚，毕玉连忙叫道："干什么？你们这是要干什么？"

毕小四说："别着急，等一会儿再告诉你，这个是固定的仪式。"

毕玉说："什么仪式啊，怎么也得跟我说清楚了。"

毕小四说："会告诉你的。"

就这样，毕玉被牢牢地固定在了床上，他的四肢都被紧紧地绑缚在床帮子上，仿佛这张床就是为了固定他而特别设计的。毕玉像被绑上了一条乌篷船，在湖中晃晃悠悠地游荡着。这时，毕小四又递给他一碗药，是一大碗加了猪胆的臭大麻汤，刘爷示意毕玉喝下去。这碗汤难喝到什么程度，恐怕只有毕玉自己知道了。他喝完以后变得头晕脑涨，身子像一条吸入了过多油烟的蛇一样不停地抖动着，就连话也说不清楚了。

他哆哆嗦嗦地问："这——这是什么药啊？"

毕小四突然用一种很惊奇的眼光看着他："不对啊，你既然喝完了，就应该知道是什么药了。"

毕玉说:"我目前还没什么反应,是不是得等我死了才知道,我—喝—的—是—毒—"这时,毕玉的舌头突然学会了像说外国话一样打卷,最后几个字说得连自己都听不清楚。他觉得自己要晕过去了。

毕小四接过他的话说:"这仅仅是麻药,早在华佗时代就有的麻沸散,你应该听说过吧?小时候,在村里咱们总听老人们讲三国时的故事,说华佗想给曹操服用麻沸散以后做开颅手术,结果那曹操多疑,手术不做,还把华佗给杀了。就是这个麻沸散。哪能给你喝毒药呢?唉……"

一

人总是难以控制住内心的情感，更何况是毕玉这样的太监。他有时候很自傲，觉得自己进宫不久，就从一个负责刷马桶的小太监，一跃再跃而成为宫中的大总管，并且已经控制糊涂皇上的一切游乐乃至衣食住行。如今，就连抽大烟这种玩意都已经进了宫传给皇上了。

可是很快，毕玉又有些自卑，他发现宫中沾染毒瘾的太监并不在少数，甚至在禁宫周边就有一些暗藏的鸦片烟馆，常常有太监溜出去吞云吐雾。更有一些略微有些私产的太监，在宫外买房子置地娶小老婆，在老百姓面前更是欺男霸女无恶不作。

毕玉发现自己在宫中混了这么久，还有这么多隐匿的内情是不知道的，看来宫里的水还是很深，自己更是不敢轻举妄动了。其他的那些太监也都失去了功能，却仍旧热衷于结婚娶妻，他们在床上会用手抓、用牙咬……能够想出各种太监以外的人根本想不到的方式和方法来折磨那些可怜的女人。

尽管手中有着很多实际的好处，但毕玉终究是个太监。太监的实际内涵就是皇上身边能捞到点油水的奴才。毕玉发现，自己这辈子就是奴才的命，他有时为能够饱食终日而沾沾自喜，有时也觉得这样的人生还是死了的好。毕玉经常会想到死，但他每分钟能动摇上二十八次。他是不会真的去死的，其中把毕玉留下的原因之一，就是期盼还阳那种赛过神仙的快乐。

　　事实上，沉浸在自我快乐中的人不仅是毕玉，还有皇上。

　　就生活的糜烂程度而言，太监就算再糜烂也是比不过皇上的。皇上在宫中宠幸够了那些窑姐儿，还没来得及出宫逛窑子就晕倒了。半昏迷中的皇上连忙召来毕玉，向毕玉询问八大胡同中妓院的情形，毕玉只能不停地搪塞。他知道，要再这么下去，皇上醒过来就该把宫里改成妓院了。而他转念一想，宫里本来就是妓院，都是按月结算的那种。

　　皇上是在上厕所时发现自己的病的。这一天皇上像往常一样用缠了明黄丝绸的木质马桶方便，他有一种被堵上的感觉。太监宫女们都在外面回避。他们等着皇上在屋中咳嗽一声，或者估摸时间差不多了在屋外直着脖子叫一声："皇上，您好了吗？"得到皇上的回答后，他们再进屋来提马桶出去倒掉。可今天，皇上急得自己拎起了马桶在屋子中来回转悠。他生为帝王，从来没有一件事让他这么不顺心过。他太紧张，太着急了，于是，他静下来休息了一会儿，再次方便才挤出了几滴排泄物。他感觉到一种被阉割般的疼痛。这时，他才看到自己的下身已经红肿，明黄色的内裤上都是斑斑驳驳的血迹。

　　看到这些，皇上才想起来自己还有晕血症，于是就赶紧晕了过去。

　　昏迷的皇上口中不时"小玉子，小玉子……"地叫着，就像叫自己的亲兄弟一般亲切。毕玉一句接一句地答应，他不停地向皇上递话，生怕皇上在眩晕中把自己干的事情全都抖搂出去。太监们不敢说什么，但这些毕竟都是丢人的事。就在这种情况下，毕玉想起了他淘来的宝贝，大烟。

　　毕玉想不到大烟竟然有如此神奇的功效，皇上刚刚抽了三天大烟，他的病就有了好转。皇上方便时仍旧是断断续续没有多少尿液，但已经止住了疼痛。毕玉亲自向宫中有这口爱好的老太监们学着烧炕泡的技术，学会了各种伺候烟局的方法。在毕玉的照顾下，皇上的精神越来越好，越来越勇猛、健康，他的眼睛随时都泛着光彩，对这个新鲜的世界充满了各种欲望。

　　就在皇上吸大烟的第七天，他终于倒下了。

二

　　宫中乱作了一团，毕玉连忙下令紧急封锁消息，就连皇上亲信的几位老臣都不得告诉，对外继续宣称皇上一切都好洪福齐天。而这个消息却像长了翅膀一样传遍了宫中，太医们纷纷从地底下钻出来，走马灯似的给皇上看病。他们看到皇上脸色蜡黄，身材枯瘦，不仅不能正常地上厕所，还伴随着剧烈的疼痛。

　　太医们纷纷进到皇上休息的大殿中，一番望闻问切后开始商量。而在众多太医中，为首的正是皮道士，他在宫中多年的广泛交游，使得他落下了悬壶济世的好名声。

　　毕玉和这位宫中医术的大拿（北京方言。权威人士）早就打过交道，拿捏住了皮道士的把柄。这时，皇上的病才是最重要的，他只能希望这位皮道士的医术不要像他的道术那么混蛋就好。

皮道士召集众多太医一起开会协商，毕玉此时也在场旁听。皮道士说道：

"众位，今儿个皇上贵恙，咱们身为臣子的，拿出点自己真格的家伙来，众位不要有顾虑，皇上有怎样的症状和病情大家都说出来，为了皇上好嘛，估摸着皇上是不会讳疾忌医的。"

"是啊，是啊。"太医们纷纷应答，随后都如木雕泥塑一般不说话了。

"大家说说皇上得的这是什么病啊？"

"这……"这下，更没有人说话了。

"好吧，那你们一起商量，一起开方子吧。我也不是医生，只是皇上的奴才。"毕玉说得客客气气十分谦卑，随后，他一转身走出了屋子。

不一会儿，毕玉收到了太医们的药方，他发现，太医们的药方上仅仅开了几味无伤大雅的药，顶多起到一些保养滋补的作用，只要有一点肚子疼喝姜糖水常识的人都能开得出来，吃多少都不治病，不过倒也有一点好，就是吃多少也治不死人。

毕玉了解这些太医，太医们都怕担责任，谁给皇上诊断了是什么病并且开了什么药，万一这位身体像他的性格一样反复无常的皇上有个什么马高蹬短的，到时候有人救皇上却没有人来救太医。太医们一般都是随声附和他人，最后众人捏咕出一个比较中庸的药方来了事。

这时，毕玉突然想教训太医们一下。

"大家说说，皇上的病是不是没多重？我想皇上很快就会好起来的。"

"是啊，没多重，没多重，皇上很快就会好的。"太医们纷纷附和，他们都知道毕玉在宫中说一不二，宁可把皇上的病治重了也不能得罪他。

"这么说，皇上就是没什么大病啦？"

"啊，没什么，没什么。皇上只是偶感风寒，有些小病罢了。"

"混账！"毕玉"啪"地拍了一下桌子。"没什么病？你们看看皇上这两天茶不思饭不想根本就起不了床，连尿都撒不出来，还没什么病？你们真的敢说自己是个太医，现在就给我写下来：'皇上没病！'到时候皇上有个三长两短，按律杀他的全家！"

这下，太医们吓坏了，连他们面前的笔墨纸砚都跟着一块哆嗦上了。"皇上有病，皇上有病。"

"好啊，皇上有病，有什么病？你们说啊！来人哪！"毕玉高叫一声，一些太监和侍卫纷纷从房屋的屏风后涌出。"把他们每个人都隔离开，要他们单独写出对皇上的诊疗方案，凡是治错了的一律按律治罪。"

呼啦啦一阵乱响，太医们纷纷被带下去了。不一会儿，毕玉下令把太医们的药方分别收上来，他看完以后十分无奈，每个人开的药方几乎没有相同的药物。这些病历上写着，皇上分别得了伤寒、中暑、疟疾、脾虚、肺热、心寒等众多的病症，必须用板蓝根、蒲公英、射干、杏仁、苏子、前胡、生姜、韭芹、车前子、鱼腥草、川贝、没有交配过的蟋蟀、白色公兔子的鼻毛、黑毛白爪子的猫的唾液、女人染过红颜色的指甲、死尸肠子里的油、用大粒盐巴腌后风干的羊腰子，包括人的粪便和尿液等等来治疗。这种情况下，毕玉唯一能做的就是死马当活马医，看来皇上是离死不远了。

　　毕玉下令，按照太医们开出的药方，一天用一位太医的药，看看皇上究竟在吃哪位太医的药时身体渐好，这样就要重赏那位太医。太监们照方抓药煎好之后给皇上服用，结果几天以后，皇上忽然在上厕所时变得通畅起来。他不停地排尿，一连排满了三大马桶又四个痰盂的尿液。那一桶桶的圣水在毕玉的眼中如降甘霖，他即刻意识到，皇上的身体好了。而这一天，正好使用的是皮道士的药。

　　屋子里只剩下皮道士，皮道士刚想张嘴言语一声："怎么回事？"毕玉就用话堵上了他的嘴："皮道士，您开的方子真不错啊，皇上他……"

　　皮道士一阵紧张，他颤颤巍巍地不知所措，豆大的汗珠不停从额头上滚落下来，张张嘴却说不出话。毕玉狡黠地一笑："没事啦，吓唬您玩的。皇上他好了。"

三

　　皇上果然好了。

　　当皇上从噩梦中醒来的时候他不知道在地狱中走了几遭，他只记得自己在吃冰糖葫芦的时候，有阎王爷派来的男鬼、女鬼和小孩鬼前来找他，那些鬼怪都穿着白色的长袍，披着长长的头发，围着他欢笑、唱歌、跳舞，丝毫不因他是皇上而有半分的尊崇。皇上不高兴了，他开始大声呼喝。皇上说："我生前是皇上，死后就是阎罗大王，你们这些小鬼，难道不就是我身边的太监宫女吗？"

忽然间，那个男鬼扑了上来。皇上说："我后宫中急缺人手，要不你给我当太监吧。还有你……"他影影绰绰地看到女鬼的身姿有几分妖娆，"我后宫空虚，把你选进宫来如何？"

男鬼、女鬼和小孩鬼仍旧在笑。

"哎，别抢我的冰糖葫芦啊！"那个小孩鬼冲上来咬了皇上手中的糖葫芦一口，皇上高声尖叫着。他大声叫太监和侍卫，却没有一个人来帮他。为了防止糖葫芦被抢走，他连忙三口两口就把糖葫芦吃下去了，女鬼们呼地一下子全不见了。

他忽然又发现，宫中那个被皮道士捉走的西洋魔鬼又出现了，仍旧是那么高大、挺拔，比阎王身边的小鬼要有型得多。"嗯，不错，早知道真不应该让皮道士去捉你。"皇上说，"那些阎王身边的男鬼女鬼只能给我当太监和宫女，而你可以给我当侍卫。"他忽然看到，那些男鬼和女鬼们在一起亲热着，不一会儿就有一些小孩鬼生出来了。皇上一惊："怎么，太监和宫女都有小孩了？那我呢？"

鬼们都渐渐地散去了，皇上出现在一个昏暗的大殿中，他看到殿堂的中间坐着一个面貌凶恶的人，殿堂似曾相识，那个人也是帝王家的打扮，身边的仪仗都和自己平日里上朝时相仿。他这才觉得自己真的来到了阎王殿，他忍不住说话了。

"前方坐着的是谁？你麻利儿的给我下来，我是皇上，听见没有？"

前方的人并没有声音，皇上开始爆发了。

"我是皇上，你凭什么自己坐着而让我站着？赶紧给我滚下来！"

前方开始了一阵大笑，中间的那个人不人鬼不鬼的东西笑得更凶了。笑过之后，他自我介绍说，他就是传说中的阎王爷，就算是皇上，到了寿数，也要勾魂到阎罗殿中接受审判。说着，阎王爷翻开生死簿，准备查查该怎么处理这个皇上。皇上还不老实，他接着问："刚才是谁把我弄过来的？"忽然间，他一抬头，发现负责把他带来的，就是那个高大、英俊、一身黑袍的西洋魔鬼。魔鬼手中拿着一把巨大的镰刀，镰刀烁烁放光，映照着魔鬼英俊的脸。皇上这才明白，是西洋魔鬼勾了自己的魂魄，自己原本还想请他给自己当侍卫的。

阎王爷翻阅了生死簿，说这个皇上现在就得下油锅，要不然对不起全天下的百姓。结果皇上一着急就尿了裤子，同时他还在大喊："淑妃！淑妃！"这一下他尿得更多了，哗哗不止，最终一场大水冲了阎王殿。皇上从梦中醒来，发现自己又尿炕了。

醒来后，皇上精神抖擞，他第一件事就是要见淑妃。

毕玉看到皇上这个样子，知道最好的办法就是先把皇上送到冷宫再说。随后，他招来朝中的众多老臣，开始商量皇上的身后之事。自然，毕玉在宫中为了皇上取乐所做的一切自然都被停止了，宫女们不再裹脚，那些道士、杂耍艺人、窑姐儿们也都纷纷被送出宫去，宫中终于出现了前所未有的平静。

老臣们在第一时间知道了皇上的病情，他们进宫后纷纷趴在地上痛哭不已，毕玉也跟着哭了起来。他也想起来，要不是皇上宫中用太监，自己现在在京城里一定找不到工作，指不定在哪家小饭馆里当着小力笨儿（北京方言。做粗活、杂活的学徒），被掌柜的骂来骂去。现在，众多大臣也念起了皇上的好，要不是皇上，他们何处来的丰衣足食？现在终于需要他们为皇上做点什么了。

皇上最终要面临的问题就是，皇上没孩子，那皇位传给谁？这两天朝廷得到战报，说在边疆地区，有红毛国、佛朗机国等军队频频骚扰边境，并且袭击商旅路人等。

按照习俗，人们把家里的直系亲属都在世的人称为"大全活人"，并觉得这样的人是有福气的。现在的皇上才叫真正的孤家寡人。皇上的上几代人都死干净了，而他的下一代还没有出生，唯一与皇上有点亲戚关系的平辈，还是一个出了五服的堂兄弟康亲王，也正带着他唯一的儿子在边疆与敌国对峙，一时还不能立刻奉诏回来继承皇位。

没有人继承皇位，大臣的位子也就保不住了。为了自己生存的需要，这些平日里明争暗斗了多少年的大臣们聚集在了一起，开始商讨皇上的病情。就在这个时候，尹小六来报，他悄悄地对毕玉说，皇上要行人事了，他一定要到淑妃的宫殿中去。

毕玉先把跪在一旁哭了半天的皮道士叫出来，现在皮道士唯毕玉马首是瞻，根本不知道能把皇上治疗成什么样子。要是万一把皇上自己染病的原因扣在自己脑袋上，那可就全家不保了。毕玉对皮道士窃窃私语了一番，把大臣们召集在一起开始讲话。

"列位大人，众位受皇上的恩惠已经不止一代了吧？现如今皇上身体不适，我想大家也都知道了，皇上没有后代，这个皇位的问题……"毕玉说到这里顿了一下，他逐一观察大臣们的眼神，只见这些大臣都恨不得像鸵鸟一样把头埋到地里去，想让毕玉赶紧说完了放他们回家与小妾亲热才是正解。此时，唯一一位抬头偷眼看毕玉的大臣，是当朝的王丞相。他们四目相对，似乎要擦出火花来。毕玉知道这位王丞相可不是省油的灯。他刚想说话，王丞相先张嘴了。

他斩钉截铁地说："朝中不可一日无君，一定要让皇上有后代。毕公公，既然皇上要去淑妃那里，那就赶紧通知淑妃，这次一定要留下皇家的血脉才是。"

毕玉觉得王丞相的嘴像地沟一样臭不可闻，他掩饰不住自己的感情了，人生来就要维护自己心爱的女人不被别的男人侵犯，连太监也是如此。毕玉一趟一趟地往宫外跑，四处给皇上找寻那些荒唐的玩乐，给皇上招妓，让皇上吸大烟……甚至不惜毁了这个皇上，不就是为了让淑妃躲避那一次次无休止的侵犯吗？他是多么希望淑妃真的永久被打入冷宫，皇上永远不再来找淑妃才好，干脆让皇上忘了她吧。可是，几乎被美色和烟毒掏空了身子，羸弱得像一根稻草，经不起稍微大一点的风的皇上仍旧不肯放过淑妃。偏偏这时，你这个老不死的丞相还来这里搅乱。毕玉气得直咬后槽牙。皇上从小就这么荒唐糊涂，你怎么不说话？这些年来皇上荒淫无道，你怎么不说话？一旦皇上没了接班人，你这主意就来了。

"丞相，皇上的身子已经再也经不起折腾了，他本身不明白这一点，我想您还是应该明白的。"

"毕公公！"王丞相对着毕玉深施一礼，"现在朝中空虚，多年来皇上不理朝政，朝廷各个部门陷入瘫痪，很多官职空缺无人过问。一旦皇上有个三长两短，没有太子接班，国家会出乱子的。"

呼啦啦一下，其他大臣都跪下了。"王丞相说得有理，请毕公公三思！"

毕玉这下真虾米了（北京方言。麻烦了，完了），他只得再次下令布置，要淑妃陪王伴驾，要求太监们记录下来，某年某月某日某时，皇上幸淑妃，留！

四

每次皇上临幸完妃子，毕玉总是要在扛走妃子前问上一句："留还是不留？"

如果不留，就由宫中一位老太监用手在娘娘身上的某个穴位处轻轻按摩，使得娘娘控出液体，并给娘娘服用一些有着节育作用的中药。

如果留，就由太监们认真记录。而皇上一向是不留的，他头脑里根本没有生养孩子的概念。毕玉习惯了也就不再过问皇上了。而这次，皇上要留孩子，是留住和淑妃一起生的孩子。

毕玉来到淑妃娘娘的屋中，在他眼里宫中的陈设都那么不顺眼，他恨不得冲上去顺手砸上几件。淑妃早已知道了情况并梳洗打扮好，旁边有其他太监在场，淑妃不能和毕玉说些什么，她只是冲着毕玉笑笑，然后悄悄地摆了摆手，做了一个临分别时挥手的动作。不知为什么，毕玉觉得淑妃要和他永别了。他的心里在流血，而他的眼睛还不能流泪。

这一次，毕玉还是亲自送淑妃到皇上的屋中，在外面静静地守候。如果不是怕给淑妃招来麻烦，他真的想诅咒皇上，希望他死在床上才好。

毕玉在屋外，像一个为同伙望风的盗贼，他不知这次皇上能够怎样，是否还像以往一样，淑妃会在屋中传来山崩地裂的叫声，而皇上最后像一摊烂泥一样躺在床上，然后他再把赤裸的淑妃用被子筒卷走，像扛一个麻包一样扛回她的住处。

在这深宫之中，除了皇上以外谁都不算是个人，谁都不能像一个正常人一样被对待。在皇上面前，那些成群的嫔妃就像皇上发泄和传宗接代的工具，嫔妃们的地位完全取决于她们是否为皇上生育了后代。

想到这里，毕玉反而想开了，也许淑妃真的能为皇上生下个一男半女，她会时来运转，能够脱离冷宫呢。

而这一次，没多久，淑妃在房子叫他："毕公公，毕公公。"尽管声音微弱，毕玉还是进屋了，他看到皇上的下身像一根腰带面一样躺在他的肚皮上，皇上早已经不省人事了。淑妃趴在毕玉的耳边轻声地说："皇上实在不行了。"

皇上又被抬回了乾清宫，毕玉再次召集众位大臣一起开会协商。这一次，是毕玉坚决主张，一定要让皇上有后代，只有这样才能让淑妃在宫中过得好些。至于那时自己还能不能在淑妃身边就顾不上了。

计划赶不上变化，这次坚决反对皇上临幸淑妃的反而是王丞相了，他似乎天生就是来和毕玉作对的。

王丞相说："既然皇上已经不能尽人事了，那就让他好生歇息吧。余下的事情我们再商量。"

"不！"毕玉说，"这次一定要让皇上与淑妃同房，要不以后连同房的机会都没有了。"

"皇上已经不行了，你怎么让皇上传宗接代呢？"王丞相的话开始变味了，"总不能让毕公公代劳吧。"

"哈哈哈……"众位大臣都在附和着笑，毕玉看出他们已经成了一个对皇家权力构成威胁的集团。

"王丞相，您这是什么话？难道丞相不知道我的身份吗？您也想进宫里头来当差吗？"毕玉原本想反唇相讥，他现在才明白自己的学问和智谋远不是这些老谋深算的大臣的对手，人家都是科举出身，自己连个秀才都没有中过，他心里有了一些名落孙山的悲哀，看来考试还是能选拔一些人才的。

大臣们笑得更欢了。"毕公公哪里的话，我们身上的构造不同嘛。哈哈哈……"

毕玉原本想借此来说，在皇上病重之时，你们身为大臣竟然敢咆哮朝堂如此放肆等等，再找个借口治他们的罪。但毕玉知道现在有更重要的事。他把到了嘴边的话混着唾液和屈辱一起咽了下去，他看到了闷在一旁不说话的皮道士。

"皮道士，你有何良策？"

"这个……良策倒是有一个，只是不知道合不合礼制……"皮道士磨磨叽叽地说。

"赶紧说，恕你无罪，都到什么时候了，还在乎这些。"毕玉真的着急了。

皮道士说道，皇上不能行人事，但并不一定表明他没有传宗接代的功能。只是他的身子太虚，肌体上不行了，这个完全是可以调养过来的；既可以通过药物，也可以通过物理方法……这时的毕玉不知道哪来的那么大的力气，他冲上去"啪"的一下，就给了皮道士一个耳光。平时他在宫里，连个小太监都不敢这么轻易出手打，这使得他在太监中落下了一个好名声。皮道士也就成了当朝第一个被毕玉掌掴的太医了。

"别废话，你赶紧说，让皇上怎么办？"

"让皇上歇两天吧。"

五

皇上毕竟还没有晕过去，他一直非常明白，自己的身体不好了，就得找点不影响身体的事情来做，要不然自己很快就会无聊起来。

皇上说，他想看戏，只是这些年来忙于朝政没怎么看了，以往逢年过节，宫里都要在畅音阁的大戏台上唱戏的。这座戏台一共有三层高，是卷棚歇山式的顶子，覆盖着绿色琉璃瓦和黄色琉璃瓦的剪边，地下埋着扩音用的大缸，音响效果非常地好。每次皇太后和皇上带着众多王公大臣在这里看上一次戏，就得花费几十万两银子，这还不算为戏班置办行头和那些名角儿的挑费。看来皇上又是有钱没地方花了。

几次戏看过后，皇上的戏瘾大大地增加，他认为自己成为了内行而不再是个棒槌（北京方言。外行）。于是，他亲自在宫里组织起戏班来，他还要当戏班的班主、主演兼大幺头（北京方言。大头目），连经励科都一手包办了。

按照传统，凡是职业的挑班、搭班唱戏，都是要有师父的，没有师父只能当票友，不能下海，皇上想了半天不知道拜谁为师。当时大名鼎鼎的谭贝勒已经关门不收徒弟了，其他的名角见到皇上也是不敢收，晚一辈的演员更是不敢跟皇上论师兄师弟。于是，皇上最终想到了一个很绝妙的主意，他亲自跑到陕西的蒲城，来到唐泰陵，也就是梨园界的祖师爷唐玄宗李隆基的墓前，亲自拜唐玄宗为师投身梨园。

皇上想，这下他就是全天下唱戏的祖师爷一级的人物了。宫中又开始有乱套的倾向了，不过相比之下，皇上下海唱戏大臣们还都是支持的，在宫里开戏园子总比开窑子要好得多。

可是皇上在看过几次戏，登台唱过几次戏后，又不满足了。当了祖师爷就得有徒弟，于是他挑选了毕玉、尹小六等一干年轻的太监，要他们先拜在自己门下为徒，然后跟着那些梨园行的老伶工们一起学习唱戏，要把他们培养得六场通透、文武昆乱不挡。一时间，毕玉整天学习京剧的五功四法，包括手、眼、身、法、步，唱、念、做、打，每天练声、吊嗓儿，练习腰功、腿功、把子功、毯子功、髯口功、靠把功、翎子功、扇子功、水袖功、矮子功，还要打飞脚、翻吊毛、摔抢背、摔僵尸……就差文武场面了。

毕玉原本喜欢戏曲，多少也会唱两句，只是在这么专业的练习下，他已经快累残了。

终于等到这一天，皇上要带着众位大臣观看毕玉登台演出。

刚开头，是上来跳灵官来驱邪。当时演戏在宫外都是"跳加官"的，是由演员们扮演神仙一类的角色，向观众展示"加官晋爵"的条幅。而宫里头已经没有官职能够再往上加了。只见十几名太监扮演成龙虎山中灵官的模样，在台上走了一遭，随后就下去了。然后就是开锣的几个小戏，诸如《三不愿意》《小放牛》《五花洞》《盗魂铃》，随后是几出大戏，其中有一出是《穆柯寨》，讲的是杨家将中，孟良、焦赞到穆柯寨请穆桂英出山破天门阵的故事。这时尹小六和另一个小太监扮成孟良、焦赞上了台，而对面是另一个小太监，扮演穆桂英的丫鬟。那丫鬟第一次见到这么难看的人，她对着孟良焦赞"哞——"的学了一声牛叫。

焦赞回身问孟良："大哥，这人是谁呀？"

由尹小六扮演的孟良说："贤弟，这你都不知道啊，她是穆桂英的老端。"

"什么叫老端啊？"

孟良一指台下看戏正看得舒坦的毕玉："就是老给穆桂英端马桶的。"

"哗——"的一声，台上台下的人都笑喷了，大小太监们赶紧捂上嘴笑着。他们都明白，尹小六是借此狠狠地扒了一顿毕玉，他就是给皇上端马桶出身的。

毕玉先是跟着大笑，等他反应过来，气得一张嘴就咬到了腮帮子。

他正为自己扮演什么角色为难，一会儿就要上台了，现在有再大的羞辱也得忍着。毕玉尽量把脑子集中在角色上。他小时候喜欢鲁智深、单雄信那样的人物，但从没想过自己能扮个高大威猛的花脸。他匆匆到了后台，对着镜子看自己狭长的脸颊，多少应该能扮个老生吧。毕玉喜欢的角色不多，在宫里唱戏又颇为麻烦，很多好戏如结尾悲凉的、批判官吏或皇上的、与娼窑妓院有关的、哭死人的……只要不是好结尾的都不能唱，能唱的也就是《三国》《杨家将》之类的历史剧。可是黄忠太老，杨四郎太面，乔玄也太老，诸葛亮太半仙，刘备太废物，毕玉还是喜欢《战太平》中的花云，那一句"头戴着紫金盔齐眉盖顶"上来一个嘎调唱得气冲云霄。但他扮上花云刚一上场就被皇上哄回去了。"你怎么扮生行啊，我还得唱呢，赶紧回去捡了（北京方言。卸妆时卸去头部的妆饰）。"皇上一抬腿就进了后台。毕玉犯了难，皇上要唱戏真不知该扮什么，干脆就唱他自己吧，别扮了。于是，《战太平》就改成了《游龙戏凤》这出讲正德皇帝要流氓的戏。

皇上什么行头都没穿，直接穿着龙袍就上了场，而毕玉身着女装，扮成旦角的样子，成了被调戏的李凤姐。这一上场就来了个碰头好，人们惊艳于女装的毕玉真的好似一块美玉般洁白无瑕，也搭上上妆的颜色好，他在台上一亮相就把在场的宫女都比下去了。这一场戏下来，皇上把他的本性表演得淋漓尽致，再也见不到这么精彩的"正德皇帝"了，同行就是心有灵犀。台下的王公大臣们不断地拍手叫好，甚至有些太监也都放肆地高喊：

"毕公公，好啊！毕公公，再来一段！"

"毕公公，我们今天可是小刀拉屁股——开了眼啦！哈哈哈……"

人群中传来一阵阵的欢笑，毕玉却有一种当众被狠狠地调戏了一番的感觉。他从来没有见过皇上对他有那种腼腆的眼神。皇上兴致大发，他要毕玉晚上到他的寝宫养心殿去，陪他一起唱《西厢记》中的《红娘》。毕玉因此想出了一个十分大胆的主意。

毕玉进到殿中，却发现殿中灯火通明，四处弥漫着熏香的味道。皇上先要毕玉到后面穿上行头扮成红娘，而他自己扮成了张生，并摆上了一桌精致的酒菜。毕玉不敢坐，皇上就上手按他坐下，并往他的碗里夹满了菜肴，还把毕玉的袖子往上挽了挽，轻声地说："菜热，慢慢吃，小心烫着嘴唇。"毕玉就着法兰西国的葡萄酒吃了几口宫中秘制的炖吊子就吃不下了。按说红娘根本吃不上这么好的菜肴，当年红娘百般努力，宁可被拷打也要成全张生和小姐完全是为了她自己个儿，这么着她就能跟着小姐一起嫁给张生当个小妾，总比丫鬟要好得多。那年头是流行陪房丫头的。毕玉也觉得自己今天就是红娘，他完全是为了成全别人。

皇上一连喝了几杯酒，开始有些晕乎。他用一种轻柔的声音，要毕玉和他一起唱戏，毕玉连忙止住了。

毕玉说："皇上，这不对吧。《西厢记》里是张生、小姐、红娘仨人的故事，咱们才是两个人啊，您去哪找唱小姐的啊？"

皇上想了一下说："这倒也是，你能来个一赶二吗？"

"您真有邪乎的，根本来不及！我推荐一个人，陛下您肯定满意。"说罢，毕玉冲着外面拍了三下手，一个已经装扮好的崔莺莺小姐走了进来，皇上抬头一看，却发现她是淑妃。淑妃扮成旦角也是十分地漂亮，雍容典雅之间透出那种大家小姐的气质来。

毕玉说："咱们三个人一起来吧。"他一扭头，发现皇上已经有些醉了。

时机正好。毕玉起头，念白道："我告诉你说吧，刚才你跳墙，扑通一声，我们老夫人问你是什么东西，我说你是狗，老夫人一害怕呀，就睡觉去了，就剩我们小姐一个人了。她呀下棋玩耍，我拿着棋盘隐着你的身子，你要老老实实地听我的号令。"毕玉提了口气，带着皇上一起唱开了。他用不着刻意地学女声就能唱好旦角，这也是太监们的优势吧。

　　叫张生隐藏在棋盘之下

　　我步步行来你步步爬

　　放大胆忍气吞声休害怕

跟随了小红娘就见到她

可算得是一段风流佳话

听号令且莫要惊动了她

唱罢毕玉原本想一推皇上，让皇上和淑妃就寝后自己就赶紧撤了，哪知皇上一转身，迷离着双眼大叫一声，冲着毕玉就扑了过来。毕玉并不敢把他用力地推开，结果皇上一下子就把桌子给撞翻了，杯盏碗筷稀里哗啦地掉了一地，淑妃吓得"嗷"的一声就躲到墙角里去了。

皇上一翻身就把毕玉压在身下并开始剥他的衣服。毕玉连忙高喊："皇上，皇上，您认错人啦！哎……"皇上的脸一下子凑了过来，毕玉的嘴巴被堵住了。皇上从来没有过这么大的力气，他三下五除二就剥下了自己和毕玉的衣服。

淑妃在一旁看傻了，她看到两个人影在灯下不停地晃动。在毕玉带着哭腔的叫喊声中，她隐隐约约听到毕玉在不停地说："张生，我不是小姐，我是红娘啊！我不是小姐，我是红娘啊……"皇上一刻不停地动手，把毕玉搂在怀中。淑妃连滚带爬地出了养心殿，她飞快地跑了回去，渐渐地，养心殿中的声音越来越小，而她的精神开始恍惚……

六

那天毕玉就在养心殿陪着皇上睡下了。皇上把他抱上了龙床，他不知道自己是不是第一个睡龙床的太监。他在心里不停地问自己是男还是女，而口中却默默地念叨着："我是女的，我是女的……"

从那以后，毕玉一直不敢见淑妃，他自己却在皇上的侵犯下当了一回兔儿爷。但很快，毕玉下了决心，要是再不安排皇上和淑妃同房以便留下后代，到时候自己就该替淑妃生孩子了。

毕玉担心的事情有很多，他怕皇上看出自己的秘密——企图还阳；更怕皇上知道他和淑妃的关系。他知道皇上的性格反复无常，不用找理由就可以杀掉自己。但他又想，说不定这也是个好事，可以利用双方的关系，达到自己的目的。而有时候，他总怀疑自己的目的，他只知道埋头赶路，却不知路在何方。

可是皮道士那边传来了不好的消息："皇上还是不行。"

"不行也得行！"毕玉的眼里出了血色，皮道士在他凶狠的目光下瑟瑟发抖。"我告诉你，不择一切手段让皇上和淑妃同房成功，要不然我要你的脑袋，出了事我来承担！"

"那好吧，这话可是您说的。"皮道士道。

这天晚上，皮道士早早地牵过来一只羊，他把羊拴在一根木桩上，在一旁磨刀霍霍。月上东山，他估摸着时间差不多了，一刀就结果了羊的性命。皮道士麻利地给羊开膛破肚，把手伸到羊的肚子里一阵翻腾，不一会儿的工夫，他就取出了一截羊的小肠，而羊却没有流出一滴血。毕玉在一旁看着奇怪，这位太医宰羊的能耐比他治病要强得多。

"皮道士，这羊怎么不流血？"

"呵呵，我刚才把手伸到它的肚子内，就是掐断了它的血管，使得血都留在腔子内，嘿嘿，这样才好吃呢。"皮道士顿了一下，接着说，"毕公公不要外传，我年轻时是屠夫，后来转成了兽医。"

毕玉咧嘴笑了一声，自从他被皇上"临幸"到现在，心情这时才稍微好转了一点。毕玉心中暗想以后是不能找皮道士给自己看病了。这时皮道士说："毕公公，随我来。"毕玉随着皮道士走进了他的屋子，只见他拿着羊的一小截肠子经过一番加工，制作成一个羊肠的小套子。然后他特意准备了温水，把羊肠套子放在温水中，并告诉毕玉该如何使用。皮道士说，这个套子能够让皇上重振雄风，并且还有延时的功效。

毕玉用保温盒装上羊肠套子到了冷宫中。他提前把使用方法告诉了淑妃，并且说别忘了使用前把套子封闭的一端剪掉。毕玉仍旧是很不好受，淑妃想跟他聊聊天，可他却多一句话也不说，径直去服侍皇上了。

这一夜，皇上一切正常。

转过天来，皇上又是过足了烟瘾，他突然觉得一阵头晕目眩。他早早地走出房间，看看天上的太阳，他突然能够直视太阳了。以往他只能眯缝着眼睛看太阳，长时间直视会失明，这一点皇上还懂得。

今天太阳仿佛离他很近，一伸手太阳就在自己的手上像破碎的鸡蛋黄一样四处流淌着。而这时，皇上发现太阳已经黏在了他的手上，并将他向天空中吸去。他的身体越来越轻盈，自己腾空而起，一阵风吹来，他向着太阳的方向飞去，太阳也越来越大。皇上害怕起来，他要是真的到了太阳上就会被烧死，他可不想在临死前发出一声长长的惨叫而有损皇上的威严。不过，他最终还是没被太阳烧死，而是直接晒晕了。

晕倒后的皇上再也没有醒来，后宫乱作一团。太医们忙得团团转，他们纷纷使出了自己的各种祖传秘方，也没有让皇上再次睁开他那双对女人充满着渴望的双眼。

宫中的人很多，但是没有能管事的，也没有敢管事的。皇上生前没有册立皇后和太子，按照传统，在他死后出生的第一个孩子将继承皇位。

王丞相在这个时候组织了八位顾命大臣一起处理朝政，并且选择了一个黄道吉日，对全国公告皇上驾崩并举行了盛大的葬礼，百姓在百日国丧期间被禁止一切娱乐，宫里的戏班也解散了。

毕玉也是十分伤心，他觉得自己与皇上并没有什么私人恩怨，就不应该用妓女和大烟来毒害他。自己也没有培植过党羽有过什么政治抱负，他只是想让淑妃过上安静消停的日子，给皇上找点事干，省得他整天在后宫里闹腾罢了。结果，这下皇上是真安静了，永远的安静了。而开始不安静的大有人在，那就是王丞相和那帮蠢蠢欲动的大臣。

七

一切都按照传统的大典来办，几个月很快就过去了，安葬皇上的事才终于落幕。这仅仅是开始，接下来还有无休无止的祭祀活动。自从皇上最后一次临幸淑妃以后，冷宫就被解除了，淑妃也搬到了储秀宫中去住，那里的条件更好，有更多的太监和宫女来照顾她。

毕玉一连许多日子没有和淑妃见面，当他再次见到淑妃时，他吓了一跳，淑妃的肚子还没有反应。

皇上的驾崩使得宫中的气氛骤然一变，王丞相等八位顾命大臣开始主持朝政了，很多许久没有上朝的大臣和一些皇亲国戚纷纷露面。他们总是不停地紧急磋商，京城内外有好几拨势力的人马在来回调动，原先由宫中太监们负责的一些事情，现在都由专门的大臣来负责了。毕玉预感到大事不好，这么下去朝廷会出事的。他也大致知道什么是宫廷政变，国家权力交接的时候马上就要到了。

毕玉本来是后宫的大总管，平时许多国家大事他都参与，是因为皇上不理朝政权力旁落在他的手里。这本身不符合法制，现在又遭到了大臣们的攻击，他只能不断地搪塞。毕玉后悔当初为什么不多干点以权谋私的事，如果早些和几位大臣走得近一点，就能探听出朝廷的动向。

这阵子毕玉在宫中和太监们特别地亲近，他也召集太监们开了不少小会，来商议国家的动向。太监们之间还是信得过的，大家毕竟都是有共同命运的人。国家兴亡，太监有责。作为读过点书，曾经一心想求取功名的毕玉来说，他不知不觉就卷入国家这座大机器的斗争中。这时他才发现，自己身边的人不是太少，是几乎没有。其他太监虽然都陪着他说话，但对于朝政都是漠不关心。大家都忙着趁朝中混乱的机会和宫女嬉笑玩乐，同时大大捞上一把。毕玉知道有一句俗话叫作"皇上不急太监急"，现在他才明白，着急的太监只有自己一个。他是总管，是他坚持要皇上和淑妃同房的。

很快，在朝堂上，王丞相开口了。

"毕公公，现如今已经过了百日的国丧，皇位的问题对天下总该有个交代了吧？"

"是啊，是啊，总不能空着皇位，把众多事情都交给毕公公，这样也太辛苦您了……"

"一定要有新皇上登基，要不何以告慰天下？"

……

面对众多大臣的随声附和，毕玉也开了腔："列位大人，大家都忘了吧，人是十月怀胎一朝分娩。皇上在临归西前，我和众位大人商议，特意让皇上和淑妃同房，这些事你们都忘了？现在才三个多月，哪来的新皇上？"

"是啊，是啊……哪来的新皇上？"

"况且淑妃娘娘怀的是皇子还是公主还不一定呢。"又有一些大臣附和。

王丞相道："那么敢问毕公公，先别说淑妃娘娘怀的是皇子还是公主，就先说娘娘千岁现在是否身怀六甲，你能保证吗？"

"是啊，是啊……是否身怀六甲？"还是一些大臣在附和。毕玉听得厌烦了，挥手让他们止住声音。

"刚刚三个月，你们难道是要逼死我吗？"

"呵呵，三个多月也应该能有个结果了吧？"王丞相继续追问，"皮太医。"

"臣在。"皮道士出班跪倒。

"皮太医，我以顾命大臣的身份，现在命你到储秀宫中，前去探查一番淑妃娘娘怀孕与否？"

"且慢。"毕玉拦阻，"现在淑妃娘娘身体欠安，过两天再说吧。"

"不行，朝中大事刻不容缓，毕公公，您是否管得有些太多了？按照先皇的制度，宦官不得干政。"

这下毕玉哑巴了，他只能等着皮道士的信儿。按平常来计算，皮道士到储秀宫再回来并不用多久，而毕玉觉得等了有许多年，等得身上都快结上蜘蛛网长出蘑菇来了。

他的内心百般焦急，王丞相这一招他一点准备也没有，完全把自己的软肋暴露在对方的利刃之下，而此时的他既不能说也不能动。他在后宫中是自由的，一旦到了朝堂之上，他只不过是个后宫的总管，管不了前庭。终于，皮道士回来了，带来一个好消息："淑妃娘娘有喜了。"

毕玉这才松了一口气，他下令让自己的心腹太监们来负责照顾淑妃娘娘。王丞相只得暂时答应，如果淑妃娘娘生的是皇子，那么就立即让皇子继位，他和其他七位顾命大臣一起辅佐，等皇子成年后即亲政。如果生的是位公主，就请康王爷从边疆回来继承皇位。

毕玉根本顾不上什么康王爷，淑妃娘娘的肚子如愿以偿地一天比一天大了起来。人们都真心希望娘娘能为国家生下一个健康的君主，并由新皇上来执掌江山，收拾他老子遗留下的残局。

这段时间里，毕玉紧抓后宫的权力，他重新制定了一些规则来管理太监和宫女们。除了喂狗、种花、养养小金鱼之外，毕玉还热衷于抽点闲工夫读读书，观赏一下宫中收藏的文玩宝物，写几个毛笔字，同时，他也趁机去临幸一些宫女，却一个都没有成功。

毕玉不是当官的料，宫中的太监们见他人好说话，也并不怕他，仍旧背着他干一些违犯宫规的事。

因为长久的寂寞，宫中的许多太监和宫女纷纷结成了一对对的"夫妻"，他们就像普通的夫妻一样恩恩爱爱地生活在一起，尽管他们不能享受人伦之乐。毕玉刚开始觉得好玩有趣，但按照祖制这是不允许的，当他再想禁止太监和宫女结成夫妻时，已经晚了，于是他只能顺水推舟送后宫的人一个人情。他看到太监和宫女们经常一对对的在一起吃饭，他把这种关系起名为"对食"。这时尹小六才告诉他，他们已经有了对另一半的称呼："菜户。"毕玉笑笑说好。他第一次发现后宫中是这样的和谐并充满了阳光，这种阳光暂时驱散了他心头的阴云，使他忘掉了被净身的痛苦。

这时，他猛然间也想起自己的菜户了。要是这么说来，那自己的菜户，就是肚子一天比一天大的淑妃。淑妃她还安好吧？

这几天，毕玉满脑子都想在一个问题，淑妃是不是该生了。

第五章

占 卜

　　这时的毕玉已经说不出话了。刘爷的动作现在变得十分利落。他从房梁上垂下一条不粗但很结实的绳子，用绳子把毕玉下身那个似乎多余的东西绑住了。随后，他松了一下房梁上吊着的滑轮一端的绳子，从房梁上下来一个小篮子，小篮子里放满了各种瓶瓶罐罐。刘爷要毕小四把各种需要用的东西都拿了进来，有一大碗刚刚熬好的花椒水，三把弯曲弧度不同的小刀。从木质的刀柄上，似乎都能看出这些刀子已经传了几代，而刀锋却锋利无比，随手一挥连扑棱蛾子的翅膀都能砍下来。

　　毕小四拿起一把小弯刀问道："据说您能把苍蝇给阉掉，咱试试吧。"

　　刘爷并不答话，屋子里只有两只苍蝇，他一挥手，确实有一只苍蝇掉下来了，正好落在毕玉的脸旁边，那只苍蝇蹬着腿像在骑刚刚从西洋引进的脚踏车。

现在的毕玉已经处于半眩晕的状态，他也不知道自己会不会像这只苍蝇一样。

"好！"毕小四给刘爷喝起彩来，"还有一只呢，您把那只也给做了吧。咱们这房子要干净，怎么现在都有苍蝇了？"

刘爷还是那么沉默："苍蝇是你招的，那只是母的。"

在毕小四和刘爷又一番叽叽咕咕的对话过后，刘爷开始拿花椒水认真地给毕玉洗了洗下身。毕玉已经快失去知觉了，而刘爷的仪式却刚刚开始。他隆重地准备好了各种东西，伸出一只手抓着滑轮的绳子。

"毕玉，我现在郑重地问你，你净身入宫，是否出于自愿？"

"哦……啊……"毕玉支支吾吾地说不出话来。

"是否出于自愿？"刘爷的声音越来越凝重了。

"你是不是要净身入宫？我费了半天劲给你找了这么好的差事，你倒是说话啊？"毕小四也开口了。

"嗯……嗯……"按照当太监的行规，是要自己确认不反悔的。但毕玉此时心里想反悔，嘴上却说不出来——确实说不出来，他被捆得像一只河螃蟹。

"好了，你答应了，从此永不反悔。"刘爷说完，顺手就把那只煮熟的鸡蛋塞进了毕玉的口中。毕玉正张着嘴，他一下子吞不下那么大的鸡蛋，鸡蛋似千钧巨石牢牢地卡住了他的喉咙，他顿时上不来气了。

一

又一天，正好是上朝的日子，毕玉还没来得及张口，王丞相就比他还急地说开了。他说人都是十月怀胎，怎么淑妃娘娘十一个月了还没有动静？

毕玉这下也傻了，面对王丞相的咄咄逼问，他立刻反唇相讥。

"王丞相您比我大得多，应该见过一些七个月或一年才出生的吧？这件事咱们急不得，在我们老家，怀胎时间越长，人越是聪明。您难道不知道？"

"是啊，就毕公公的聪明程度，我想您得是怀胎十五个月才出生的。"

"哈哈哈……"文武百官哄笑起来。

"那也比您七个月就早早儿地跑出来要好，我们那里还说了，早产的孩子不仅瘦，还笨呢。"

人群中又发出一阵哄笑，气得王丞相的脸一阵红一阵白。他咳嗽了一声，身后的笑声突然止住了。他接着说，这里面一定有问题，身为顾命老臣，我等不能让淑妃娘娘受到任何委屈，我们要去宫中拜见淑妃娘娘。

"你们要闯宫不成？"毕玉怒道。

"正是如此。"王丞相针锋相对。他们这一干顾命大臣，都有先帝赐的进宫腰牌，可以随时进宫的。

毕玉只能把皮道士叫过来，对着皮道士耳语了几句。皮道士一转身就向后宫跑去。过了一绷子（北京方言。很长时间）工夫，仍然不见皮道士回来，毕玉赶紧让尹小六去催，不一会儿尹小六就回来了。他气喘吁吁地叫道："丞相，您真进不得宫啦，淑妃娘娘要生啦！皮道士正在接生呢。"

这一声如同炸雷一般，人群顿时又骚动起来。

毕玉赶紧就往后宫里跑，王丞相带着顾命大臣们紧紧跟随，他们直接向淑妃所在的储秀宫跑去。

一定要是个男孩！

毕玉到了储秀宫以后，他看到成群的太监和宫女都在那里服侍着，皮道士两手是血满身是汗地在忙活，一盆一盆的热水端进去。不一会儿，一声嘹亮的啼哭划破了深宫，一个宫女抱着一团红布袄叫道："生了，生了！"在那团红布袄中，毕玉依稀看到一张红扑扑的小脸在哇哇地大哭着，他猛然间有了一种做父亲的幸福感，自己的生命有了延续，将来自己死了，这个婴儿就会代表自己仍旧活在世界上。毕玉的眼前突然模糊起来，他用手一揉，才发现眼里含满了泪花。他不小心吸了吸鼻子，泪花和尘土和成了泥水流了下来。

这时候，正午的太阳照着毕玉的脸，他眯缝着眼睛，抬头望着太阳的方向。他知道不能长时间地直视太阳，可在那一瞬间，他发现太阳的中下方有一个米粒大小的黑点，那个黑点就像他勃起的下体一样又黑又亮。

毕玉知道在这深宫当中不是什么都能四处嚷嚷的，尽管自己是总管但也要注意风声。他轻轻地走近那个抱着婴儿的宫女，他接过孩子，仿佛连宫女一起都抱住了。他想摸摸孩子是男是女，这孩子可不能一生出来就被阉掉了。忽然间，他摸到了，毕玉不自觉地笑了起来。和他一起抱着婴儿的宫女突然说："毕公公，您摸我手指头干什么啊？"

幸好，宫女的声音不大，周围听到的人也不一定能明白是怎么回事。

毕玉赶紧让宫女松手，他亲自接过孩子，分开腿又看了看，这下他才放心，国家终于又有皇上了。

忽然间，王丞相在旁边推了他一把，他一失手把新生的小皇子就给摔到地上去了。只听啪的一声，孩子整个摔成了肉泥，地上只剩下一摊血肉，人们都惊慌得尖叫起来。那一摊血肉在地上急剧地扩散，越来越大，仿佛地上出现了一个无底的深渊。

在王丞相的叫喊声中，毕玉被五花大绑，一下子扔到了那个无底的深渊中。那里深得连毕玉的叫声都穿不出来……

这时，毕玉一下子从梦中惊醒了。

二

就在毕玉忽然从梦中惊醒的时候，他仿佛听到了宫外传来的人马喧闹声。他刚刚起身定了定神，就发现屋外火光冲天。毕玉衣冠不整地跑了出去，他原以为是宫中哪里不慎失了火，现在才发现是王丞相带着一些士兵闯入皇宫，发动了兵变。

宫中已经乱作了一团，手无寸铁的太监们早已吓破了胆，侍卫们也是四处逃窜。毕玉平时常看到他们拿着刀枪把子呼呼喝喝地练武，甚至还专门演练空手夺刀、空手夺枪、单掌开砖、头顶开大缸等众多皇宫大内的绝技。他们平常都是一顶一的练家子，负责保卫皇上的安全，而现在，这些人仿佛集体唱了出《空城计》一样消失了。

"就算你们都要逃跑，也总得让我看见你们的影子吧。"毕玉这时才明白，看来皇宫的侍卫都是摆设，或者说他们被皇宫所有的侍卫给涮了。

毕玉首先想到的就是淑妃，他赶紧叫上尹小六一起往储秀宫跑去。到了储秀宫，他发现淑妃正躲在桌子底下瑟瑟发抖，而宫女太监都跟没头苍蝇一样四处乱窜。毕玉大喝一声，让众人都不要慌，一切听他指挥。毕玉都不知道自己怎么会有那么大的嗓门，在喊完这句话后，他的腿却不由得哆嗦起来。

毕玉叫淑妃在屋中坐好，都这个时候了，即使躲也会被对方抓出来，干脆就坐好了等着交涉。宫女太监们也都按照平常的位置站好。

屋外一阵混乱，火把一下子把储秀宫照亮了，毕玉干脆带着人走到屋门口，发现面前带队的是身穿戎装的王丞相和他手下的大臣们，他们身后是众多的士兵，前面的手中都握着森森发亮的钢刀，后面的面前都竖着长枪。

毕玉晚上刚刚吃完烤羊腰子，突然想到自己就要像羊腰子一样被切得乱七八糟的，然后和宫女太监们一起被穿到那些长枪的刺刀上放到火堆上烤，而那些拿着短刀的正在从自己身上割下一片片烤熟的肉来吃。

毕玉没有打过仗，他根本见不得这个阵势。自从和淑妃相好以后，毕玉就没遗过尿，而这一次，他有了感觉，却发现自己居然能够忍住了。

王丞相过来和他说话。

"毕公公！我等为了保护淑妃娘娘的安全，让淑妃娘娘安心生产，以提防宫中潜伏着恶人、小人，特地带兵来宫中守护。"

"那你们为何大半夜闯入宫中，还如此张牙舞爪？"

"呵呵，是这样，目前先皇是有后了，但是皇子年幼，朝中还是无人执政。目前，康王爷一直戍守在东南沿海，他现在就可以回京辅政。我想还是让康王爷回来代理一段的朝政吧，他是皇上唯一的兄弟，就是让他即位也未尝不可。"

"擅自从东南沿海回来，那是临阵脱逃的罪名。现在国家并不太平，佛朗机国和红毛国等，都在我国的沿海骚扰，还有交趾国、黑水国、鄯善国等，他们一向臣服我国，可是一旦康亲王从边疆回来，不仅边疆不稳，而且朝廷必然大乱。"

康王爷的脸上有个大瘊子，瘊子上还长有三根黑毛，在脸上十分地明显。人们就给他起了个外号叫"花脸王"。如果是康亲王即了位，那就彻底没毕玉什么事了。有道是一朝天子一朝后宫，毕玉、淑妃、尹小六、皮道士以及后宫中的一切都该没了。康亲王不是什么好东西，要真的说起昏庸来，去世的皇上可能还比他强点呢，虽然这一点也很有限。

边疆离京城上千里的路程，康亲王回不来的。于是，毕玉说："王丞相，这康亲王若能即位主政也是好的，但是他远在千里之外，等他回到皇宫的话……"

"好吧，毕公公既然这么说，那就让康亲王的儿子进宫吧。传康亲王之子进宫！"

"哎，怎么回事？我没说让他进宫啊。王丞相，这……"

"康亲王在前线病故了，特意让儿子提前回宫，好听从皇上的加封，并继承康郡王的爵位。请毕公公通融。"

"什么？！"毕玉哪里想得到会有这样的事，为什么事情会如此地巧合？难道康亲王的儿子是飞回来的？再说了，这下边疆更加没人了。正当毕玉想着的时候，一个年轻人走进来弯腰施礼。

"参见毕公公！"

"我有什么可参见的？"毕玉嘟嘟囔囔地说。他一看这个年轻人，鼻子边上果然和他爸爸一样，也有一颗大瘊子，只不过瘊子上的毛只有两根。毕玉看着好笑，果然是位小花脸王啊。

"多谢毕公公。"小花脸王赶紧深施一礼。

王丞相也接过话茬来："毕公公，王爷的爵位本来是要由皇上亲自加封的，现如今皇室危急，我看就由我们几位顾命大臣来办吧。我们决定即刻由少王爷来继承康亲王的爵位，为康郡王，随后再继承皇位。请毕公公草拟文书，昭告天下。"

毕玉被逼成这样，他也是没有办法了。"这哪是我独揽大权，是人家把权放在我手里逼着我揽过来，还逼着我去做事。就跟按着我的手去画押一样。"但是毕玉也只得同意了。于是，康郡王的爵位马上就继承了下来。

王丞相接着说：

"毕公公，既然少王爷已经继承郡王的爵位了，那么他现在是皇室唯一成年的后人了，按理说，皇位应该传给他的，就让他把皇位继承了吧。"

毕玉又看了一眼这位少王爷，猛然间，他发现少王爷的目光有一些呆滞，而且还不时地偷眼看王丞相。

"少王爷，我问您，您是怎么从军中回到这里的？"

"我啊，我……我骑马回来的。"

"是啊，你骑什么颜色的马回来的啊？"

"好像是骑一匹白色的大马回来的？"少王爷的目光开始散乱，而毕玉的眼睛开始发亮，他仿佛看穿了一个重大的秘密。

"那您给我们大家说说，您是怎么骑着大白马回来的啊？您给我们模拟一下。"

"不行，不行，这个不行……"

"为什么不行？"

少王爷又看了一眼王丞相，他的额头开始冒汗，嘴巴张得大大的，仿佛要说什么却又不知道该说什么。一旁的王丞相也冒汗了。

"算啦，算啦，毕公公，少王爷太累了，赶紧让他去休息吧。"

"别，少王爷。"毕玉赶紧转过身，到皇上平时用的龙书案上的一个果盘中，抓了一把外国进贡的酒芯糖来。这些糖是奶油的，里面有葡萄酿制的美酒，远远的就能闻见香甜的味道。毕玉把糖在少王爷的面前晃来晃去，忽然间，他用糖在少王爷面前接连画出了一个个的拱形图案，仿佛是一匹马在翻山越岭地跑着。

"啊，啊，给我……"少王爷看着糖，眼睛里的光终于集中在一起了，他伸手就向毕玉手中的糖扑了过去。

"你怎么骑马回来的？"毕玉厉声问道。

"好啊，骑大马啊，骑大马，那大白马跑得可快啦，跟飞似的。"少王爷说着就做出了骑马的动作，他双手模拟着抓着缰绳的样子，并且一蹦一跳地围着毕玉转了起来，仿佛骑着马围着毕玉转圈。他越跑越快，越喊声音越大，似乎要把他骑着大马回来的消息传遍皇宫内的每一个角落。大臣们都笑成了一团，而王丞相的脸像绛紫色的茄子一样，这时候给他手里攥上个鸡蛋估计都能熟了。

毕玉从来没觉得有这么痛快过，他指着王丞相大声说道："好啊，哈哈，王丞相，您以为我傻啊？您以为宫里的事情宫外能知道，那么宫外的事情宫里能不知道吗？少王爷是个傻子，老王爷为了照顾他才把他时刻带在身边的，您难道认为老王爷会带着他上阵打仗吗？能吓唬谁？"

群臣顿时炸了庙（北京方言。惊愕，急眼，咋呼）了，人们鸡一嘴鸭一嘴地议论着，夹杂着各种的嬉笑声。"快带下去，带下去！"王丞相没有搭理毕玉，他知道现在搭理他自己也落不下什么好，让手下把少王爷给带出金銮殿。人都走远了，还不忘冲着人走的方向喊上几句："少王爷是旅途劳顿中了风，是临时发病，赶紧请太医给看看，一定要把少王爷的病治好！"

"让他多吃点补药，好生休息啊！"旁边的顾命大臣还给帮腔。其他的大臣碍于情面使劲用袍袖捂着嘴，尽力不让自己笑出声来。

这时，王丞相一转身说："毕公公，少王爷这两天一时无法登基，那就等他过两天身体好些了再登基吧。请毕公公先下诏书确认，现在就把皇位传给少王爷。"

呼啦啦一下，满朝文武在王丞相的带动下都跪倒磕头，纷纷高呼少王爷万岁万岁万万岁。而毕玉站在他们面前，觉得这堆人都是在给自己跪下一样。他当然不敢接话茬让众位皇上的爱卿们都平身。王丞相等人还是明着在挑衅。可是，毕玉在面对这些朝中大员时，他的底气并没有对方充足，这一点他直到很久以后才有了改进。

满朝的大臣们不论平常是否和睦，在这个问题上都是一致的，太监和大臣不知不觉中就分成了泾渭分明的两大阵营，这都是通过净身师父那一刀来决定的。从小到大，毕玉通过读书准备应举，为的就是走到大臣这一阵营里来，现如今，他似乎都是在和大臣作对，自己想倒戈都不行了。平心而论，毕玉还是比较倾向于顾命大臣以外的那些朝臣的。在大臣中，好人是个多与少的问题；而在太监中，就像他们的下半身一样，是个有与无的问题。

王丞相继续咄咄逼人，说得毕玉自己都觉得不占理了，毕竟他一直管理后宫，也不是个治国的材料。但他态度强硬，坚决不松嘴，谅这个王丞相也不能把自己拉出去砍了。他们只敢暗地里篡位，明着没那个胆子。王丞相僵持了一会儿，他的态度也缓和下来，接着说："毕公公，您想先皇驾崩得仓促，咱们是既没有理由来立少王爷又没有理由来立皇子，您怎么也得出个主意来判定一下，怎么也得有个缘由好让天下人相信。到时候百姓传闻，朝廷和后宫一商量就立了皇上，这个不合礼制，是不能服众的。"

毕玉沉思了一下说："那好，王丞相，咱们来扶乩请圣，请上天来定夺吧。"

三

很快，宫中选定了一个良辰吉日，由毕玉主持仪式。这一天看上去平静，却让参与其中的每个人都为之揪心，人们的心中都在咚咚咚地敲鼓，宛如演奏着一场盛大的鼓乐。毕玉请出一个巨大的铜鼎，这个鼎是国家的宝物。他先是带着文武百官在鼎前面行三跪九叩的大礼，然后由仪仗开始演奏音乐。

礼官一一传令举行着仪式，先是由御林军方阵穿戴着各种鬼怪的面具和服饰来跳舞，他们的舞姿洒脱而悠扬，像把荒野中的生物、自然界中的精怪都搬到了这个由宫廷人员组成的盛大的仪式现场一样。同时，负责典礼的人员依次呈上猪、牛、羊等三牲的祭品，而在祭祀的供桌上，摆满了各种人间能够享用到的最精美的食物与美酒。那些食物都高高地摆起来，搭成一座座高塔。供桌上还摆满了用人头骨制作的银碗，里面盛上一碗碗的人血。旁边有乐手用人的大腿骨敲着用处女的皮制成的人皮鼓。在鼎的前方还有一个巨大的香炉，香炉的四周点满了各种人形、动植物造型的蜡烛，散发出阵阵的清香。人们还不断把各种贡品放进去焚烧，烧出一股怪异的味道，和那些本来醇厚的香味混在一起，更加地难闻。

这股味道毕玉闻着都想吐。

这时，礼官开始宣读给上苍的奏折，大意是现在国家没皇上，希望依照上天的意旨来给我们选择一个皇上。希望老天保佑我们国家风调雨顺岁岁平安之类。接下来，是由文武百官、乡贤耆老等上香，而毕玉等太监是不能上香的，只是在一旁观望着。

当香烛成林的时候，毕玉来到大鼎前面，又念了一段祭文。这段祭文是他自己写的，后来发现写得不好，又四处七拼八凑了一番，总算完成了一篇拿得出手的祭文。随后，毕玉把一张事先准备好的大纸放进了鼎中，然后盖上特制的铜盖。毕玉宣布，十二个时辰以后，纸上就会出现上天写出的字，就能知道谁当皇帝了。

　　不间断的仪式举行了整整十二个时辰以后，毕玉庄严地走上前去打开大鼎，并从中拿出那张大纸。他和尹小六一起把纸抻平了展现给众位大臣，就像在出示一个布告。人们远远地都能看到上面的白纸黑字："皇子为帝，康王为王！"

　　这个结果令王丞相和顾命大臣们都扫兴不已，更多的人因为举办了一天一夜的仪式觉得太过劳累了，他们像刑满释放的囚犯一样四散而去，至于谁当皇上已经不重要了。这一次真把毕玉折腾坏了，他先是在巨鼎前被那么多支香烛灼烤，后来又在高台上又受风着了凉，回去就感冒发烧了，足足躺了一个月才好。

步步惊魂逃生天

第二部

第六章

奇 人

刘爷含了一口凉水冲着毕玉的下身"噗"了一下,这一刀就割了下去,只见屋子内鲜血迸溅。刘爷把一堆碎肉扔进吊在眼前的筐中,他顺手一拉绳子,筐子跳上了房梁。仿佛有一声惨叫穿透密封的屋子,但是这一声毕玉没有喊出来。可毕小四和刘爷的两个徒弟感觉到头皮发麻。

刘爷沾满血污的手还在死死地抓着毕玉下身割断的筋,他知道这是毕玉的生命线。他呵斥徒弟们转过身去,毕小四也知趣地向后退了两步。

刘爷双手动得飞快,成败在此一举,阉人的性命也就在这一刻,成不成就听天由命了。他拴住毕玉的筋脉,又拿起一根四五寸长的、光滑的蜡管插入尿道。随后,拿出事先准备好的猪胆糊糊,当作药物给毕玉涂上。

他把割下来的东西用水洗干净,在一旁的炉子上坐上一口小锅,微微地用香油炸了，然后裹上石灰、珍珠末、樟脑粉、麝香、透骨草、沉香、辰砂等细细研磨而成的粉末，再用一块绸子包了，装在用黄色绸缎缝制而成的口袋内。

随后，他拿出一个特制的小木头匣子，写上毕玉的姓名、年龄、籍贯、生辰八字和净身的日期等，把那个黄色的小口袋装进木头匣子中，又在外面一层层地裹上黄丝带，随后放入刚才从房梁上吊下的小筐中。

刘爷轻轻一拉绳子，那个小筐升到了贴近天花板的位置，仿佛一切都没有发生过。

毕玉醒来的时候，他已经疼得没了知觉，他的口中仍旧塞着那个变得坚硬的鸡蛋，刘爷、毕小四和两个徒弟在一旁忙碌着。

一连半个月，毕玉的大小便都是在床上的炉灰中解决的，他只能吃些有营养的流食，包括浓浓的豆粥和鸡汤。大约过了半个月的光景，两个徒弟搀着他慢慢地下了床。毕玉根本动不了，他是被两个徒弟架着下了地，几乎每动一下，他都会疼得撕心裂肺，而这时他的喉咙已经嘶哑，已经喊叫不出声音了。

每当他疼得想叫喊时，他的声音仿佛害怕这个世界似的缩回到喉咙深处，那种寂静引起的恐慌随之而来。毕玉的心情比疼痛更加难忍，他说不上此时心中在想什么，渐渐地，他的心头燃起了无名的怒火，他真想抄起那把弯刀把毕小四、刘爷连同现在搀着他的两个徒弟全都开膛破肚再纷纷阉割掉。

他暗自用牙咬着自己的舌头和口腔，已经殷殷地咬出了血。

一

如果不是冬去春来，宫中的景物在不时地变化着，毕玉绝对想不到自己在宫中已经待了一年多了。他只觉得日子过得一天比一天快，一转眼自己就知道累了。他发现自己的小肚子上已经有了赘肉，这使得他想起了刚进宫时的上司厉公公，如今厉公公在哪里估计都没人知道了。

毕玉也开始为自己的未来担心了。他原本是个不怎么想未来的人，刚一进宫，已经被宫中的那些规矩和斗争吓傻了。那时他是战战兢兢地度过每一个焦灼的日与夜，诚惶诚恐地熬过一天后，摸摸自己的脑袋还在脖子上待着，这才敢睡下。现如今，毕玉早已经适应了宫中的生活，但他不知道这种生活的尽头是什么。一个正当年的太监能干些什么呢？毕玉又想起了自己的现状，每当想起这点他总是纠结不已，为此他经常暗示自己不要想自己是个太监，就假装自己是个进宫来见皇上的大臣，哪怕是个站岗值班的侍卫也行啊。可是他看到自己的官服时，还是想到自己原本是个太监。

"要面对现实，不要有非分之想！"毕玉总是这样告诫自己，做太监也一样修身齐家治国平天下，做太监也一样为皇上尽忠。毕玉只想着淑妃娘娘早日把她的孩子生下来，最好还是个儿子，那样皇家的血统就成了他自己的，到时候就算自己真的当一辈子太监也甘心情愿了。

一连几天，毕玉连连做梦，他梦见自己心中的皇子，长得和自己无比地相似。他还常常梦见十几年后，皇子正式登基处理朝政，并由皇太后淑妃娘娘辅政。而那些顾命大臣却还赖着不走。皇上十分严厉地告诉他们，按照顾命大臣的规定，皇上登基后你们就开始要退居二线了，如果抗旨不遵的话……这时，皇上的眼睛里露出了凶恶的光芒，仿佛要把这些顾命大臣撕碎了吃掉一样。大臣们吓得连连磕头求饶，连王丞相也没几天就辞官养老了。

而小皇帝从小就是在毕玉的扶持下学会了走路、说话。从小皇帝刚刚懂事起，毕玉就用木头做了一些小木头块，在上面写上一些简单的字，叫小皇帝一个个地认。如果小皇帝认对了，自己就趴下给小皇帝当马骑，并驮着他在屋子内围着桌子转圈。后来，他就用手在小皇帝手心里写字让小皇帝猜，并且用小木棍一个一个地教小皇帝数数。为了把小木棍做得更精致一点，他竟然亲自去劈柴来制作。

毕玉毕竟是读过书的人，他完全能够给小皇帝当启蒙老师。他为小皇帝讲解"三百千千"，又给小皇帝讲解"四书""五经"中的一些基本内容，自然也教给小皇帝生活中的规矩礼仪。等到小皇帝长大了，就给他讲解佛教典籍，让他从小存有善心。还给他讲解诸如《大孔雀经药叉名录舆地考》《法住记及所记阿罗汉考》《吠檀多不二论》《神性写作的一般性阐释》《佛说疗痔病经》等学术类的书，以及西洋人写的《奇情异想的绅士堂吉诃德·台·拉·曼却》《西利斯：关于焦油水的功效以及与之有关的、相互引发的其他课题的哲学反思和探讨之链》《迪普索德国王庞大固埃及其骇人的传记，经五元素国的抽象法学已故的阿尔科弗里巴编纂恢复原样》等等，让他将来能做做学问什么的也是一件很好的事。

在陪伴小皇帝在宫中长大的日子里，毕玉尽职尽责，他把小皇帝当成自己的儿子来看待，而淑妃娘娘就像自己的婆娘一样，他们和小皇帝是一家三口，在宫里过着幸福快乐的日子。甚至小皇帝小时候尿炕，毕玉看到后也都为之一笑，他觉得这就跟自己净身后的遗尿差不多。他经常亲自给小皇帝洗洗尿布，晒晒被子，就像照顾自己的下一代。

可是有这么一年的冬天，毕玉收拾东西一忙就没睡下午觉，再加上头一天睡得晚了，但他还要去陪小皇帝读书。在他给小皇帝研墨时，不慎打翻了砚台，那不浓不淡的墨汁正好洒在小皇帝的袖子上。毕玉连忙跪倒请罪，多年的宫廷生涯已经让他习惯下跪了。要是普通的太监，这一下固然是吓得要死。毕玉觉得皇帝也会说他一下，然后肯定会高抬贵手，一方面显示皇帝的大度，另一方面，以自己和小皇帝的关系，小皇帝也不会把自己怎么样。然而，他想错了。

"毕公公，你眼睛出气使的？"小皇帝问道。

"啊，皇上息怒，皇上息怒啊……"毕玉赶紧跪下了，但是他跪得太着急，又不小心给自己绊了一下，扑通一声，毕玉摔倒了。

呼啦一下，旁边的侍卫们一下子都冲了上来，各拉刀剑，怒目圆睁地盯着毕玉。"你要刺驾不成？保护皇上！"

"啊，奴才不敢，奴才不敢啊。"毕玉赶紧重新跪好磕头，都来不及整理好衣衫。幸好小皇帝一摆手，侍卫们纷纷收好武器退后了。如果小皇帝是向前一摆手的话，毕玉现在早已成肉泥了。

"毕公公！"小皇上沉稳地说道，毕玉觉得这点还好，幸好小皇帝还没叫自己"小玉子"。"我看您是不是太累了？您该找个地方休息去了。"

毕玉的心里又是一惊，他知道有一些老太监就是在皇帝说完这句话后被赶出宫的，毕玉现在的年纪并不大，但是他知道，自己要是出了宫能够做的事情也不多。这时，站在一旁的尹小六赶紧跪倒为毕玉求情，他说了几句恳切的话，说人所做的一切都是心里想出来的，毕玉对皇上已经不重视了，所以才会打翻墨盒并在皇帝面前摔倒，应该治他对皇帝大不敬的罪。小皇帝看了毕玉一眼，却丝毫没有减轻怒气。尹小六接着说，不过还是别治罪了，直接把毕玉轰出宫去自谋生路，省得耽误时间。结果就是毕玉在冬天大雪的日子里，带着自己可怜的行李赶去京城里太监养老的那几个寺庙……

二

钟表馆位于皇宫的奉先殿旁，毕玉第一次到钟表馆的时候，他并不清楚这里是什么地方，甚至这么久以来，他都没有去钟表馆中看过。就在毕玉想象自己把墨水洒到了皇上袖子上的第二天一早，他一个人随着初升的太阳，迈着方步走向了钟表馆。

令毕玉奇怪的是，一路上他遇到的太监和宫女们，不再像以前那样追着他打招呼，或者对他点头哈腰地微笑。众人见到他以后一律是面无表情，仿佛从同一个面人艺人的手中捏出来的一样。毕玉深知宫人的势利眼，他虽然表面上不在乎，内心里已经有了巨大的反差。毕玉的心仿佛是在冬天被人扒光了衣服浇上了水再在怀里抱上一块冰，他里里外外都凉透了。于是，毕玉只能灰溜溜的，像一只过街老鼠一样溜进了钟表馆。

刚刚走到屋门口，毕玉就听见了嘀嗒嘀嗒的钟表声。他走进一看，发现这里简直是另一个世界。到处都是各种宝塔、楼阁、大船、花果、盆景等造型的钟表，大多是广州、苏州等地特制的，上面都像淑妃娘娘的脑袋一样镶嵌满了珍珠玛瑙、翡翠钻石，钟表都是金光灿灿的，可比娘娘们的脸亮多了。最让毕玉开眼的是大量西洋风格的钟表，那些钟表分别是西洋的美人、建筑和车马的外形，同样都是镶金带银，刻着看不懂的西洋文字。毕玉看傻了眼。尤其是这样一个西洋钟表，外形是一个正面裸体的西洋力士，长着卷曲浓密的大胡子和一身疙疙瘩瘩的肌肉。而毕玉最为注意的是那个西洋人的下身，显得十分茁壮挺拔，像一门外国的小钢炮。毕玉忍不住伸手去摸。

这时，他从反光的钟表玻璃上，看到身后来了一个人，毕玉吓了一跳。

"请问，您是毕公公吗？"

"啊——你是？"毕玉回过头，看到是一位品级不算高的官员，这位官员眉清目秀，面庞消瘦，一副文质彬彬的样子，看上去不像官员倒像书生。

来人深施一礼说："我叫戴梓，是营造司的郎中，一直是钟表馆的顾问，每个月有几天要来这里管理一下钟表，负责登记造册并维修。我晓得宫里发生的一切事情了，但不知道是您到这里来了。"

"哦，是啊，你怎么知道宫里的事情？"

"我从太监宫女们的眼神中就看出来了，呵呵，毕公公见笑了。"

单单几句话，说得毕玉心服口服。毕玉发现戴梓是个绝顶聪明而又谈吐文雅的人，这样的人才似乎不应当仅仅用来修理钟表。

"毕公公初来这里，还是随我参观一下吧。"说着，戴梓把毕玉带进了另一间屋子，这间屋子里堆满了散碎破旧的钟表，很多都散了架并且不走了。屋子中间放了一张小地桌，上面放满了各种自制的工具和一个正在修理的钟表，戴梓坐在桌前的小马扎上微笑着，看来这就是他的工作台。

忽然间，墙上的一座房子形大钟响了，只见那间房子的门一开，里面居然出来一个小木头人，小木头人两手分别拿着小锣和锣锤，只听它噮噮噮地敲了几下，张嘴说道："十点啦。"说完后就退了回去，房门也关上了。

毕玉看得眼睛都直了，他连声说道："敢情西洋竟然有这么高超的工艺。"

　　戴梓却是微微一笑："毕公公，您这可露怯了。西洋工艺再高超，也是我们传过去的。这个自鸣钟的外壳虽然是西洋的，但里面报时的小人就是我们的传统工艺，是我后来加上去的。原先这座钟走得很不准，我调试了很久，发现没有办法，只能加个小人来说说了。您再看看这座钟。"

　　毕玉转身又看到另一座钟表，这座钟表的前方有一个四五寸的小铜人，那个铜人一条腿跪在地上，一手握笔，面前是一个沙盘。这时钟声响了起来，只见那个小铜人持着铜制的笔在沙盘上写出"天下太平"四个字，当钟声结束时，这四个字正好写完。

　　"这么好的工艺，你当初怎么不献给先皇？"

　　"先皇对钟表还真不感兴趣。他曾经要把钟表都一一拆开然后组装回去，结果他一天拆了四十八个钟表，一个也没组装回去，随后不爱玩了。要不我怎么能有这么多活干呢？"

　　毕玉听到这里也笑了，而他却突然怀念起先皇来了。"想当年先皇在位的时候啊……"毕玉刚开口，戴梓就示意制止住了他。"毕公公还是少说话为好，现在时局不同了。"随后，戴梓又说："不过您在这里可以放心，呵呵。我这里东西很乱，您可以随便看看，有什么喜欢的我给您做一个。"

　　"你怎么这么会做东西？"

　　"我从小喜欢机械，我的父亲叫戴苍，他老人家就喜欢军械制造，我从小就跟着他造火器。"

"火器？"

"是的。"说着，戴梓拿出一大堆稿纸，上面画满了各种火器的图形。"我喜欢研究火器。这火器是咱们的祖先发明的，最初用来做冲天的火箭、信号灯一类的，三国时期诸葛亮火烧赤壁用的就是火器，非常地精妙。只不过他的火器和木牛流马一起失传了。"

"是啊，太可惜了，我听说现在边疆连年不太平啊，按说我们内臣是不应该干涉军政的，但是谁叫我小时候读了几年不成器的书呢？呵呵。"

"要是咱们的火器能派上用场就好了，只不过，但愿那些顾命大臣别以企图谋逆的罪名给我剐了。哈哈。"

毕玉看着戴梓那些精巧的绘图，其中集合了中国和西洋的多重风格，他看了良久，虽然看不懂，但也觉得着实了不起。

毕玉和戴梓很快就熟悉起来了，这一聊，毕玉才发现戴梓是他在宫中说话说得最深的人，有很多话他连淑妃都不能说，却可以和戴梓来谈。每当他们谈完话以后，毕玉又有点担惊受怕，毕竟这是在宫里头，宫中的每一间房子、每一堵墙的中间仿佛都隐藏着一个巨大的耳朵，这些耳朵会把话收集起来传到任何一个人那里去。现如今毕玉不像原先那么吃香了，要是传到别的太监那里还好说，要是传到尹小六那里呢？他可是眼里不揉沙子的主儿，而后，他又想，反正已经谈了，就不怕偷听了。

钟表馆中的日子相对来说是安逸而又闲适的，毕玉毕竟是总管，在这里他还能支使几个手下，自己也不管什么事。

这几天，毕玉总是魂不守舍的样子，他知道自己的心里住着个人，要到心房中去看看她，仿佛有一位久违的老友在召唤自己。毕玉反复思量，他不知道自己内心深处真正想要的是什么，他到底需要见谁呢？猛然间，毕玉明白了，他想的人是淑妃。

前些日子，他和淑妃一直心照不宣地保持着关系，他还特意为淑妃采办了许多她喜爱的吃的、用的，特意为淑妃翻修了宫殿，而这一切在外人看来，不过是为皇上尽忠罢了，而在毕玉和淑妃之间，还有另一层的含意。

自从到过钟表馆以后，毕玉就再也没有见到过淑妃，宫中的很多事情都在慢慢地改变着。他想着淑妃有了孩子以后，肯定会多方面照顾自己的。可是现在她一直没有动静，难道是淑妃变心了？还是她也被尹小六控制起来了？而这一切，全都被戴梓看在眼里，记在心里。

"毕公公，您想去储秀宫了吗？"戴梓问道。

"我……"毕玉不知道在这个聪明绝顶的人面前怎样回答。

"呵呵，毕公公，恕我直言了。您是公公，那您就应该做好公公该做的一切。可是您在先皇驾崩前所做的，似乎不是为了先皇好吧？"

毕玉一时愣住了，他从来没有想到，一个在钟表馆当顾问的营造司的郎中，居然敢对他这个后宫的总管说这样的话。如果在过去，他完全可以动用手中的权力来报复他，而现在他根本就做不出来。

"毕公公是聪明一世，糊涂一时啊。"戴梓笑了，"您真不愧是秀才出身。"

"不是，我考过但是没考上。"

"您就算秀才吧，通过这些日子我跟您的接触，您的学问肯定比您当年见长，要是回乡考试，肯定能考个秀才的。呵呵。毕公公不要忘了，宫中隔窗有眼，隔墙有耳，就算您所做的事情别人不知道，也都能猜出来；猜不出来的话，那些老太监用鼻子闻都能闻出来。他们在宫里待的年头比您的岁数还要大。您当总管有很多人在背后不服，先皇驾崩后，不服的人数肯定是翻着番地增长。您还有什么事情能瞒得住大家吗？"

戴梓看毕玉的面色有些沉重，似乎要和他鱼死网破拼一命似的。他接着说："呵呵，毕公公不必想得太多，这样吧，今天我请您看看我的新发明。"说罢，戴梓领着毕玉，走到一间殿堂的里间，这个屋子非常地小，毕玉还从来没有进来过。他进来以后，第一眼看到的是中央的桌子上，放着一个黄澄澄的大铜壶，这个铜壶一共有八个壶嘴，每个壶嘴都是龙头的形状，工艺十分精细，连龙脖子上的每个鳞片都看得清清楚楚。每个龙头下面都对应着一只金蟾，那些金蟾都张着大嘴，似乎在比赛谁的嘴巴更大一些。毕玉在宫中宝贝看得不少，但这样的玩意儿他还是看着新奇。

"毕公公请看，这就是我新发明的战争地动仪。您看这八条金龙是按照正东、正南、正西、正北、东南、东北、西南、西北八个方向设定的，每一个龙头的口中都含着一个铜球，如果哪个方向发生了战争，那个方向的铜球就会从龙口中掉到下面金蟾的口中。这是我参照汉代张衡发明的地动仪而设计的，可能还有待完善吧。"戴梓详细地为毕玉讲解起来。

"哈哈，戴先生，您可真了不得。我就知道张衡文章写得不错，没想到他还会这个。"

"是啊，张衡的墓就在河南，传说他生前发明了很多东西，甚至包括能让人在天上飞的机械，能让人在水中呼气的仪器等等，据说这些发明的设计方案就在他的墓中，都写在绢帛上。我这辈子最大的愿望就是能打开张衡的墓一探究竟。相比之下，我发明的那点火器实在太小儿科了，让张衡见笑。"

"不会吧，难道张衡还发明了洋人的红衣大炮不成？"

"呵呵，毕公公您还别说，其实学界早就有这种说法，说红衣大炮只不过是张衡发明的一个小玩意罢了，张衡当年都发明出能够连发的火枪来了。我的父亲就是将张衡的技艺加以改进来制造军械的，而且我已经基本上造出了连发的火枪，一共能连发二十八发弹丸。如果这种火器能够应用到军队上，那咱们才叫攻无不克战无不胜。那样就算全世界的小国一起来侵犯，我们也不必怕了。到那个时候，我要在中国的沿海要地都布置上能够移动的炮台，发射的巨炮一炮就能轰沉敌人的一艘战船。还要发明能够载人的飞行机械，在空中用火器打击敌人，让咱们的战船能够在西洋人面前横行无阻，在世界上，想打到哪个国家就打到哪个国家……"

"戴先生，您省省，您省省吧。"毕玉看戴梓越说越激动，他的眼睛里已经放出了奇异的光芒，仿佛现在就要尽扫来犯之敌一样。毕玉在想怎么才能让戴梓安静下来，他说："戴先生，但是为了得到机械的方案，您把张衡的墓给刨了，那可是不大合适啊。"

"嗯，我也在想这个问题，这件事还要从长计议。以前皇上交给我修订乐律、历法，还有前朝史书的校勘和训诂等事情，近年来黄河泛滥，我还想向皇上上奏治水问题，现在皇上没了，这些事也就都耽搁下来了。还有啊，最近和老友们的唱和之作都少了，我的人情债欠了一大堆，回头要好好画画山水、写写诗文。再有我的拳法、剑法一直都在练，我想找几个合作者，一起攒出一套新式的拳法和剑法，只是苦于找不到合作者——这些倒不着急，只是毕公公还阳的事情，恐怕还是要着急一下的好。我翻阅过一些资料，发现以前也有不少像您这样仅仅去了势的公公，有的还了阳，要是时间太久就碍事儿了……"

毕玉听后，他觉得戴梓简直就是他的恩人了。戴梓接着告诉他，还阳可能还需要手术，而这个手术只能西洋人来做。所以，要和西洋人处好关系。同在宫里珍宝馆中的就有这样一位西洋人，他是意大里亚国人，叫汤若望，他已经来中国几十年了，一直想见皇上却从来没见到过。戴梓和这位汤若望关系处得并不好，但他希望毕玉可以去找汤若望问问还阳的事。

"啊，不好！"

毕玉正在想这位戴先生还有什么不会的东西，忽然，他注意到，战争地动仪正西方的那个龙头一张嘴，一个硕大的铜球"当啷"一声落在了金蟾嘴中。"不好，西边有战事，是西洋人来侵犯了。"

三

第二天，毕玉赶到了皇太后的慈宁宫，他知道这是不合礼法的，但他非得要面见皇太后，并已经做好了最坏的打算，哪怕是被轰出宫去，只要不砍头就行。毕玉看到慈宁宫的门口已经加强了侍卫的戒备，很多人都是生面孔，看来皇太后是要在后宫大换血了。毕玉想，如果他熟悉的太监和侍卫们都只睁开一只眼的话，他就能溜进去；而这些人不仅两只眼瞪得溜圆，还恨不得像二郎神一样在脑门上长出第三只眼来。毕玉怕自己往里一走就得被押起来，这时，毕玉又暗叫贵人来了，他看见尹小六了。

毕玉与尹小六心存芥蒂，但他还是跟着尹小六进了慈宁宫。慈宁宫中有几位大臣正在和皇太后谈话，毕玉听到大臣们焦急地说，现在已经得到消息，说西洋人大举进犯，已经占领了很多边疆地区。可是，现在还不知道这些人是从哪里来的，具体打仗的地方在哪里，朝廷也不知道向哪里派兵增援。这时候，毕玉牙一咬心一横，他往前迈了一步后跪倒说："启秉太后，奴才知道这是怎么回事。"毕玉说的时候心里直哆嗦，他不知道皇太后会对自己怎样，不过说完了他倒坦然了。

毕玉说："太后，西洋人是从西边前来进犯我国领土的，战事发生在东南沿海一带。"毕玉说完后偷眼观看皇太后的表情，只见皇太后十分从容地说："嗯，不错啊，难得毕公公对朝廷的一片赤诚。来人啊！"侍卫们站了出来。"把他拉出去砍了，立即执行，不用经过敬事房。"

"是！"侍卫们往上一冲，就把毕玉给架走了。毕玉张嘴就嚷上了："太后饶命，太后饶命啊！"他一看太后好像根本就没有要饶他的意思，他接着喊："太后，是钟表馆的顾问戴梓发明了战事地动仪，他的那个仪器，哪个方向打仗了哪个方向的龙嘴里就往外掉大铜球，当啷当啷的，您一看就明白了啊……太后，洋人从西边来，您一定要往东南派兵啊……"

"慢着。"皇太后示意了一下，侍卫们停住了，又把毕玉给推了回来。"你说洋人从西边来，你为什么要往东边增兵？"

"太后，西边多老远啊，东南边是海，西洋人是驶着船绕过来的。他们要是从陆地上走，不是得路过其他国家，还有层层的关卡吗？"

皇太后略微思量了一下，毕玉接着说："太后，这次您要是想战胜洋人，一定要启用营造司的郎中戴梓，他会造各种各样的新式武器，完全能够打退洋人的。"

"毕公公，那你知道这些洋人是哪个国家的吗？"

毕玉一愣，他刚才对皇太后所说的话都是问过戴梓的，可就这个他忘了问了。按照毕玉的文化水平，他知道西洋那边有很多小国，但具体叫什么他真不知道。

"你说！如果说不上来，毕公公，可别怪我不相信你。"

毕玉着急得汗都下来了，他突然想把这个话题岔开："太后，您还是问戴梓先生吧。"

"什么？"皇太后面带愠色，明显对这个答案不满意。

"戴梓先生会造佛朗机大炮呢。"

这时，忽然就听外面的尹小六跑进慈宁宫，他跪倒禀报："启禀太后，在东南沿海，与我们交战的红毛国人前来晋见，他们要和您谈判。"

四

皇太后先让毕玉等太监都出去，她接见了红毛国来的使节。使节走后，皇太后面对着乱得像木器仓库一样的局势不知所措。在她身边的人中，除了信不过的、信得过却又无能的人，似乎只有毕玉能够来治理这个纷乱的国家了。国家的命运就这样，渐渐开始掌控在毕玉这个没有男根的人手中。他调兵遣将，安排战事，而戴梓终于像他制造的插上翅膀的木鸟一样开始飞翔。他担任了陆军参赞，专门负责战术和制造军械。

仗还没有打起来，毕玉突然想到了在珍宝馆中担任顾问的西洋人，传教士汤若望。

当时在京都的外国人并不算多，每当外国人穿着奇异的服装出现在街头时，总会引起众人的围观。人们像参观展览一样对他们一边指点一边议论，就像在集市上看到了珍奇的异兽。这些黄头发蓝眼睛的异兽究竟带来了什么，他们是不关心的。

毕玉在老家时从来没有见过外国人，但他听说过传教士这个奇特的职业。说有一批外国人不远万里来到中国，在路上他们要冒着沉船的危险，要应付飓风、海啸、洪水、毒蛇、沼泽、毒气等众多灾害，这一路就有可能损失掉自己十之八九的同伴。就算他们在野外平安的话，还可能在那些弹丸小国，被未开化的土人当作美味而吃掉。

毕玉记得他听过一个故事，说一个西洋来的传教士在吕宋和苏门答腊一带被土人抓到了，土人用大型的竹签穿过他的身体，把他放在火上慢慢烤着吃，一边烤一边刷上芥末、咖喱、香油，撒上孜然、辣椒、香菜、肉桂等调味料。人们围坐在一起欢快地舞蹈，用手敲着鼓，在聊天说笑之余，那些青年男女相互吐露爱慕之情。这时，那位传教士一边记录他们跳舞的曲子，一边给青年男女参谋对象，还一边指点着土人要加哪种作料。他在这个世界上说的最后一句话是："这边都烤熟了，该翻个儿了。"

从那以后，毕玉就想，西洋人被烤熟后到底好吃不好吃。毕玉后来还听说，西洋人的医术很是高明，他们会一种奇特的手术，好像他们身体哪里坏了就直接切掉，不久就能像蝎了虎子（北京方言。壁虎）的尾巴一样长出新的来。究其原因，是因为西洋人骨骼长得和我们不一样，要是他们犯了法被凌迟处死的话，那可是一件非常麻烦的事情。曾经有刽子手因为不熟悉西洋人的身体而在行刑之中将其毙命，随后这个倒霉的刽子手因为行刑失败自己被就地凌迟处决了。

毕玉就带着满脑子这样的故事，第一次见到了一个活生生的外国传教士——汤若望。

汤若望虽然穿的是官服，但是与众不同，他长袍上的补子图案十分特别。官服上的补子是表明级别的，比如一品大臣用鹤，二品大臣用锦鸡等。而毕玉就看到了一位补子上绣着一只大猩猩的汤若望。汤若望留着长长的胡子，他的胡子在先前皮道士在宫中捉鬼时，曾经为了防止魔鬼躲藏在里面而无情地剪掉过一次，现在的胡子是新长出来的。汤若望一直深深地隐藏在珍宝馆里，很少在大街小巷上转悠，京城里的人们并不知道宫里还有黄头发蓝眼睛的外国人。

当汤若望第一次在大街上行走时，他那像一头狮子一样的毛发在太阳下闪闪发光，很多妇女都觉得他的头发非常好看，随后就把自己的头发染成了金黄色。还有人用蓝色的墨水去染眼睛不慎导致失明。人们都觉得，如果有人发明能染蓝眼睛的墨水的话，他们的眼睛也就能变蓝了。

要说汤若望来到京城的路途实在很不平坦，本来律法规定，没有皇上的命令，外国人的两只大脚丫子是不能同时踏上中国的土地的。除非他们学会悬浮之术，在空中飘着，或者只有一条腿，挂着拐杖或蹦着走路。为此，汤若望曾经花费了多年的时间在欧洲学习飘浮术，很快就累死并吓跑了众多的飘浮术大师们。随后，汤若望开始练习单腿站立和走路，他要确定自己的哪条腿更加强壮，以便砍去另一条不那么强壮灵活的腿。但他最终还是忍住了。

他来到中国的那一年正好是老皇帝驾崩的那一年，那时人们都沉浸在老皇帝驾崩的痛苦中不能自拔，无形中就放松了对外国人的管束，上面所说的那些规矩就都作废了。

汤若望就像一只大鹅一样，摇摇摆摆地来到了澳门，他在澳门学习了很长时间的语言，但是他还没有完全学会当地的语言，当地人把他会的花旗国、法兰西国、红毛国、意大里亚国、魏玛国、巴伐利亚国等国的语言都学会了。汤若望还了解了中国人的礼仪和风俗，他知道如果想见到皇上，自己一定要混入中国的上流社会，也就是那个有儒生、官员和太监组成的阶层。于是，他就穿着中国的服饰，乘着船一路北行，开始和那些穿着长衫，看上去很文雅的人说话，结果是他听不懂别人，别人更听不懂他。他这才知道，他还要学习一种叫作官话的语言，而他学会的是粤语。

汤若望更加勤奋地学习，他学会了官话并能写得一手漂亮的馆阁体字，结交了大量北方的官员。他先是在官场中当上了小小的幕僚，并且一路得到举荐，一边做着小官，一边以每年向北更换一个城市的速度最后到了京城，最终把自己隐藏到了珍宝馆。

毕玉粗略地看了有关汤若望的资料，他知道如果按照常理，这类官员进京无非是为了加封后升官发财。而这个外国人来到这里好像还有更大的目的。他听说外国人的饭量很大，一顿饭能吃得下一只羊，汤若望要是向皇上要起官来，把不住要封他到琉球做个国王。

想到这里，毕玉决定会一会这个外国人。他亲自来到珍宝馆找到了汤若望。他先是和汤若望寒暄了一阵，然后问了汤若望一些宫廷礼仪方面的知识。这个外国人还是很聪明的，那些烦琐的礼仪他一学就会，毕竟他是个中国通，在中国已经生活很多年了。

于是，毕玉说道："汤先生，没想到您一个外国人，不远万里来到我天朝大国，把我们天朝大国的精神当作自己的精神，把我们天朝大国的事业当作自己的事业，实在是精神可嘉啊。"

"哪里，哪里。毕公公过誉了。"

"哦，您说哪里啊。要我说啊，您各个方面的精神都很伟大。首先来说，您勇敢啊，在海上航行，我听说您经过大风大浪，在海上一颠簸就要吐的。您路过那些小国时，也没有被土人吃掉，也没有被招为上门女婿，真不容易啊。您学会了说中国话，还能写中国字，而我们都不会说外国话写外国字……有这么多地方，您还不精神可嘉吗？"

毕玉这番话说得汤若望一头雾水，他没有搞明白毕玉是在捉弄他。就接着说："哪里，哪里。"这个词他也搞不明白是什么意思，就是知道，人们在表示谦虚的时候总是这么说。

"好啊，您还问我您哪里好？那我就说了，您身体好，要不从南方到北方这么多年，要是我早就累病了。可是，您又有点水土不服，看您这头发都褪色了，金黄金黄的，就跟您胸前的补子一样。"说完，毕玉看着汤若望胸前补子上的大猩猩，哈哈地笑了。

汤若望这点是听明白了，他向毕玉施了个礼："毕公公，我汉语说得不好，让您见笑了。"

"哈哈，好啦，我也是跟你说着玩呢。"毕玉哈哈一笑，"咱们说正经的吧，汤先生，这次红毛国人前来进犯，希望你能为我们出力。"

"红毛国？嗯，太好了，我也这么想。我所在的国家经常与他们发生战争，对他们的很多事我还是了解的。我要见你们的皇上。"

"大胆！"毕玉佯装愤怒地咆哮了一声，他的声音还是那么又高又尖，吓了周围人一大跳。接着，他又缓和下来说："汤先生，不是我说你，我们的皇上是你说见就见的吗？而且就算皇上要见您，也得提前安排个时间吧。再说了，我们的先皇已经驾崩了，你难道还想见他？"

"不，不是的，我说错了。宫里的事情人们都不对我说，不过我也算知道一点，你们现在是皇太后在辅政吧？那我就见你们的皇太后吧。"

"那不行，您还是给皇太后上个折子吧。"

"我写封信不行吗？"

"不行，正规点，要用折子。"

于是，汤若望只得又回去把信抄到奏折上，再次交给了毕玉。按说平时大臣要是上折子，都要同时上个小包，里面包上银子。那些太监的手都十分敏感，甚至超过了金店里的伙计，他们只要略微一掂量，就能知道每包银子的确切重量，完全和戥子上称出来的一模一样。他们按照银子的重量来分呈报的先后顺序，要是像汤若望这样没有附上银子的，基本上就随手扔掉了，连擦桌子都嫌纸太硬了，笼火又不大好着。而这一次，毕玉对这份奏折有点兴趣，他想看看这个外国人能把中国字写得怎么样，到底能写出什么有趣的东西来。

奏折一打开，毕玉吃了一惊，汤若望写得一手标准的好字，其中带着颜体的庄重和柳体的筋骨，外带欧体的华贵和赵体的灵秀。毕玉的字写得还说得过去，在这位西洋人面前他觉得自惭形秽。而他转念一想，人家又不打算进宫当太监，这时毕玉的心又宽松起来，开始饶有兴趣地看奏折。

汤若望的奏折上先是一番自我介绍，介绍自己如何来到中国，如何学习汉语汉字，如何在各省当了多年的幕僚和小官，又如何在珍宝馆做了多年的顾问。虽然是顾问，但每天所做的都是些打扫卫生的工作，等等。然后他开始介绍红毛国的物产和风土人情，并且说自己来自意大里亚国，意大里亚国和红毛国是敌对国，十分想和中国通好增进友谊等等。

这些都是毕玉能预料到的，他并没有仔细看，只是觉得这位外国人虽然高深，但毕竟来自远方；他只能是当地的高人，来到中国就低了。奏折上写的什么互相通商之类的话，这些皇太后根本就不会过问。

接下来的一番话让毕玉有了兴趣。这位汤若望先生介绍说，自己谙熟西洋的风土人情，他会西洋的文字、音乐、绘画、星象、占卜、医术、园艺、魔术、催眠术、还阳术等，尤其是能做得一手西洋大餐。如果皇太后不嫌弃的话，他可以把西洋的食材引进中国来给皇太后做菜吃。他还能制造火枪、大炮、机械、钟表等等。

毕玉看到这些后，觉得他和戴梓先生有些相似了。如果他们之间合得来，就应该一起放到钟表馆，陪着戴梓先生一起修理钟表或者制造火器，也是个不错的主意。还有他能做西洋菜，自己可以跟着饱饱口福……当毕玉看到其中的还阳术时，他呆住了。

毕玉打了个很大的哈欠，他用力伸展僵硬酸痛的身体。就在他尚未完成这个哈欠时，他猛地一直腰，顿时觉得腰部生疼，有一股酸麻酸麻的感觉；这种感觉一直冲到他的胯下，又往上麻到后脑勺。他突然觉得胯下有点湿，自己忍不住又遗尿了。

这是最近以来，毕玉第一次遗尿。他知道这个毛病要伴随自己终身，但是遗尿毕竟是件很不爽快的事，那胯下的一片洇湿一直在提醒他随时注意自己的身份，这比人们天天叫他"公公"要严重得多。

想到这里，毕玉决定把这个西洋人引荐给皇太后。

五

自从汤若望进宫以来，皇太后的生活发生了很大变化。毕玉还记得他们第一次见面时四目相对的情景。那次是汤若望一身宫服，胸前绣着大猩猩的补子图案，按照传统的礼节晋见了皇太后。皇太后亲自在慈宁宫接见了他，并由毕玉作陪。当他说出一口带有大鼻子音的官话时，人们既为他能说汉语而惊讶，又觉得他的语调十分好笑。皇太后盯着汤若望看了很久没有说话，殿内静得连一根针掉在地上都能听得清楚。许久，皇太后终于开口说话了，她说："望先生，您感冒了？"

汤若望说："没有，我的鼻子并没有不通气，我说话就是这个味。"

皇太后又说："望先生，你的眼睛为什么是蓝色的呢？"

汤若望这时才意识到，他的眼睛像家乡那片宁静的地中海一样蓝，会给皇太后带来如此新鲜的感觉。他连忙形容了一下自己的眼睛，并且对西洋人的体貌做了大致的介绍。皇太后的这两个问题并没有什么，但它带来了很大的改变，从此由毕玉开始，人们不再把汤若望叫汤先生，而是叫望先生了，汤若望也默认了这一点。

"望先生，"皇太后说，"现在咱们两国交战，您到这里一定是请降来了，就请您递上降书顺表吧，到时候你们可要向我们天朝大国年年进贡，岁岁称臣。不过你放心，要是贵国受到了他国的欺负，我们一定前去平定叛乱。自古以来，我们国家有句话，叫'犯强汉者，虽远必诛'，说的就是这个意思。"

汤若望忍不住"啊"了一声，他不知道皇太后说的是什么意思。这时毕玉就在一旁提醒他："望先生，你们的国家趁着我们皇太后辅政的时候，不说前来晋见，反而乘船来到我东南沿海挑衅，实在太缺乏教养了！"

汤若望吓了一跳，这些话他听懂了，他刚要分辩，只听毕玉接着说："不过请放心，我们有句老话叫'两国交兵不斩来使'，我们不会杀你的，顶多给你个什么刑罚，到时候你自己选吧。"

汤若望连忙说："太后，您误会了，我知道现在有西洋人在和贵国打仗，但那不是我所在的国家，我们国家并没有和贵国打仗啊。"

"你们不都是西洋国人吗？"

"是啊……啊，不，西洋有很多个国家呢，我们不是一个。"

"都是西洋人不就得了？把他打入监牢，具体怎么处置，毕公公您自己看着办吧。"

汤若望连连分辩，可是没有人听他的话，这时毕玉在皇太后身边耳语了几句，皇太后突然笑了，她说："望先生，要不你把衣服都脱掉吧。我听说你们西洋人的身上长满了猴子一样的绒毛，就像您胸前绣的这个猩猩一样。而且据说你们的肋骨是竖着的，好像还比我们少了几根。"

汤若望扫视了一下两旁站立的太监，末了他的目光聚集在了毕玉身上。"太后！"毕玉连忙跪倒，"太后，您这样观看西洋人的身体，那是不祥之兆啊。您看过《左传》吧，里面写着晋文公重耳流亡到了外国，他在洗澡的时候，曹共公听说他骈胁，就想看他洗澡，结果害得重耳逃跑了。所以您就别看啦。"随后，毕玉转身面向汤若望，"还不快谢恩？"

汤若望赶紧谢了恩出去了。他刚一走出慈宁宫的大殿，就想起来，自己想办的事情一件也没有办。而这一次，他倒是要感谢毕公公了。

汤若望是个很聪明的人，他不仅学识渊博，在中国多年的生活使得他极为通晓人情世故。在从澳门到京城的一路，他知道送礼是一件极其好用的事，每到一个地方，不论遇到什么困难，汤若望只要一呈上礼单，尤其是送上他亲自制造的地球仪、地图、星盘、三棱镜、玻璃器皿以及各种小型的测量工具，还有他亲自画的西洋画像，什么事情都好办了。他用西洋画像和别人交换山水画或者花鸟画，使得很多地方的人都以得到他的画像为荣耀。

对于今天遇到的这种情况，他知道也是要送礼的，但是不能送给皇太后。皇太后的后宫中收藏着无尽的宝藏，就算搬空他自己国家和周围几个小国家的宝库，也不及其中的十分之一。为此，他陆续制造了一批小型的测量工具。而毕玉看上去不像个对科学感兴趣的人，于是，他就根据那次接见时的记忆，给毕玉画了一幅画像。

多年来，毕玉虽然不缺钱花，但他并没有在宫外置办下一处宽敞的宅院，他一直住在宫中。汤若望想把毕玉约出来聊聊，把礼物送给他，并让他在皇太后面前举荐自己，可是汤若望不知道去哪找他。他甚至都打算在大街上随便找一个太监，给太监点银子，让他带着自己进宫，可他又不知道应该给多少，尤其是他不知道满大街哪个是太监。正当汤若望在会同四译馆铺满老式瓷砖的地板上反复踱步的时候，毕玉亲自到这里来看他了。

毕玉和汤若望互相之间一阵寒暄。汤若望说："那天真的要感谢毕公公，我从粗野鄙俗的地方，来到你们天朝大国虽然有很多年了，但是我的头脑很是蠢笨，一直不懂得该如何说话办事，那天惹恼了你们的皇太后，还是要感谢毕公公帮我解了围。"

毕玉心中发笑，他刚要张嘴，只见汤若望接着说："毕公公，实话实说，我刚见到您的时候，还觉得您说话是在刁难我，而现在，我发现您是在教育我，而且教育得对。要不是您帮我，我怎么能面见得到皇太后呢？以后您还得接着教我，要不我磕头拜您为师父吧。"

汤若望边说着一边就要跪下磕头。毕玉赶紧把他搀起来，他想汤若望真应该生在中原，这个人简直太聪明了。同时，他又因汤若望古怪的口音和措辞而感到可笑。毕玉说："望先生，您可千万别认我当师父，认了我当师父您可就得和我一样啦。"

"是啊，我就是想和您一样，做一个您这样的人。"

"真应该借着这个机会，把你也阄了当太监，这样就真的和我一样了。"毕玉差一点就走了嘴把这句话给说出来。随后，汤若望取出了给毕玉画的像送给了他。毕玉非常高兴，他发现这个外国人和自己站在同一艘船上了，这下自己在宫里的地位就稳固了，还可以找机会询问有关还阳的事情。

很快，毕玉又把汤若望带进了宫，他们又一起面见了皇太后。很快，皇太后就把汤若望留在了身边。

六

汤若望来到宫中没有多久，宫中的一切都变得西洋起来。皇太后并没有出过国，但是这个外国人把整个外国都带进来了。汤若望有着深厚的语言表达技巧，他能够把一只狮子说成一头大象，能把一头大象说成一只麒麟。他给皇太后描述了意大里亚国优美的风景，并介绍说这个国家中到处都是用巨大的石头建成的城堡，城堡内设有大谷仓、马厩、鹰舍、鸡舍、养鱼池、井、泉、教堂、铁屋、木工房等等。建筑上面都是高耸的尖顶，这样即使下了大雪，雪也会从尖顶上很快地滑落下来。当然，意大里亚国并不冷，它的建筑都是繁复的、优美的，带着古罗马时期的花边。比如柱子，宫中的柱子是用几节粗大的金丝楠木组装而成的。先去掉楠木上有疤结的地方，用小块的楠木补好，再在它们的连接处用铁箍紧紧地箍起来，并打上锔子。其实每一节都不长，在拼装的时候，每一小块木材都不能浪费掉，金丝楠木早已被五百年前的朝代用光了。而意大里亚，石头却是取之不尽用之不竭的。宫中的柱子并没有什么装饰，先披上厚厚的麻，抹上调匀的石灰水，再刷上红漆。意大里亚国，柱子都是棱柱形的巨石，在其头尾都雕刻有精美的花纹，并被称为斯特林廊柱。再比如意大里亚的窄窄的小巷子，它很像京城南部的胡同。而且意大里亚国的皇宫中，到处都是壁画，上面画满了一个未婚而生子的老妇人，还有一个因为犯了蛊惑罪而被钉死在十字形的架子上的男子。汤若望讲，这个男子拥有世间一切美好的德行，在西洋的众多国家中，都以这个人的行为规范为准则，甚至人们在犯了罪需要忏悔时，都要想起这个人。

皇太后被汤若望的讲述迷住了，她没想到世界上竟然有这样的宫殿，宫中的屋顶十分地高大明亮，在顶上吊着巨大的吊灯，上面能同时安放上百支蜡烛。宫中的所有装饰都是流线型的，充满了花纹，每逢吃饭的时候，都是西洋人吃的美味，还有西洋的乐队在一旁伴奏。……很快，汤若望就发现不能讲述这些，皇太后毕竟是个女人，她又开始想她的儿子了。

从此以后，皇太后的生活开始发生了重大的变化，当年宫中流传的那个预言，也就是王丞相为之奋斗了一生的谶语就要实现了。皇太后开始越来越像她的儿子——那个以胡闹著称的皇上了，她变得和皇上一样反复无常，性格古怪，开始随意地殴打残杀太监宫女，并在宫中开始大肆胡闹起来。

皇太后每每想起那个已经在陵墓中长眠的儿子，总是忍不住流下泪来。她想起儿子当初是如此热衷于做木匠活，儿子造出的木鸢能够在天上飞上三天三夜不掉下来。皇上再是皇上，首先也得是自己的儿子。而随着皇太后思念儿子的感情越来越深，她开始疏远毕玉，而左右都离不开汤若望这个黄头发蓝眼睛的外国人。毕玉发现，原来的皇上只不过是发病的先兆，皇太后才真正开始发疯。他只有尽量不去往深了想这个国家的未来，他不知道会出现怎样的结局。

比起皇太后，毕玉更加关心淑妃肚子里的儿子，虽然是不是儿子他也不能确定。他每每想着，淑妃一旦生产了，自己就可以名副其实地成为国家的主宰，那时他就能实现自己治理国家的宏愿了。他可以不必在乎自己是太监，而像司马迁、蔡伦和郑和一样过辉煌的、有成就的人生。老太后似乎在他面前是如此地碍眼。算了吧，反正她也活不了多少年了，折腾就让她折腾吧。

朝廷和后宫里又像先皇在世时那样乱了套，皇太后不再上朝辅佐朝政，而且更加肆意地玩乐起来。她要求御膳房从此每顿饭都要按照汤若望的要求，改做西洋人的饭菜。每天早晨，皇太后要吃大量的牛肉、小猪肉、肥鸡、肥鹅、鳕鱼、鲱鱼等等，而奇怪的是这些肉类都要加入大量的薄荷叶、月桂叶、鼠尾草、麝香草、薄荷花、艾菊、茴香、香菜、菠菜、莴苣，并且要掺入一些姜粉，通通都要抹上浓厚的猪油、蜂蜜，再撒上大量的葡萄干和碎樱桃肉。这下，皇宫中的人就要到西域乃至欧洲采买那些昂贵的香料。皇太后吃的瓜果，也由以往的水果全部改为了山竹、火龙果、蛇果、毛丹、阳桃、山梨、栗子、扁桃、芒果、木瓜、榛子、无花果、醋栗、胡桃、枣椰等等，并大量地食用奶油和干酪。

对于那些吃不了的水果和奶油，汤若望发明了一种叫作冰激凌的甜点，他把水果都削皮去核，把果肉放在平常捣蒜的钵盂里捣烂，和牛奶、奶油、砂糖混在一起，然后放到冰窖中冷藏，并随着奶油加入的量来控制冰激凌的软硬。

皇太后每天早晨都会很快就吃得像气球一样膨胀起来，然后在晚上，她再大量食用冰激凌，然后就可以如厕。如完厕后的皇太后像泄了气的皮球一样瘦下来，她的任务就是第二天重新吃。人们在白天和晚上看到的皇太后是不一样的，皇太后是越吃越瘦，汤若望就越鼓动她多吃，结果是皇太后在冰激凌的作用下，又一天天地消瘦下来。

刚开始，毕玉还觉得新鲜，他和御膳房的大师父、负责品尝食物的太监们都可以开开洋荤，但很快他们就都吃得上吐下泻，世界上没有比西洋人的饭菜更难吃的了。他们好像处于一个很原始的状态，似乎不会用油来炒菜，什么都是用火直接烤，或者用白水直接煮，煮的还都是整个的土豆、柿子椒之类。

毕玉记得小时候贫穷的日子里，家里的蒸土豆烤芋头都没有这么难吃过。

随后，太后的衣着也变样了。她让人们都穿着紧身的红色衣裤，上面装饰有黄色的流苏，而自己则是一身制服，还在外面罩上一件大斗篷，并在头上戴起一种一尺多高的尖尖的高帽，上面写着圣祖仁皇太后之帽。

皇太后服饰的改变还曾经引起以王丞相为首的大臣们的强烈反对，

他第一个抱着国家的法典跳了出来，要冲进宫去给皇太后上课，其结果就是他和法典一起被扔到护城河中。幸好王丞相早年是游泳健将，他游上了岸，但很快就一病不起。其他顾命大臣也都不敢说话，从此以后，再也没有人敢于批评皇太后了。

在吃饭之余，皇太后开始寻找那些她的儿子曾经热衷的游乐。她下令把太和殿中的大柱子全部拆掉，一律换成欧洲罗马风格的大理石廊柱，并且要把养心殿、交泰殿等全部拆掉，改为欧洲风格的大尖顶式建筑。当宫中的造办处呈报说没有那么多大理石的时候，皇太后的博学为这个国家带来了灾难。她说她知道京城东南房山大石窝一带就盛产大理石，并下令派人到房山用火药炸山的方式来开采石料，在严冬的时候用水在地上泼出一条冰路来运送。同时，宫中大殿的装饰和雕刻要全部改换风格。于是，在那些龙的身上，雕刻出一个个长着翅膀的小人的形象；同时把京城众多的佛像石刻和泥塑，都改为怀抱着婴儿的未婚少女。

据说，宫中那些柱子上的龙是能够飞翔的，它们会在无人关注的时候绕着柱子转圈。而刻上了带翅膀的小人，龙就不能动了。不过，皇太后对此倒是满不在乎，她觉得，如果宫中到处能飞着长翅膀的小人也是一件不错的事。当然，宫中的后花园也是不能错过的，那里喷泉中的太湖石全部推倒、粉碎，在湖中修建起一些没穿衣服的美人像，水从美人怀抱的水瓶中喷出。这个雕像更是遭到了人们的反对，在宫中雕刻不穿衣服的女人像实在有伤风化。如果这个雕像传到宫外，京城八大胡同也纷纷挂起没穿衣服的女人像该怎么办呢？经过长期的争执，皇太后最终同意，为了文明起见，把没穿衣服的女人的双腿改雕成一条鱼的下半身，而鱼的上半身就抱在女人的胸前，水也从鱼嘴中喷出。

宫中终于乱套到毕玉也无法忍受的地步了。毕玉看到皇太后在汤若望的撺掇下越来越胡作非为，忽然间，他反问自己，自己为什么对皇太后如此关心？自己当一个好太监，做好本职工作不就得了？可是，皇太后显然使得自己不能管理好后宫，毕玉觉得这其中肯定有更深一层的意思。他发现了皇太后和先皇的不同，也发现了自己对待这两代君主的不同。先皇的玩乐是毕玉一手促成的，他知道作为奴才就是要伺候好主人，让皇上过得开心快乐，并且让他在这种开心快乐中舒舒服服地死去，好让自己和淑妃的孩子登上国家至高无上的宝座。至于国家如何那暂时就管不了了。现如今，毕玉觉得这个国家就是自己的国家，淑妃娘娘不久就要生产了，自己不能让皇太后把国家祸害下去。为此，毕玉深夜在房间里来回踱步，他怎么也睡不着，仿佛比先帝驾崩，用扶乩的方式确定传位于谁那时还要紧张。当时，毕玉是用向皮道士学来的一点戏法，使得巨鼎的白纸上显现出"皇子为帝，康王为王"的字样，现在看来，还真不如当时直接把皇位传给康亲王的傻儿子来得好，那样自己再干掉王丞相，更可以把持朝政了。

"不对，不对！混蛋！"

174

毕玉猛地一个鲤鱼打挺就坐了起来，他一下子闪着了自己的腰。他一边揉着腰一边自己嘟囔："太混蛋了，怎么能有这种不臣之心呢？皇太后毕竟是皇太后嘛，我不能自己把持朝廷，顶多是干了件和娘娘生个儿子，把新皇上换成我的血统的事。"他望着窗外皎洁的月亮，现在已经是午夜了。他站起身来活动活动腰，这才想起很久没有到淑妃那里去了。毕玉悄悄地穿好衣服，宫中的道路他已经不用眼睛都认识，很快来到了淑妃的储秀宫。

淑妃还是一如既往地关心他、爱他。他们就像一对老夫老妻一样，亲热完后，还在床上嬉戏打闹起来。这段时间，毕玉对宫中太监宫女之间的对食关系已经了如指掌，宫中那些没有"菜户"的宫女或太监已经会被人耻笑，还经常发生争抢菜户而大打出手的事。毕玉无奈之中也曾平息过这些事情，并把一些太过分的太监罚到郊区去种菜，让他们去当真正的"菜户"。

宫中的太监宫女们都知道毕公公是比较随和亲切的，不似以前的和公公那么乖张，也都愿意和他聊聊天。因此毕玉知道世界上没有不透风的墙，自己和淑妃娘娘相好的事情多多少少会在太监宫女之间有所传闻。既然每个太监都能有一个相好的宫女，我怎么就不能有呢？只不过，我的相好是位冷宫中的娘娘罢了。毕玉早就放松了这种偷香的警惕性，他已经习以为常了。

淑妃觉得后背痒痒，她又懒得用痒痒挠，就要毕玉给她挠挠后背。毕玉正在想皇太后的事，一时没有注意，淑妃就开始拧他的耳朵，最终拧得毕玉求饶了，他只能用自己的手代替了痒痒挠。今天他的力气大了一点，淑妃被挠得叫了起来。

"哎哟哟，你干什么啊？轻点，轻点。想什么呢？猪脑子。"淑妃嬉笑着用手指用力点了一下毕玉的太阳穴，她发现毕玉今天好像很严肃的样子。

"我在想儿子呢。"

"儿子？谁的儿子？"

"废话，咱们的儿子。"毕玉揉着淑妃娘娘鼓鼓隆起的肚皮。"对了，你难道不知道太后被那个外国人唬得团团转？她现在改吃西餐，改穿洋装，还开始改变宫里的装饰，用不了多久，咱们这里就成意大里亚了。"

"我不管什么大梨呀大梨呀的，学学西洋不也挺好吗？这样多新鲜啊？"

"妇人之见，你不见皇太后越来越像先皇吗？如果这样下去，将来咱们儿子的皇位难保啊。"

"唉，当年先皇不也是这样么？他每次都是疯狂地来欺负我，而我只能忍受着。是你救了我，可是你又救不了国家。"淑妃娘娘叹息道，"咱们都不适合在宫里待下去。"

"那不行，皇儿得来这个皇位多么不容易，任由太后这么胡闹下去，将来怎么得了？"

"嗯，这倒是，我也不想这么早就寄希望于下一代，是男是女还不一定。再说，我要是因为难产死了呢？"

"孩子一定是个男孩。等他登基即位后，你就成皇太后啦。到时候，咱们把宫里王丞相那堆骨头渣滓，还有尹小六那些贱货，全都一个个地剁碎了喂狗。咱们选拔一批正义的、有学问的大臣，再招募一批忠实的、不会为非作歹的太监，你辅佐孩子管理外朝，我在后面稳定好后宫，咱们好好地管理这个国家，你说好吗？"毕玉的眼睛里放出玉一样的光芒，他仿佛看到了新生的婴儿已经长大成人，坐在高高的金銮殿里宣布着各种旨意。

"可到那个时候，你还是后宫的总管啊。"淑妃娘娘本想搂着毕玉和他调笑，却发现毕玉的脸色越来越凝重。

"天下兴亡，匹夫有责。"

"你又不是匹夫，管它呢。"这句话刚一出口，淑妃也意识到自己说到毕玉的痛处了。

毕玉一下子站了起来，他心里很不好受，尽管他不介意淑妃开这样的玩笑。突然，他抬头看见屋内悬挂着的一个大八哥笼子，里面有一只翅膀上带有白斑的八哥正在用犀利的目光盯着他。毕玉觉得别扭，他走过去，打开笼子开始逗八哥，八哥立马就欢实起来。当他得知八哥是尹小六送给淑妃来解闷的，不由得一皱眉。

"这八哥会说话吗？"

"当然，不过就会说吉祥话，我听得都厌烦了。我想有空教教它算术呢。"

毕玉用手去揉八哥的舌头，那只八哥大声叫道："娘娘千岁，娘娘千岁……"

毕玉镇定了一下，他看着八哥哼了一声，转身走出了储秀宫。

七

毕玉决定要不顾一切地劝阻皇太后。而现如今的皇太后已经超过当初的先皇了，她不仅改变了人们的习俗，还开始修改各项律条和制度。她规定，凡是京城的人，都可以凭着本人的户籍证明在北城领取一间横竖十五步大小的房子，并且在城内设置公共的马车供人们免费乘坐；她又规定，凡是官员，不论是文官的轿子还是武将的战马，在巳时和申时不得在城内的主要路段行驶；她还规定，王公大臣的俸禄削减一半，分给穷人或赈济边远地区的灾民；在京城的集市上，如果有人胆敢贩卖假货或者卖东西缺斤短两，就把这家人罚得倾家荡产甚至充军发配；以后京城的人看病，全都可以到居住的里巷找官府的人报销；还有所有的孩子读书都不用花钱，教书先生的工资全部由朝廷支付……

毕玉劝进皇太后的办法还没有想出来，皇太后的改革已如同洪水从宫中漫过京城，漫向四周的城市。毕玉第一次觉得，整个皇宫就像一个无底的深潭，现在深潭震动了，水要是上来了，那肯定是无尽的，直至淹没任何一个地方。

皇太后除了规定人们要模仿西洋人的穿着，学习西洋人的烹调手艺，甚至要说西洋话，并且要改姓。改姓这个主意还真不是汤若望想出来的，是皇太后一天上朝时得到了日本国的报告，说日本现在正是一个什么什么天皇在位时期，有一天那个天皇突发奇想，说全国人都要有姓。于是全体日本人都在限期内给自己取了个漂亮的姓氏。住在村子里的就姓村上，住在松树下的就姓松下，住在田地里的就姓田中，住在渡口边的就姓渡边，住在厕所边的就姓御手洗等等。由此，皇太后想到中国人也要改姓，老百姓的姓氏只能从约翰、彼得、安德烈、雅各布等十一个西洋人的姓氏中选取，而皇太后要姓望。这一点更是遭到了毕玉和大臣们的一致反对。在朝廷上，毕玉看着满朝文武给皇太后上了无数的奏折，提出废除西洋式的改革，驱逐汤若望，回到传统的生活。他们纷纷跪倒在金殿上，说皇太后要是不答应他们的请求他们就跪在金銮殿不起来，并且说长期的下跪能使得人体血液不流通，最终造成大臣们大脑缺氧而死。

皇太后面对这种情景叹了口气，她是第一次见到如此的场面，对此，她对大臣们说："你们为了劝我，所有人都能在此跪到死吗？"

"是的，我们都愿意。"大臣们齐刷刷地表示决心。

"好吧，那我就帮你们一把吧。来人啊，把他们都押出去廷杖！"

毕玉听到皇太后的命令不由吓得直哆嗦，他知道先帝在世的时候即使再糊涂，也很少有对大臣廷杖的事。皇太后在没人敢管她的情况下，指不定能打死多少人呢。于是，毕玉悄悄地下令，要对这些大臣用心打。

　　时值正午，天气十分炎热，大臣们都被带到了太和殿外的空地上，他们继续跪着祈求皇太后收回西洋化的旨意。皇太后的命令传下来了，一时间，数百名校尉排着方阵走到大臣面前，他们都是此次的行刑人，每个人都穿着一样的衣服，显得十分整齐利落。相比之下，负责监督行刑的太监们都显得懒懒散散的，他们先让大臣们站好队，每个人之间拉开距离，每两个太监和六名校尉围着一名大臣。其中四个人按住大臣们的四肢，并且扒下他们的裤子；另外两名校尉拿起板子轮番打大臣的臀部和大腿，每打五下就换一个人。毕玉先前见过那些行刑的人在宫中练习廷杖，他们用皮革做成两个假人，其中一个假人内塞满砖头，另一个假人外面包上一层纸。他们先是练习轻轻地打塞满砖头的假人，结果打开皮革后发现砖都碎了；然后练习重重地打裹上纸的假人，就算打得啪啪作响纸也不会坏掉一点。而这一次，毕玉算是看到了真格的。他看到上百个板子同时起落，上百人同时被打得哭爹叫妈。那些血肉随着板子的起落纷纷喷溅到行刑人的脸上，他们都不屑于用手去擦，就当是阴沉的天空中落下的毛毛细雨。毕玉想不到皇太后能够真的如此打大臣，他只知道，行刑的人都是看太监们的脸色而行事的。太监的脚呈外八字，就表明要轻轻地打；而内八字，就要往死里打。他已经关照过了。

　　可是，时候不长，毕玉发现情况不对。刚刚打了十几板子，就有大臣昏死过去了。不一会儿，大臣们的叫喊声渐渐地低落下去。他连忙跑过去。与此同时，那些板子仍旧落在悄无声息的大臣身上．落下的位置不是臀部和大腿，而是大臣们光溜溜的脊背和后腰。

"停，停！别打了！"毕玉刚喊出口就把嘴闭上了，他知道自己没有权力喊"停"。怎么打他可以示意，但是他不能下命令。他走到一个被打昏的大臣面前悄声地问："你们怎么这么快就昏过去了？"说着，毕玉蹲下来，把手放在这位大臣的鼻子前一试，发现人已经没有了呼吸。而这个人的肋条骨几乎穿透了后背，那些白刷刷的骨头尖挑破了肝和肺。

毕玉发现自己似乎中计了，他赶紧让人把尹小六叫过来。可人去了很久，尹小六才跑了过来。大臣中已经有小一半的人被打死了。血慢慢地在太和殿前流淌开，浸润了这片土地。

"小六，你怎么搞的？"

"毕公公，这都是按您的意思行事啊，没有错的啊。"

"我是怎么跟你说的？不是要你们都内八字站着吗？"

"毕公公！"尹小六委屈得差点哭了出来，"我和很多兄弟，我们都是内八字脚啊。就算腿能弯，但是脚踝是动不了的。"

"什么！"毕玉上去就给了尹小六一个嘴巴，但是他发现，尹小六的脚确实是内八字，而且连扳直了都不可能。毕玉这才想起来，太监被阉割完以后，脚都是呈内八字的，而只有他自己才是外八字脚。但毕玉总觉得这件事有什么不对劲，自己被人暗算了一把似的，当他再想改变命令时，一切都来不及了。不一会儿，在场的大臣们几乎都是奄奄一息，已经有多一半的人命丧九泉了。而校尉们还在轮换着打下去，那些完成任务的校尉继续帮助那些没有完成的，他们每打五下就换个人，以保持每个人、每一下，都使出自己最大的力气。此时的毕玉已经变成了一具泥塑，他只能眼睁睁地看着校尉们继续打下去，看着一个个大臣被活活打死。还有几个年轻一点的大臣在挣扎，不一会儿，挣扎的人又少了几个，又少了几个……他跑过去扶住一位被打得血肉模糊的大臣，可这位大臣已经没了声息。毕玉的眼泪流了下来。如果没记错的话，他知道这是自己在宫里第二次落泪。第一次就是得知淑妃娘娘怀孕的时候。

很快，京城中的斜木行顿时热闹起来，一连很多天都不断有大臣们发丧出殡，很多人一时来不及运回原籍，就都暂时找个地方埋了。京城外四处大冢累累，按照官职，大臣们都要让朝廷负担很大的一笔丧葬费。而现在，朝廷的丧葬费还没来得及发下去，红毛国的舰队已经到了渤海湾了。

八

红毛国一向号称他们是无敌的舰队，曾经征服过世界上众多的国家。毕玉并没有把他们看得多么重要，他知道自己的师祖当中，曾经有一位三宝太监，他领着船队进行了环球旅行，并且发现了地球的另一片新大陆，他把那个地方叫作美洲，把当地的人叫作印第安人。他不仅帮助当地人种植稻谷、狩猎，交给他们如盖房、捕鱼等众多的技术，还为他们平定了一场叛乱，选定了新的王位继承人。可是，红毛国带着最新式的大炮和火器，接连攻打下沿海的众多地方。那些频频的捷报全部是假的，都是下面的官员打了败仗怕担责任而欺骗朝廷的。当红毛国人再次发起新一轮的冲锋时，他们只有扔下家眷，自己带着四处搜刮来的满箱金银逃命去了，全城的守将因为没有人指挥不能擅自作战，只能在军营中原地待命，最终他们在出操列队时被红毛国人的炮火全部杀死了。

　　很快，朝廷接到了红毛国人在直隶登陆的消息，但已经没有大臣再能派到前线去作战了。对此，这个上前线的人只能是连马都不会骑的毕玉。

　　毕玉的脑子里从没有过打仗的观念，他只是小时候在评书中听说过人如何骑着壮硕的马，举着沉重的刀枪在疆场上厮杀。在农村老家、在宫中，他也见到别人练过武术，那些刀剑在眼前雪花一样飞舞，还有周围人的叫好声，那些总使他想起天桥的把式场子。此时，红毛国人的黄头发蓝眼睛使得朝廷军队的马匹一看到他们就立刻惊了，人们还没有来得及打仗就要四处营救惊马。就连牲畜看了外国人都是四处乱跑，战场上立刻乱作一团，很快就大败而归。毕玉此时想到，如果真的要被红毛国的人打败怎么办？那办法简直就是现成的，不用想的：跑！

　　在这个时候，出面的还是汤若望。

作为学者的汤若望是博学的，作为官员的汤若望是聪明的，而作为发明家的汤若望也是灵巧的，他先是告诉皇太后，现在红毛国的人都有先进的火器，再骑着马上去跟他们拼刀枪肯定是不合时宜的。因此，他为皇太后进献了一种能够连发八下的火枪，他要以此装备所有的军队。皇太后就找了个机会，让他在校军场里演示火枪，其实皇太后对于出兵打仗并不感兴趣，她只不过想看个新鲜。

就在这一天，汤若望来到了校场，他先下令开始进行一系列的工程。选定一个地方，在前方百步以外，挖一条深沟，在深沟后立好一排草人，在草人的胸前挂上箭靶。箭靶的中间是一个红点，红点外面是一个个的圈圈，一共是九个圈，并从外往里逐一标上一到九的数字，汤若望说这个叫作"环"，也就是打到第几圈内就是几环，而十环就是正中的那个红点，通过环的数目来计算准确性。汤若望先是命令一些高级的弓箭手来射箭，每当一箭射完后，在那条壕沟中隐藏的士兵就站起来看靶子，并高声喊出所中的环数。他原以为这些弓箭手疏于训练不一定能射得多么准，射箭的结果能给弓箭手以很大的压力，使得他下面更难以射中。果不其然，弓箭手们虽然都是箭箭中靶，但射到什么环上的都有，经常有四环、五环这样的结果报出。汤若望对皇太后说，这样的结果在他们意大里亚国已经是差得没边了，一定要遭到惩罚。

"怎么？要因为这个把他们都拉出去砍了吗？如果是，那我现在就下令把他们都处死。"皇太后说。

"啊，不是，太后，不是的。"汤若望生怕有弓箭手抽冷子给他一箭，他说，"在我们国家，凡是射到很低环数的弓箭手都没脸见人，他们自己就找地方自杀了。"

"哦，这样啊，"毕玉在一旁说道，"只是在我们天朝大国，一般认为自杀的人是对皇太后的不忠和对父母的不孝，只有不忠不孝的人才自杀。再说不就是射箭环数不高吗，又不是没有射中，没必要因为这个开杀戒。太后，您说是吗？"

毕玉把话茬交给了皇太后，皇太后没有理他，而是新奇地看着汤若望发明的连珠火枪。汤若望本来也想说一些"环数不高的话在战场上就不能射到致命处"之类的话，他见此也就不说了。

接下来，皇太后要汤若望演示他的连发枪。

汤若望命人把连发枪都瞄准目标，他下令点火，就见枪口都"突突突"地打个不停，子弹带着火光喷出，直射对面的靶心。周围的太监和一些刚刚提拔上来的大臣都跟着鼓掌、叫好。一阵扫射之后，靶子几乎都成了筛子，布满了大小不一的洞。

"太后请看。"

"嗯，不错啊，真挺好的。这连珠枪就是不一般，一打起来就'突突突'地打个没完。"

"是啊，有了望大人的连发枪，来多少绿……毛……国的人都能把他们'突突'了。"

"是啊，是啊。"周围的大臣们都跟着附和起来，但是他们都忘了进犯国的名称。

"是红毛国。"毕玉对他们说的时候，还狠狠地瞪了他们一眼。他们立刻就闭上了嘴。汤若望还觉得不满意，他又想下令装上子弹重新打了一通，这时，他想起，在深沟里还有负责报告环数的士兵。他赶紧下令让对面的人报环数。可是喊了几遍，对面都无人答应。有士兵跑过去验证一番跑回来报告。

"禀太后，靶子上实际的弹孔并不多，对面深沟里负责报环数的人全部中弹而亡了。"

皇太后忽然明白了什么似的，她扭头对汤若望说："望先生，您的连发枪可真准啊。"

九

汤若望在靶场上颜面扫尽，要不是他满脸的胡子比较浓密，只怕他的脸也能和关公一样红。毕玉发现西洋人的脸总是那么惨白惨白的，从来不会因不好意思而脸红，汤若望也是如此。汤若望向太后报告说连发枪还有点问题要改进，皇太后就把这件事扔到了一边，继续跑到宫中玩国际象棋去了。毕玉抓住这个机会，他不能让汤若望进献连发枪的事成了，要是那样，只怕国家的军队都要落到他一人手里了。他自己口口声声说和进犯的红毛国不是一个国家的人，可是那几个国家在地图上都那么小又挨得那么近，谁能保证它们不是一个国家？毕玉想，一定要解决汤若望这个问题，他忽然想起了一个人，只有他才能制止汤若望。于是，他飞快地赶到了钟表馆来见戴梓。

戴梓听完了毕玉的讲述以后，让毕玉推荐他面见太后。戴梓说，汤若望与现在和我们打仗的红毛国人确实不是一个国家的，这一点不用担心，只不过汤若望的连珠枪实在太差劲了，真的用它来装备军队那还不如跟红毛国人去要大刀。

第二天，毕玉把戴梓的情况报告给太后，太后一听正好，她下令把汤若望的连发枪给戴梓送过去，要戴梓尽快地研究和改进，最迟不能超过一个月。而仅仅八天以后，戴梓就带着自己改进的连珠火铳进献给了太后。

皇太后再一次来到了校场，她还是命人准备好草人制成的靶子。汤若望在一旁默默跟随，他并不紧张，他不相信这位戴先生能发明出什么新鲜的玩意来。戴梓先是拿起一支连珠火铳给皇太后讲解，这支火铳和普通的鸟枪类似，不过它的枪身非常地宽大，到枪口处渐渐收缩成一对双孔，仿佛是一头野兽的鼻孔；而如果把枪竖起来看，就像一把仕女怀抱着的琵琶。

戴梓先是简单做了介绍，他说这种连珠火铳有两套机械，一套打出子弹的时候，它内在的机关能牵引另一套机械，使得两个枪口轮流发射出二十八颗铅弹，破坏力大得能够扫平敌人的一排骑兵，敌人越是密集就越能表现出它的杀伤力。在讲述的时候，戴梓表现出他极高的语言天赋，他的解说不次于任何一个雄辩的演说家。他不仅详细地解释了枪械的构造，还把这种枪械运用到军队中要配合使用怎样的战术，适合打怎样的战争，否则会有怎样的损失，都讲得十分清楚。在一旁的汤若望一直想插一两句反驳他的话，但戴梓是不会给他空隙的。最后，戴梓成功地实验了枪械，几乎每一枪都打中了对面的靶心，而且没有任何人员受伤。

皇太后非常高兴，但她总觉得今天的事不够刺激，那么多子弹一下子就打完了，没有上次汤若望的花样来得多。毕玉发现，汤若望来到宫里的日子虽然不长，他已经很了解皇太后的意图。他刚想说话把皇太后劝回去，汤若望就说："太后，戴先生的连珠火铳非常地厉害，但是您要知道，在战场上打的是会动的人，而不是靶子。不管怎样，我还想看看戴先生的枪法如何？"

皇太后正想看看热闹，虽然她觉得看打枪并不算一件很有意思的事。这时汤若望接着说："要不这样吧，如果太后不介意的话，我就和戴先生比一比枪法，您看如何？"

这句话正中太后下怀，皇太后欣然同意。而戴梓马上接过来说："太后，微臣当然同意和望先生比试枪法，但是我想提一种方法，不知道您是否同意？"

皇太后要戴梓说下去，只听戴梓说道："我想咱们既然比试枪法，就比试打一些比较小的目标。古代箭法有百步穿杨之说，就是在一百步以外射杨树叶。要不这样吧，我们在一百步外射一个果子，这个果子就让我们互相给对方顶着。"

"戴先生，您这枪法有准吗？"

"当然有了，您放心吧。虽然铅弹到处都是，但我还是不愿意浪费的。"

很快，汤若望顶着苹果站到了一百步外，戴梓在他的连珠火铳里装上一颗子弹，因为这种连珠火铳一旦扣动扳机就会把所有的子弹全部打光。戴梓瞄准的姿势有一点奇怪，他端平了这支琵琶似的火铳，瞄准汤若望头上的苹果。这时，汤若望把膝盖稍微往下一弯，他知道宽大的官服是不会显现出来的。

"砰"的一声，戴梓这一枪擦着汤若望头上的苹果过去了，他一皱眉头，觉得事情仿佛有些不对劲。他看了一眼皇太后，发现皇太后没什么表情，而毕玉却不见了。这下，该轮到汤若望了。汤若望举起他那支连发枪，先是在里面装好子弹和火药，然后举枪瞄准，他看到戴梓在对面顶好了苹果。这时，戴梓发现汤若望的枪口并没有瞄准苹果，而是直接对着自己的脸，他这才明白比打苹果这个主意并不高明。

汤若望开枪了，可是这一枪并没有响，汤若望怎么扣扳机都没有反应，他发现自己的枪有些堵了。当他准备拆开检查的时候，那支枪发出了一声巨响，汤若望的身上起了火，就像被一堆炮竹点燃一样。人们乱作一团，连忙帮他扑灭了火，好在他伤得不重。而皇太后在一旁看到这个景象，哈哈的笑个不停。

戴梓转过身来，发现毕玉的神情有些不对劲，仿佛刚刚经历了一场很紧张的事。他在毕玉耳边悄悄地说："毕公公，谢谢您了。"

十

毕玉自然希望任何事情都能够按照他所想的方向去发展，他想自己的一系列作为足以搞乱戴梓和汤若望。长期的宫中生活使他认为，作为大臣如果不懂得世界上只有皇上和皇太后是对的这个道理，那他就不配做本朝的大臣。而至于大臣与大臣、宦官与宦官，还有大臣与官宦之间，也是只有暂时的朋友，而没有永久的敌人。

在红毛国侵略这件事上毕玉就是这么想的。首先，一定要让这个满脸胡子的汤若望听自己的指挥，要不然就不会费那么大劲把他弄进宫来。一旦他不听自己的指挥单独忽悠皇太后，就要用戴梓把他干掉。这个西洋人的胃口实在太大，堂堂的国人要是被一个西洋人排挤出朝廷，那也是一件十分丢脸的事。对此，毕玉觉得兵权和抵抗红毛国人的事，还是要交给戴梓来处理。

事后，皇太后似乎把这次比枪的事情给忘了，又开始了她的游乐生涯，直至毕玉不断提醒才想了起来。于是这一天，皇太后就在朝堂上宣布，由戴梓担任前敌总指挥，带领若干将士选择一个良辰吉日出发，前去迎战红毛国人。她问具体要选择哪一天，戴梓说今天是3月15日，一个月以后，也就是4月15日出发就可以了。而这时，只见汤若望又出班跪倒了。

"启奏陛下，此事万万不可。"

"望先生，咱们上次不是都商量好的吗？你们还比试过枪法，您还打死了众多士兵。"皇太后奇怪地问汤若望。

"大胆，你胆敢反对太后的旨意吗？"毕玉在一旁帮腔。

"不是的，陛下，不是我反对出兵。而是我想问问，是谁说的要在4 月 15 日那天出兵？"

"是我定的。"戴梓说。

"可是戴大人，您怎么能定这个日子？启奏太后，臣夜观天象，4月 15 日那天的午时，将会发生日食，到时候大地一片黑暗，太阳就剩个圆环，而且能看到有一颗扫把星向着太阳的方向飞去。这是个很不好的兆头啊。"

汤若望此言一出，大殿中一片哗然，人们怎么也想不到这位西洋人还有预测日食的能力。而那个彗星袭日，正是传统习俗中的大忌，在这一天最不能做的事情就是出兵打仗了。而戴梓又是以通晓天文著称，他怎么会选择那一天呢？

这时，戴梓说话了，他说："陛下，臣早已观测过，4 月 15 日是不会发生日食的，因为那天是阴天。"

大臣们听完了又集体"哦"了一声，仿佛一下子都明白了。

"不，陛下。"汤若望再次施礼，"日食会发生的，戴先生所说的不准！"他偷眼一看皇太后对此似乎不大感兴趣，他又说："臣愿意跟戴先生打赌，如果没有发生日食，我就请太后把我驱逐回意大里亚国去。"

"好，一言为定。"皇太后立马来了精神，"戴先生，您呢？"

"既然汤大人这么说，那如果发生了日食，我就请皇太后把我流放到东北去。"

"戴先生，我是请陛下给我一艘小船，我自己划着回意大里亚国去。"

"那我就请陛下派人押解着我，我自己走着到东北去。"

"好，好，你们在这里击掌明誓，到时候我一定照办。哈哈……"皇太后又笑了，她巴不得出现一种状况，把汤若望和戴梓都流放得远远的，那样就有意思了。很快她又想不能那样，望先生要是走了，就没人陪着她玩了。

于是，这个 4 月 15 日的天象，和是否出兵抵抗红毛国人的决定，就在这样一个赌咒中酝酿开了。这时，红毛国的军队已经在山东登陆过了直隶，离京城不远了。

第七章

应　战

　　在毕玉手术后的第七个日头，当刘爷把插在毕玉下身的蜡管拔出时，憋了七天的尿喷涌而出，他似乎从来没有这么淋漓畅快过。但很快，随之而来的就是比疼痛更为难受的小便失禁，他不知道什么时候尿液就会像泉水一样滴滴答答地流下去，衣服在不知不觉中被弄湿，浑身都是一股尿臊气。而刘爷和两个徒弟则殷勤地伺候他，对他问寒问暖，百般关心呵护，容忍他肆意发作的脾气。

　　这使他反而对刘爷充满了感激。毕玉从小生在普通人家，从来没有人这么关心、照顾过他，包括他的父母在内都没有。毕玉想从此要以刘爷作为他的父亲，而净身房就是他的家了。可他还不知道，有一个更大的家在等着他。

　　这时，毕玉发现自己本来就不多的几根胡须和腋毛已经完全不见了踪影，而说话的声音开始变得又尖又细。有些儿童那样地稚嫩，却一点也不清脆；有些女人那样地尖细，却一点也不柔媚。

一

　　国家的局势没有像毕玉所预料的那样，他不愿意看到汤若望和戴梓互相争斗，更不愿意看到他们成为对立的关系。这两个人都是自己举荐来的，不论哪一边出了差错自己都有责任。说实在的，究竟是谁带队去抵抗红毛国人并不重要，重要的是赶紧把他们给打出去，至于打出去以后爱怎么争那是后话了，那时毕玉可以再好好地审时度势一番，再选择帮助哪一边。表面上看，洋人一党的势力实在太单薄了，指不定哪天皇太后兴趣转移就可以轻松地废掉他。而戴梓在大臣中有着广泛的人缘，自己又曾处置过那么多的大臣，必要时需要仰仗他。

　　时间一天天过去，大臣们焦急地等待着 4 月 15 日的到来，皇太后也兴奋地盼着这一天，她好再次看一回热闹。事后，毕玉还埋怨过戴梓，要是随便选个日子，就不会出现又一次的打赌了。而戴梓却说："毕公公，您能不理解我的心吗？眼瞅着红毛国人就要到京城了，我算过了，以咱们在危机时候的办事效率来看，咱们整兵出发最快的日子就是在一个月以后；只怕再往后拖几天，你我都得成为红毛国人的俘虏了。"

　　"戴先生，您放心，那是肯定不会的。"毕玉说，"要是红毛国人真的打到京城来，咱们肯定得保着太后撤退啊。咱们历来就准备好撤退的路线了，可以跑到承德，然后再往西绕道去西安……"

　　"毕公公！"戴梓打断了他的话，毕玉发现戴梓的表情严肃起来，"如果真的是打过来了，我是不会走的。我与汤若望素无冤仇，而我最反对的就是他对国家的西洋化。但现在国家这个样子，我已经没法阻止它向着灭亡的方向发展了。"

戴梓说得斩钉截铁，毕玉发现他的眼睛里透出一种庄重的、仿佛就要舍身取义前的深情。毕玉的面前浮现出一副场景，戴梓面前就是战场，红毛国打过来了，四周枪声大作，人们的哭号声震天，四处都是火光和瓦砾，皇宫马上就要成为一片焦土，空气中弥漫着焦糊的人肉味。而戴梓站在太和殿中皇上的宝座上，想要吊在房梁上，可是太和殿的房梁太高了，他怎么也不能拴好一条能够上吊的绳子。戴梓要毕玉帮忙赶紧给他准备上吊绳，要在自己吊起来以后把宝座端翻。毕玉说那是皇上的宝座，怎么能端翻了呢？再说这种没有皇上或太后谕旨的事情哪个太监敢这么干？戴梓逼着毕玉，不要妨碍他为了国家而杀身成仁，不端的话就一宝剑把他砍死。皇太后早不知跑到哪里藏猫猫去了。

"毕公公！"戴梓又叫了毕玉一声，他才反应过来。"毕公公这么久了，是否忘了一件事情呢？"

"啊，您说。"

"您不是跟我要过还阳的药方吗？"

"啊，这……"毕玉不记得跟戴梓说过还阳这件事。

"咱们初次见面的时候，毕公公就跟我聊过怎么能让人还阳的事，您这么快就忘了？我当时是不知道，现在我把有关还阳的问题全都写在这封信中了。"说着，戴梓从怀中拿出一个封得很严实的牛皮纸信封。

"毕公公，这封信留给您，您要在日食发生的那天，在天将黑时拆开来看，到那时您就知道还阳的医术是怎么回事了。切记，切记。"

"啊，戴先生。"毕玉接过戴梓递过来的信封，他还想问得清楚一些，但戴梓很快说了句"我先告退了"，就转身走了。毕玉看着他的背影，想来想去心里很不是滋味。这位戴先生深不可测，他太神秘了，但是他为什么会决定在日食那天出兵，冒这么大的风险呢？

二

4月15日，皇太后摆驾朝日坛，她领着已经剩下不多的文武百官，准备举行一场阻止天狗吃太阳的礼仪。汤若望和戴梓分别站在广场的两边，他们身着参加大典的官服，隆重地等待举行祭祀太阳的礼仪。

毕玉也在随行之列，他负责主持仪式。太阳升起的地方叫作汤谷，落下的地方叫作虞渊。太阳的母亲叫作羲和，她一共生了十个儿子，这十个儿子一起出现在天空，把一个叫后羿的人晒得渴了，他一怒之下射掉了九个太阳，只留一个在天空中。

这点文化毕玉还是有的。他以前感兴趣的是后羿求得了不死之药，嫦娥偷吃后奔向月宫的故事，以及后羿除掉猰貐、凿齿、九婴、大风、封豨、修蛇的故事。读书的时候，毕玉不得不死记硬背夏朝从太康到少康一百年间的混战历史，那段历史他怎么也搞不清楚，尤其是后羿被亲信寒浞杀死的结局十分地无聊，这也是他一直没有及格的原因。

想到这里，毕玉又怀念起了进宫前的生活，那段生活的影子一直在萦绕着他。他已经把记忆埋进了心底，不知为什么又让它们溜了出来。

祭祀太阳的仪式就要开始了，按照礼制皇太后是不能主持祭祀的，女人都要远远地避开，但这一次人们拗不过她，只得带着她来看热闹。先前皇帝在的时候，皇帝先要到坛门附近的具服殿中休息，更衣后到日坛行祭礼。朝日坛的祭坛在整个建筑的南部，太阳从东方升起，人们就要站在西面对着太阳行礼。坛墙也都是用红色的琉璃砖砌成的，象征着太阳的颜色。这时，人们献上玉帛，随行的乐队奏起了音乐并跳起了那种叫作"八佾"的舞蹈，并且用走了调的腔调唱道："东光升朝阳。羲和初揽辔。六龙并腾骧。逸景何晃晃。旭日照万方。皇德配天地。神明鉴幽荒。"

毕玉通过"八佾"就想到了《论语》，又连带想起了自己读书的生涯。心想要是书读得好，或者考试时运气好一些，哪怕提前准备一些夹带，花钱请个枪手替自己考试，或者干脆花些银子买个功名，自己都不至于沦落到去京城打工而被骗阉的结局。

太阳也随着毕玉的思绪而升高了，毕玉站在西面，他又一次抬起头来紧紧地盯着太阳。他直视太阳的能力又提高了，可以看到十秒钟左右才眨眼。他又从太阳中看到了自己被阉割去的命根，恨不得扑向太阳把自己的命根夺回来。他要用手打、用脚踹、用牙咬，要把太阳揉烂了，撕碎了，要么干脆自己变成后羿，把这个太阳也射下来算了。天之神，日为尊；男人之神，莫大于阳物。要是毕玉不是太监，他完全可以冲着太阳射上一泡长长的尿液把它浇灭了。而现在，他只能试着把戴梓的连珠火铳拿过来，冲着太阳一通发射。

毕玉发现自己的眼前一片白光，他眨了眨眼，怎么，太阳真的可以直视了？它不怕人看了？毕玉又眨了眨眼，他发现太阳开始被人用一把小巧的扇子遮蔽起来，而那扇子的主人，一定是淑妃。而这时，他的耳边发出了一阵骚动。

"天狗吃太阳啦！"

一时间，用不着皇太后下令，身边的仪仗和卫队们，齐刷刷地拿出了准备好的锣鼓，由仪仗负责敲锣，侍卫负责打鼓，大臣们龇脸盆，太监们则嗷嗷地喊叫着，企图用他们变了味的声音把天狗给吓跑。汤若望的脸上露出了微笑，戴梓还是面无表情。

忽然间，一阵风刮来了一大片乌云，整个天空都被乌云遮住了。

没有毕玉的命令，人们都只得不停地接着敲打喊叫，以便发出的喊声足以把天狗给吓跑。汤若望开始着急了，他坐立不安，但他又不能在祭坛上团团转，只能来回走。而戴梓还是那么平静，他等到人们敲打叫喊累了，才走到皇太后的面前。

"启奏太后，现在乌云遮住了太阳，等于是阴天。您不用惊慌，晚上天空就会晴朗。"

"晚上晴朗？那我也看不到太阳啦！"皇太后一脸的不高兴。

汤若望看准了时机，他也连忙跪倒在地："太后，刚才确实出现了日食，现在日食还没有解除呢。不过您放心，这只是自然现象，只是说明了今天不宜出兵，过两天天空放晴了，咱们再选定良辰吉日，由我带领肯定会打败红毛国人的。"

"好吧。"皇太后也觉得无聊了。忽然，她仿佛想起了什么似的，"戴梓，咱们已经立了军令状了，这下可就由不得你了。你回家收拾收拾走人吧。"

三

在太阳被"天狗"吞没的时候，毕玉正望着天空出神，像一只坐井观天的青蛙在盼着天上掉下来块天鹅肉吃。渐渐地，他的眼睛模糊了，他只知道自己在看，却不知道自己在看什么东西。他低下头来揉揉眼睛，转身又看了一眼现场。

戴梓和汤若望已经到皇太后面前去了，很快他们就站起了身。戴梓好像就要离开，整个仪式也接近了尾声。这时毕玉才想起那个厚实的信封。他把信从衣服中拿出来。天渐渐阴暗下来，也许是刚才长时间地直视太阳，毕玉已经快看不清纸上的字了。他把信贴近自己的鼻子，睁大眼睛去寻思上面工整的楷书。在毕玉眼中，他只看见了一笔笔如同刀剑一样的笔画。一切都不像他想象的那么简单，他什么都没有看明白。

汤若望看得比他远，淑妃娘娘看得比他远，尹小六看得比他远，甚至那个糊涂的皇太后有时候都看得比他远，而看得最远的，还是戴梓。戴梓在信中用简单的语句说明白了很多问题，毕玉看傻了。

戴梓在信中是这样说的：

　　毕公公，我估计在您看完这封信的时候，我已经在流放东北的路上了。我不知道如何在那里生存，这辈子是否还能回来，但多多少少能靠卖些字画为生吧，实在不行了，还可以给当地的戏班编点戏本来换口饭吃，再要不就去给人家说书讲古。反正哪里的黄土不埋人呢？人生死在哪里都一样，只要把我这一生该做的事情都做了就可以了。而现在，我该做的事情都已经做完，至于流放到哪里已经无所谓了。

　　在我第一次见到毕公公的时候，就已经发现您并没有完全净身，从您的手、眼、身、法、步等众多方面，我已经看出您在后宫中的地位和您与淑妃娘娘的关系。尤其是您问到我"还阳"的问题时，更表明了您作为宦官的不甘心。

　　当然，谁能够甘心呢？我在官场供职，尤其是进了宫以后，虽然和您不一样，但本质上又有什么区别呢？您看看宫中的皮道士，还有那些侍卫，他们都没有净身，但实际上是怎么回事不说也罢了。

　　您在宫中最大的问题就是您越权了，作为宦官，您只要当好您的后宫总管，管理好太监和宫女们，伺候好皇上、皇太后的吃穿就行了，可是您还管到了朝廷，管起了朝廷中的读书、做人。您想让淑妃娘娘的儿子实现您的理想，能够修身、齐家、治国、平天下，也许这就是您割舍不断淑妃娘娘的缘故吧。

您和淑妃娘娘的关系在后宫中没有几个人不知道，之所以没人告发您，并不是他们怕您，而是他们怕尹小六。就在您越权朝政的时候，后宫已经被尹小六控制了，上次就是他传了假的信息，借您之手杖毙了众多大臣。现在朝臣恨您如世仇，都恨不得把您碎尸万段，而尹小六在适当的时候会揭穿您，那时候您就没有地方跑了。

所以，我认为您一定要和汤若望搞好关系，他虽然是个野心家，但他不是傻子，是会审时度势的。您要是在宫中能暂时保住自己的位置，并且能够牢牢地控制住公公们，就要学会净身的技术，以其人之道还治其人之身。如此一来您也不用担心被别人检查，他们也会对您恭敬几分。

我这里附上一份从古书中抄来的，有关净身手法的秘籍，用小字写在信封的内侧，希望毕公公到时候能用得上。同时，您可以去找为您净身的师父学学这门手艺。

不过这个方法只能管得了一时。宫中不是久留之地，如果您在宫中待不下去了，可以通过汤若望去西洋躲避一下，他也是要离开这里的，带上您并不费事。

至于我，也实在是想离开这个污浊的京城了，出去走走也好。我反对汤若望的一切做法，但目前为止还不反感他的为人，我想他就是再坏，也比宫里的人要好得多。至于连珠火铳，您放心它是不会在军中运用的，皇家一向害怕有人能造出高级火器来威胁到朝廷的安危，否则的话我的火器早已在三军中应用，到时候不用说什么红毛国，整个西洋都是我们的领土了。可是如果真的应用了，想必我是第一个被杀灭口的，还是走远点的好。

毕公公如果问我为什么对您这样做？其实，您似乎忘了，您是读书人，而我也是读书人，我读了大半辈子的书，才知道天底下百无一用的是书生。做书生尚不如做个宦官，可是我发现您身为宦官，但毕竟还是个书生。毕公公不必多虑，要不是您来到钟表馆里，我也没有机会结识您，在宫中见到个读书人真不容易啊，谢谢您对我的照顾。

好了，我要说的就这么多，希望您能平平安安地活着走出宫中，如果您看懂了这封信，相信您已经明白还阳的秘密了。

顺颂文祺

戴耕烟于钟表馆

毕玉在心中反复诵念了几遍戴梓的信，他几乎要落下泪来了，这哪是我照顾他，纯粹是被戴梓关照了许久，自己还心怀叵测地想谋害他。

这时祭日的大典还没有完全结束，毕玉怕别人看出破绽来。他赶紧用袖子沾了沾眼泪，尹小六从背后探出身子来："毕公公，您眼睛怎么了？哎，您看什么呢？"

尹小六说着就动手来拿戴梓的信，毕玉一慌，信被他抢去了，可是拿在手中的只是几张白纸。毕玉一瞪眼："你干什么？"

"啊，我看您流眼泪了，是不是进土了？您拿这个纸擦眼泪并不好，我这里有丝巾……"毕玉的心里"咯噔"一下，他这才发现尹小六居然能这么快地转舵，脸上根本看不出来他的意图。幸好戴梓提前做了手脚，才没让尹小六看出破绽。这时的毕玉脑子一片混乱，他随便说了几句支开尹小六，本想在人群中寻找戴梓的影子。戴梓仿佛一阵风一样消失了，好像从来没有过这个人一样，毕玉只能跟着队伍回到了皇宫。

四

回到宫中以后，毕玉发现他和太监宫女之间的关系变了，仿佛每一个人都在另眼看他，都在心中说着他的坏话。好像他和淑妃娘娘温存的时候，那些太监和宫女们都站在他们身边，带着怨毒的眼神来服侍他们一样。

尹小六和毕玉之间更是基本上不说话了。

很快，毕玉接到命令，按照上次打赌的决定，陪同汤若望带兵前去抗击红毛国人，后宫的一切事物仍旧交给尹小六代管。

毕玉这时才明白，一定是自己去钟表馆和戴梓交游的时候，尹小六篡夺了后宫的实际领导权，并在各处都安插下他的心腹，自己的一切言行肯定都逃不出他的法眼。这时的毕玉只觉得自己像一头待宰割的羔羊，只能等着尹小六下手了。而眼前，还要应付与红毛国人交战的事。

毕玉跟着汤若望一起出了兵，他不得不接触这个自己不喜欢的大胡子洋人。

毕玉不会骑马，多少年来他已经习惯了坐轿子出行。他经常从轿子的小窗往外看着芸芸众生，看街上那些行走的小商贩、小手艺人，锔碗的、补锅的、修鞋的、修理雨伞的、木匠、石匠、泥瓦匠，连同看看街上大姑娘小媳妇的姿色。他原本喜欢阴天，喜欢微微地下点小雨，略微有些江南的情调。他还记得小时候去过南方，看到过大片金黄的油菜花的情景。现在阴雨天的清凉他是无福消受了，每到阴雨天，整个后宫中的太监们都在难受，他们都有共同的一个地方在隐隐作痛，同病相怜使得他们之间彼此互相照顾，看上去比起平日里和谐了许多。

这一次，幸好赶上晴天，毕玉一路上在轿子中看着窗外五月淡金色的麦田，看着那些针尖似的麦芒在微风中摇晃，仿佛听到了它们之间的窃窃私语一样。可惜这次是出兵打仗，要不然毕玉一定会停下轿子，观赏一下京城郊区的景色。汤若望却像一尊雕像那样威严，他仿佛把中国的战争看成了自己国家的战争，他骑在马上，显得巍峨而高大。

战争即将在一片开阔的野地打响。

毕玉得到探子的回报，得知红毛国人就驻扎在前方几里的一个小村庄内，估计明天就要发生一场遭遇战。毕玉恨不得现在就下令军队冲上去把红毛国人全部剁成肉泥，但是汤若望下令安营扎寨，并且布置了阵营和防线。毕玉原本想插嘴，却发现他对于打仗一窍不通，在这里与其说是担任参谋，不如说就是皇太后安排在汤若望身边的监军罢了。

其实毕玉也是多虑了，汤若望能耐再大也不可能和对方说上几句西洋话，然后就把队伍拉到对面去掉过枪口打中国人。

第二天一早，战斗开始了，毕玉也穿上了一身铠甲，腰里挎上宝剑。他坐上了一架老式的战车，还可以登上战车的顶部，拿着双筒望远镜向远方观望。战车是根据秦汉时期的战车和西洋马车改造的，毕玉居中，身边各有一个卫士兼御手来保护他，他们都是来自大内的武林高手。

毕玉知道，秦汉时期并没有那么多的马，到了唐宋，产良马的地方仍旧在北方少数民族的占领之下，以致到了现在国家都以步战为主，戴梓先生这才要拼命地研发火器。而这时的戴梓早已在流放的路上，不知是否到了东北，现在他要是在那边该多好啊。毕玉又感觉到戴梓的神奇与伟大，唯一值得庆幸的，就是皇太后并不知道西伯利亚这个前朝流放犯人的地方，否则恐怕戴梓这辈子就回不来了。

可惜，毕玉眼前看到的并不是戴梓，而是远方渐渐弥漫开来的硝烟。

军士们都已经列好队伍准备开战，最前面是弓箭手，后面是步兵，再后面藏着戴梓布置的火铳队，左右翼还有健卫营、神机营、火器营、骁骑营、护军营等各营的将士们。他们都已经准备就绪，就等着汤若望这位洋人下令了。

将士们屏气凝神，远方并没有传来喊杀声，而是一连串的西洋音乐声。

忽然间，只听得对面连续的几声炮响，伴随着西洋音乐的红毛国人杀过来了。毕玉原以为红毛国人都是青面獠牙，不是庙里的瘟神就是地狱里的小鬼，他们肯定能把朝廷的军队吓得一哄而散。至于皇太后坚持让汤若望带队，多少就是为了让士兵们习惯西洋人的模样而不惧怕他们吧。

当毕玉看清了敌军阵势，他忍不住笑了。

红毛国人纷纷排成了一条条长长的横队，这些横队一眼望不到尽头，而每个横队的衣服都是一样的，他们分别按照赤、橙、黄、绿、青、蓝、紫七种颜色的顺序排成，远远望去不像打仗而像阅兵的方阵。最有趣的是他们的步伐。红毛国人走的都是传说中的西洋正步，他们每一步都是身体挺直，两腿绷直，两臂高摆，仿佛他们的胳膊和腿不会打弯，就像一只只木偶在走路一样。

毕玉暗暗计算了一下，他们每一步也就走出二尺多远，步子的频率还是很快的，每分钟大约是 116 步到 117 步。毕玉从来没有见过这么整齐的列队，要是把手下的士兵训练成这样，再表演给皇太后看是再合适不过了。

这时，红毛国人的冲锋开始了。他们所谓的冲锋，就是一排排不同颜色的衣服踢着奇怪的步伐往前送死。

朝廷的士兵们都看愣了，很多人忍不住要笑出声来，直至红毛国人朝他们射击。于是，汤若望赶紧下令放箭，弓箭像飞蝗一样朝西洋人射去。红毛国人纷纷倒地，第一排中的人倒地了，第二排中的人马上补上来，他们用的是一种非常古老的火枪，要往里面装上火药、铁砂子，还要用一个小木棍不断地把火药往里捅，然后再点火射击。第一排的人打完了就自动后退去装火药，接着是第二排、第三排的人。他们还不时按照自己衣着的颜色调整队形，整个敌军就像一台多轴的纺织机一样在来回穿梭。很多士兵就是在装火药的过程中被弓箭射死的。

西洋人也太笨了，他们每个人就一杆枪，好像也就那几个领头的将官才有两把短枪轮换着打。戴梓和汤若望都说过，西洋人不会治疗外伤，一旦身上受了重伤就把那一部分用锋利的大锯锯木头一样嘎吱嘎吱地给锯掉，所以在西洋生活着许多没有胳膊、没有腿甚至被锯成两半的人。

毕玉正在想着西洋满大街的奇异景象，西洋人的枪声已经在他身边响起了。西洋士兵死伤虽然惨重，后备的人员仍旧像蚂蚁一样密密麻麻地补充上来。

毕玉着急了，自己一方的士兵伤亡得更为惨重，他赶紧跳下战车，去找汤若望。只见汤若望用西洋话"嗷嗷"地叫喊着，脸上满是灰尘，胡子已经被头上流下的血黏在了一起，一副人不人鬼不鬼的样子。

士兵们都像没头苍蝇一样到处乱窜，都不知道朝哪个方向开弓放箭了，不时有弓箭向着毕玉身上射来。

"望先生，您倒是说中国话啊，说西洋话他们听不懂。望先生！"

汤若望才明白过来，他的中国话也忘得差不多了。毕玉上阵代替他指挥，直到形势有了好转，才把汤若望扶到后面休息。

汤若望这时才重新想起中国话。

"毕公公，这样不行，红毛国人像一架大机器，他们频率越来越快。咱们这么打不行，得把他们给拆了再说。"

"那好，给我上火铳队。"

一会儿，由戴梓传授、毕玉训练的连珠火铳队开过来了，他们纷纷像抱着琵琶一样怀抱着连珠火铳，然后采用半跪的姿势准备好。毕玉下令弓箭手停止放箭转移到后方，又在火铳队前布置一层盾牌手。

这时毕玉才发现盾牌也挡不住敌人的火枪，他就干脆下令。

"火铳队听我命令，对准红毛国人，开火！"

一霎时，连珠火铳"突突突"地开火了，那些方阵一下子被撕开了一条条的大口子，火铳子弹所到之处，就像割麦子一样倒下了一大片一大片的红毛国人。他们刚才还是由七种颜色组成的列队，现在完全混杂在一起了，成了一锅沸腾的人肉粥。

毕玉兴奋起来，他发现打仗居然是很有快感的一件事。胜利后打扫战场，一定要抓几个活的红毛人，由他亲自阉割后安排在后宫里当太监，同样也是由刷马桶做起。到了那时候，自己就专门建立起一支红毛国人的太监队伍，让他们刻苦练武，把尹小六的党羽从皇太后身边像刮锅底糊了的锅巴一样都给铲除了。

毕玉正做着美梦呢，忽然间，连珠火铳不响了。

"怎么回事，这是怎么回事？打呀，给我打呀！"毕玉的声音早已变了，他都不知道自己怎么能喊出如此怪异的声音来，他的眼睛里也布满了血丝。太监也有杀红了眼的时候。

"启禀毕公公，没子弹了。"

"给我装啊。"毕玉叫道，他简直气疯了。

"启禀毕公公，没有带来啊，这火铳里的难道不够用吗？"

"是啊，毕公公，这火铳里不是可以不停地打吗？"

"对了，毕公公，您说的是那些小铅丸吗？那些铅丸多沉啊，我们开始找了几家炼铁的作坊想卖掉，可是人家嫌太多了没有要，然后我们就在过河的时候拿它们垫了河床。"

"那些铅弹怎么装进枪里啊？真奇怪……"

士兵们围在毕玉身边议论纷纷，每个人脸上都挂着无辜的表情，毕玉咬着牙说："给我一支没用过的，我告诉你们。"他伸手接过一支连珠火铳，冲着这帮士兵一阵子扫射，只听惨叫声连连响起，身边的这些士兵全都倒在了血泊之中。

毕玉自己也练过一段连珠火铳，他从来没有打得这么准过，还是打自己人。

火铳队一下子乱了，还好他们没有来得及向毕玉还击，就纷纷被对面的红毛国人用火枪打得七零八落了。远处的火铳队员见势不妙一哄而散。眼看着红毛国人马上就要正步逼到眼前，毕玉连忙下令，让步兵们拿起刀枪冲入敌阵砍杀。

可是，红毛国人已经趁着火铳队混乱的间歇重新组织好了阵营，他们一排排地轮流开枪，装子弹，开枪，装子弹，枪声越来越密集，朝廷的步兵还没有走近红毛国的队列，就纷纷叫喊着死在了半路。

战争很快就转成了一边倒的屠杀，朝廷的军队面对屠杀不会像待宰的羔羊一样软弱无能，他们立刻逃跑了。

等汤若望已经能够用中国话下命令时，他发现朝廷的队伍已经溃不成军，他只得告诉毕玉，让毕玉先跑，他自己也跟着跑。

朝廷的军队就这样一哄而散了。

五

接下来的事情就很简单了。凡是红毛国人所到之处，一律烧杀抢掠，无恶不作，不要说村里的女人，就连母猪、母鸡都一扫而空。红毛国继续进犯，他们已经离京城没有多远了。

狼狈逃回的毕玉和汤若望面见太后，毕玉早已盘算好对皇太后怎么交代的话，他先是一番痛哭流涕，然后要皇太后继续派兵派将，他一定将功折罪继续战斗。

当他的话在朝堂中说出时，不少大臣都对他报以哄笑。这时他才明白，如今都已经败成这样，难道皇太后还会继续让自己这个没有男根的人前去领兵带队吗？

皇太后先下令把汤若望关押起来，等以后再治罪，然后与大臣们商议谈判议和的事。毕玉被打发回宫中没人搭理。他生了好一顿的闷气。这一仗败得实在窝囊，但是败了就败了，又能怎样？

这时，宫中的总管还是由尹小六来代理，毕玉要随身的一个太监替自己到集市上打一壶酒，切上半斤猪头肉来吃。可是，身边的人虽然答应了，但还得过去请示尹小六。毕玉的心中又蒙上了一层阴影，这下酒打来也喝不下去，猪头肉切来也不是味儿了。

毕玉一个人在自己的房中来回溜达，心中烦闷却又无法排遣，想随便翻翻书，哪怕是写上几个字，但是全然没有心情。他想摔点东西发泄一下，却怕太后责骂；想用手拍拍桌子砸砸床，又怕手疼。

毕玉就像一只斗败了的鹌鹑一样没人搭理，离群索居。深宫中的他第二次感觉到了孤独。第一次是他刚进宫的时候，可那时他很快就和一些小太监熟识了，随后，他在厉公公手下办差事，厉公公也待他不错。现如今尹小六要篡夺自己的位置，厉公公更是不知道是否还活在这个人世上。

对于这场战斗，毕玉满腹的窝囊和委屈，他觉得本来应该是朝廷获得胜利，而且刚开始明明是红毛国人处于劣势，在战场上丢弃了成片的尸体；那么多洋人的尸骨在原野上，用不了多久就会化成一具具的骷髅。然而，朝廷却因没有子弹了而败退了。如果有了充足的子弹，那红毛国人还不是有多少就得死多少，他们所有的人不是都要留在中国了吗？

从这个角度来看，毕玉觉得自己是胜利者，就差那么一点点，还不是自己的原因。这时的毕玉倒觉得自己像兵败乌江的霸王，就算败了，那也是胜了。

当毕玉知道朝廷不这么想时，他就更加愤懑了。接下来的事情是毕玉怎么也不能接受的，朝廷要派汤若望前去和谈，毕玉得知后，匆忙赶去了皇太后的慈宁宫，跪在皇太后面前反复陈述利害关系。

"太后啊，您要让望先生前去谈判，那是万万不可啊。"

"这又怎么了？他在我朝为官。"

"太后啊，难道您要让红毛国人笑话咱们朝中无人，只能傍着西洋人了吗？"

"那我总不能让红毛国人笑话咱们朝中无人，只能靠着太监了吧？"皇太后不冷不热地回了毕玉一句。这一句把他噎得够呛。既然是皇太后说的，那噎了也就噎了。毕玉觉得最近皇太后说话水平渐长，起码比先皇要强得多。

"奴才愿意代太后前去和谈，而且一定能把割地赔款的数目给降下来。"这句话倒是让皇太后心动了。而毕玉想的是，汤若望肯定不心疼钱，到时候他告老还乡回了意大里亚，那些割出去的银子还不得从我们身上扣吗？

经过一番恳求，皇太后终于答应了。于是，被任命为钦差大臣的毕玉穿戴整齐，作为皇太后的全权代表，在天津的一处行宫准备与红毛国人签订条约。毕玉左思右想，他觉得不能在行宫里谈，行宫中没有习礼处，那样红毛国人就不能学会朝廷的礼节来面见钦差了。于是，他又递了公文给红毛国，要求他们进京城，在习礼处学习了礼节后再来和自己谈判。红毛国人以为，在京城里谈判显得更加郑重，可见这次是把中国人给打怕了。

很快，红毛国的外交使团来到了京。他们按照臣服小国的待遇住在会同四四译馆，并且定期到习礼处，在那里学习了整整一个月朝廷的各项礼仪。红毛国人觉得奇怪，他们拒绝这么做，四译馆的负责人既怕得罪洋人又怕不好交差，只能向毕玉谎报说，西洋人非常地笨，他们学了很长时间的礼仪还是学不会。现在晋见谈判的话，恐怕有失体统而冒犯钦差。毕玉说，那就再让他们学上一个月吧。

结果半个月后，红毛国人闹着要谈判，要朝廷给他们割地赔款，毕玉这才去见面会谈。

双方最终在四译馆里见面了，毕玉等着红毛国人上来行礼，等了很久，对面的洋人只是微微地向他欠了欠身。毕玉早就有了充分的准备，这一个多月来他一点也没有闲着。毕玉告诉翻译，要红毛国人走近点说话，红毛国的代表刚刚走了两步，就听脚下哗啦啦的一阵响，在地毯的连接处一下子拉起了好几条绊马索把红毛国人都绊倒了。侍卫们往上一拥，纷纷按着他们给就毕玉磕头行礼。红毛国人顿时惊叫起来，他们中间本来有会说汉语的，这下也忘得差不多了。洋人的脑子实在太笨了，连中国话都会忘，只能再叫翻译给传话了。

这些西洋人纷纷叫道："你们要干什么，凭什么按着我们？"

"行礼！面对钦差，你们胆敢不下跪吗？"毕玉官气十足地对他们说，在朝廷中他可是从来不敢这样的。

"不，我们对外国人一向是只行鞠躬礼。我们宁死也不会像中国人那样跪下，给他们的主人用脑袋撞地面的。"

霎时，屋里乱得不可开交，但毕竟这里是外交场合，双方并没有动起手来，只是叽叽喳喳地吵个不停，眼看着就要互相推搡起来了。这时，翻译猛然听见他们说"除非是我们的女王"这句话。

这时，有一个西洋人冲着毕玉叫道："女王，女王！他像我们的女王！"

毕玉一愣，他想让翻译问问他们是什么意思，翻译冲着毕玉耳语了几句："毕公公，您别忘了咱们这里是译馆，什么资料没有啊。"紧接着，他就让人拿出红毛国女王的画像来。毕玉看了看画像，他的眼睛里却显现出淑妃娘娘的影子来。这个女王别瞧上了年纪，却还是风韵犹存。毕玉一走神，也就不计较了。

不一会儿，一个身着西洋长裙的"女王"出现在红毛国人的面前，只见他年纪轻轻，面貌十分地姣好。他面白无须，说话声音十分地尖细。这个人一张口，叽里咕噜地说了好几句红毛国话。那些西洋人顿时跪下了，大叫道："女王陛下，女王陛下！给女王陛下请安了！"

毕玉看着心里发笑，心想自己入宫以来没少假扮女人，没想到这次还扮了回女王，而红毛国人还真信了。他围着西洋人走了一圈，又换回了服装，这才和西洋人一起坐到桌前谈判。

红毛国人使团的代表叫理查德，他满脸严肃，表情却是十分地木然，他也搞不清，这位毕大钦差葫芦里卖的是什么药。见到谈判开始了，理查德咳嗽了一下准备说话，哪知道上来就被毕玉抢先了。毕玉说："你们红毛国这次侵犯我们天朝大国，经过一段时间的交战，你们表面上虽然取得了胜利，但是在道义上却输了。你们的侵略就像孔子说的那样，是不义之战，作为不义之战的一方永远是不会胜利的。因此你们要在限定的日期内，把身子团成一团，然后圆圆地回到你们国家，并且赔偿五千万两白银的战争损失。"

理查德听完就愣住了，他赶紧用生硬的汉语说："不对，不对，毕大人，你错了。明明是我们打了胜仗，你们败了，怎么是我们赔款还团着身子回国去？这个说不通的。"

"怎么说不通？我们是天朝大国，你们前来进犯就是输了。在《论语》《孟子》《左传》等众多名篇中，都讲述了你们作战的非正义性。你们是不会有什么好结果的。"

"哼，可是，是你们的军队被打得四散而逃。如果你不承认战争失败，并且承担赔款的话，我们就继续组织军队进攻，到时候你们被我们包围了，可就为时太晚了。"

"哈哈，来人啊！"

"有！"

呼啦一下，四周的侍卫们纷纷拉出了刀剑，一下子把红毛国人的使团围在了当中。"理查德先生，你看现在是谁包围谁了？"

"啊，两国交战，不斩来使！"理查德一看那些亮光闪闪的刀剑，他的脑门上也出汗了。

"哼哼，理查德先生，您的汉语是在哪里学的啊？"

"在我们本国学的，到了你们这里也学了一些。"

"好，那我现在就告诉你，你们都学错了，我们的俗话叫'两国交兵，先斩来使'。当年曹操杀过匈奴使者，契丹人杀过上百的蒙古使节，现如今，我们就要拿红毛国人试试了。"

这时，忽然有人前来报告，说红毛国人已经打到了京城的各个城门下，眼看就要把京城给包围了，他们说已经很多日子不见使者归来，要是敢动使者一根汗毛他们就要攻城了。毕玉连忙问皇太后的情况，来人说，皇太后还在后宫中与宫女们玩躲猫猫呢。

理查德听懂了来人的禀告，他哈哈大笑了起来。"毕公公，怎么样，现在谁包围谁了啊？我们这些人死了不足惜，自古以来孔曰'成仁'，孟曰'取义'，就算现在我们都被杀了，到时候你们的京城也只能剩下一片废墟。我们要杀进宫城，在安定门上架起一座大炮轰击你们皇太后的老窝，还要跑到西郊，放火烧了她最喜欢的园子……"

"闭嘴，赶紧把他的嘴给我堵上。"

"是！"侍卫们往上一拥，把理查德的嘴给堵上了。毕玉又下令别堵，堵上就没法谈判了。他略微定了定神："理查德先生，我看今天我们都有些激动，要不然今天先到这里吧。"

"不，今天一定要签订条约，你们要割地赔款。"

"嗯，理查德先生，这个问题太重大了，我不能一个人做决定，还要请示太后。这样吧，现在您派人给城外的红毛国人下令，要他们退兵不要攻城，然后我这就带您进皇宫面见太后。"

理查德一听要进宫面见太后，他倒巴不得有这个机会进皇宫里看看。他早就从一本意大里亚人马可波罗写的游记中，知道中国皇宫里遍地是金子，连花园里飞着的鸟都是翡翠和玛瑙做的。于是，他给城外的红毛国军队写了封信叫他们暂停攻城，然后带了几个贴身的随从，跟着毕玉，从会同四四译馆往皇宫里赶去。

六

在这样一个阴霾的日子里，整个京城显得格外地宁静，平常聚集在大街小巷中的人都不知道躲到哪里去了。天虽然很亮，但是没有太阳。近处的景物都显得清澈起来，仿佛是透过一层擦得很干净的玻璃在看这个世界；而远处的景物却又十分地阴暗，就像雨来临时的样子，但是人们又都知道，这样的天气根本就不会下雨。

毕玉带着一大群洋人在南城的小胡同中走过，偶尔街头有几个孩子在玩耍，他们纷纷跑过来，围着洋人们蹦跳着唱儿歌。毕玉不耐烦地轰他们："去，去，一边玩去。"而孩子们则围着毕玉"老公，老公"地叫开了。

这下正戳到了毕玉的痛处，他最不愿意提及的就是自己的身份。如果不是身后跟着红毛国人的使团，他一定上去把这几个孩子抓住狠狠地拧一把。可总不能让外国人看到钦差大臣拧孩子。毕玉忍住了。

孩子们很快就散了，但是胡同中偷眼观看一个太监带着一群洋人的却大有人在，他们纷纷从门缝后探出头来，仿佛在看一个牧人在放羊、一个走江湖的艺人在耍猴、一个士兵在押解着囚犯……总之，他们也不知道自己在看什么。

南城胡同很窄，很多房子都低矮破旧，就像一座座小窝棚，房顶上都长满了长长的茅草，房檐被门口的小煤球炉子熏得漆黑，门口时见蹲着一只衰老的狗，窜过两只互相追逐的年轻的猫。路边暴露着一堆堆的猫屎，流淌着一片片的狗尿，一些土坑中积攒着陈年的臭水，上面爬满了正在产卵的蚊子和正在交配的苍蝇。那些人们吃剩下的饭菜，丢出去的垃圾，没有烧完的煤渣，碎砖头和烂瓦片，烂菜叶子和西瓜皮……纷纷堆在一株株街边大树的底下，还不时有人往树下擤鼻涕，擤完了顺手在树干上一抹。更多的人在用袖子擦嘴，几乎每个人的眼里都糊着眼屎，他们的头发、胡子都是油晃晃的。

满大街只有毕玉一个人的脸是白净的，这还是由于他缺少男性的激素。

毕玉越走越觉得别扭，好歹也是让外国人参观，怎么也得显示出我们天朝大国的雄壮和威严来，而现在是一片破破烂烂的地方。毕玉赶紧带着人转弯，走上一条看上去比较宽的街道。这条街道热闹了许多，路两边有些做小买卖的人，前面正好有一个集市。毕玉想带着他们绕过去，却发现两旁的小胡同不是被一些独轮车堵死了，就是死胡同，或者就是根本没法路过的厕所。

最后，毕玉只能带他们从市场上穿过。在这片自由的市场上，红毛国人看到了许多奇异的景象。他们看到有人抓着一条鱼狠命地往地上摔去，以便摔晕了再开膛破肚，麻烦的是那个人的身边并没有一盆水，他摔晕了鱼，用剪子开膛以后，只能用沙土来洗一洗粘满了肠肚的手。那边更有人攥着一只鸡的脖子，手持一把生锈的刀片割下去，一直割得鸡脖子上鲜血淋漓的，而他就赶紧把嘴凑上去，不浪费一滴鸡脖子中的血；旁边放着一个热水桶，那只可怜的鸡在热水桶中翻滚上三次，地上就出现了一地的鸡毛……这些别说是洋人，连毕玉看着都发麻，一看见鸡，他就想起了自己被净身的经过。

红毛国的人拿起相机来拍摄，毕玉连忙拦住，告诉他们，中国人不喜欢照相。那些没有见过照相机的人，会以为他们拿的是一架摄取灵魂的机器，谁被照了，谁的灵魂就被收到那个小匣子中了。

洋人们纷纷摇头，但是他们也没有办法。毕玉不想让西洋人看到太多民间的东西，西洋人就是西洋人，看了也不懂。而洋人不干了，他们说自己是战胜国，是来谈判的，到时候谈判要是谈成了，你们的都城整个都是我们的，还怕我们画几张画，拍几张相片不成？现在还没有谈判呢。你们想干什么？

毕玉又不敢和他们发生冲突，为了缓解压力，毕玉只好分散他们的注意力，要不指不定这些洋人又会看到什么新鲜的玩意。毕玉给他们讲开了故事："在过去的一个传说中，也就是非常非常古老的时候，你们明白吗？"他看到西洋人在摇头，就猛地憋出了一句戴梓教过他的洋文："在狼狼阿狗的时代，Long long ago，你的明白？"

"嗯……"毕玉看到洋人们开始点头了，他接着说："很早以前有一种风俗，就是把鸡的血打到人的血当中，这个人就能够治病强身，也就是说，会成为大力士。"毕玉说到这里还攥拳头比画了一下，"后来人们在杀鸡的时候，会喝一口鸡血，这样就表示自己未来会变得强壮。也就是说，这应该是一种原始的风俗啦，你们明白吗？"

洋人们纷纷点头，他们开始对集市上的一切发生了兴趣，他们分别围到一个个新奇的摊位前，拿起那些自己没见过的东西反复端详。有几个人围在一个钉马掌的人身边，一边拿起钉马掌的钉子来玩，一边看着怎么钉马掌，还想去试试拉拉风箱。

还有几个在围着一个魔术师，只见魔术师从一个袋子中倒出玉米棒子，然后把两个玉米棒子在一起一搓，玉米豆就纷纷落了下来。引起了西洋人的一片掌声。接着，他把玉米豆放进一个纺锤形的、铸铁的罐子里，那个罐子可以密封起来，一边有一个长长的柄。魔术师伸出双手向人们展示，以表示自己手中什么都没有。他很快地升起了一堆火，并在火堆上支起一个铁架子，把装有玉米豆的罐子在架子上翻着个地烘烤，以便让它均匀受热。很快，魔术师把铁罐子从火上取下来放进一个很大的口袋里，他扎好口袋，用脚照着口袋用力一踹，只听"砰"的一声巨响，一阵烟雾腾起罩住了魔术师。那些西洋人纷纷尖叫起来，像一群见到血的女人。他们以为魔术师是在大变活人，把自己变没了。

很快烟雾散尽，魔术师从大口袋中倒出一堆香喷喷的、充满了玉米味的食物请西洋人品尝，他说这就是自己的魔术，这种东西叫作爆米花。西洋人吃过后都觉得味道不错。这时魔术师开始收表演费，西洋人自然很痛快地付了钱。魔术师一看西洋人付的钱很多，作为回报，他又赠送了洋人一大口袋的爆米花，这使得洋人们很开心。

毕玉在一旁跟几个过路人笑得前仰后合地说："洋人真是什么都没见过啊！"

毕玉意识到，不能带着洋人四处乱逛，这样对于国家的影响十分不好，赶紧把洋人带到北城去算了。可是毕玉对于城南的胡同也不是很熟，他越想抄个近道，就越陷进胡同的汪洋大海中走不出来。走来走去，胡同是越来越陌生，两边的景物是越来越稀少。为了避免洋人发觉，他只好让洋人注意街边的风景，而洋人对此却安之若素，仿佛他们不是来谈判，而是专程来旅游参观的。现如今，他们对于脏兮兮的集市充满了兴趣，毕玉就借机开始了胡同游，既然你们不介意，咱们就逛吧。

毕玉带着洋人们走过了回族人聚集的牛街，卖骡马的骡马市，卖珠宝的珠宝市，卖铺陈的铺陈市，卖刷子的刷子市，还走过了卖煤炭的煤市口，卖菜的菜市口，卖猪的珠市口，卖羊的羊市口，卖驴子的礼士路，什么都卖的吉市口，一直向着卖鲜鱼的鲜鱼口走去，只怕来不及去东边卖大蒜的蒜市口了。这时，毕玉才惊觉自己带着洋人走到了前门大街。

前门大街是当时京城最为热闹的地方，毕玉如果有幸看到几百年后的前门大街，他会为自己生活在那个时代感到幸福的。街道中人来人往，几乎每个人都在走路、说话，两旁的字号列成了行，全聚德、都一处、瑞蚨祥、谦祥益、步瀛斋……毕玉给洋人们当起了导游，有很多字号他也不知道是做什么的。

在鲜鱼口的一家帽子店中，他们看到店中负责给主顾拿帽子的，是一只黑色的小猴儿；在粮食店街道，他们又发现在一座座的戏院背后，隐藏着众多的妓女。而那些西洋人都忍不住往妓女那边瞟去，要不是理查德管束着，只怕他们已经都冲过去了。

还是给你们放松放松吧。毕玉带着洋人们一转身，直接奔向他的老熟人，王皮胡同的贻来年去了。老鸨一见是毕公公来了，高兴地赶紧招呼最好的姑娘来陪。

毕玉介绍说，这些洋大人都是从红毛国来的，姑娘们一定好好地伺候，咱们打不过洋人，这方面一定不能输了，到时候银子少不了你们的。老鸨应了一声，那些盘儿亮条儿顺、又勾勾又丢丢（北京方言。脸蛋漂亮身材好）的姑娘们就像一群花蝴蝶一样向着西洋人飞了过去。

毕玉这时候直龇牙花子（北京方言。表示为难），他忘了和老鸨砍砍价，因为这个是自己掏腰包请客，朝廷没有这笔开支了。

一个时辰过后，西洋人已经把这家窑子给连锅端了，一个个脚下踩着棉花就出来了。他们浑身哆嗦，牙齿打战。毕玉从他们牙齿的碰撞声中，能听出西洋乐中贝多芬交响曲的旋律。有知识就是好，毕玉越发佩服戴梓了，这些西洋文化都是戴梓讲给他的，还亲自给他弹奏过一曲贝多芬的钢琴曲。

现在，他要把这些洋人带进宫去。

七

毕玉带着洋人们走过了热闹的前门大街，一路上只有附近的一些人看着这支奇怪的队伍指指点点，而远处的人们都在做自己的事。

瞧人家前门一带的人，就是见过市面，什么洋人，不吝。

过了五牌楼，毕玉特地带着洋人们走了一下前门的箭楼和正阳门的城门。当他们这一队人走到城门洞的时候，两边的护军吱扭扭地把城门打开，洋人们跟着毕玉到了瓮城中。洋人们顿时觉得自己来到了一个陌生的世界，这个瓮城一下子把四周的世界全都隔离开，瓮城甬道的两边长满了青草，围墙全都是青石砌成的。一阵小凉风吹来，吹得毕玉十分地凉爽，却让理查德等人冒出了一身冷汗。理查德带着人四下张望，抬头只能望见圆形的一片天空，而四周全都布满了弓箭手。他们一个个弓上弦、刀出鞘，随时准备着射穿西洋人的脑壳。这里是一个绝好的打埋伏战的地方，如果西洋人真的从前门这边攻城，一旦被放进瓮城里来，那可真是长上六条翅膀、再坐上一条飞毯也飞不走了。理查德不由得握紧了腰中的手枪，而毕玉猛的一回身，"理查德先生，您请……"他"请"字还没说完，理查德的枪就举起来了。毕玉也吓了一跳，"呵呵，理查德先生别紧张啊。"

"你们要干什么？这么多弓箭手？"

"啊，哈哈，这些都是我们负责防御的士兵，就连我们太后从这里走都这样。"

"能不能让他们把弓箭收起来？要是万一手一哆嗦，我们可就成刺猬了。"

"您放心吧，这个绝对不会的，他们都是经过训练的，凡是不合格的都不能站在城头上。"就在刚才理查德举枪的一刹那，毕玉也是十分地恐慌，但他还是比洋人镇定一些，毕竟是在自己家门口。他不慌不忙地化解了洋人的疑虑，然后带着洋人走进正阳门的城门洞。城门洞中阴冷、漆黑，只有在接近洞口时才有亮光，脚下的青石板不知经过多少代人的打磨，已经变得十分光亮，使得穿靴子的洋人们差点摔倒。

出了正阳门，洋人们已经累了，他们走了一上午，尤其又被毕玉拉着去了八大胡同，自然是身困体乏。但他们又不好意思张嘴要饭吃，理查德只好悄悄地跟毕玉说："毕公公，歇一会儿吧，我们都累了。"

"这就累啊，呵呵，理查德先生，恕我直言，难道红毛国的男人都不走路吗？我们只有女人才走不了路的。"

"啊，不是，我在老家能很快就绕城一周，没想到你们的城这么大，这么一上午才走完。"

"走完？咱们还没进城呢。刚才走的是外城，下面是内城，早着呢。"

"那皇太后住在内城里？"

"不是，内城里面是皇城？"

"那是住在皇城了？"

"不是，皇城里面还有宫城，就是皇宫，又叫紫禁城。紫禁城有九千九百九十九间半的房子。皇太后什么时候住在哪一间，就得看你们的运气啦。"

"那我们怎么找皇太后和谈？"

"先跟着我走吧，到了再说。"

毕玉带着西洋人穿过了正阳门的城楼，来到了内城。

内城就像一片荒野一样出现在他们面前，仿佛天地间只有远处高大巍峨的中华门的牌楼和承天门的城楼。刚才环抱着他们的民房都远远地跑开了，面前出现了一条宽敞的大道，道两旁是一间间红色的朝房。朝房一眼望不到边，在视力可及的范围内交汇成一个红色的小点。

"这就是千步廊，是我们六部、五府和军机事务的办公地。文官在东面，武官在西面。以往的殿试，也就是上金殿考试，也安排在这里。现在不是上朝时间，门都锁上了，要不然咱们就能进去休息一下。"毕玉一边说，一边带着洋人们大步往前走。

洋人们的眼睛已经花了，他们看到了一条望不到尽头的隧道，走了好长时间，却好像还在原地踏步。他们不知道自己走了多远，已经没有时间和距离的概念了。有几个体弱一点的，差一点就要坐在地上休息，理查德赶紧冲着他们使眼色，他也不好意思用外语来说话，他怕毕玉听懂了有失颜面。刚才毕玉那句"Long long ago"使得他误以为毕玉会外语。

洋人们已经到了一步一挨的时候了，终于走到了千步廊的尽头，一座高大的、三个门洞的宫门前。理查德说："我刚开始以为这里会是一座牌坊，你们中国人不是喜欢建牌坊吗？哪知道原来是一座宫门。"

"呵呵，理查德先生，牌坊是为了起标志作用，不是乱建的，而这里就是我们的国门了。你看上面的匾额，有'中华门'三个字。再往前过了金水桥，就是承天门。"

"还要走多远啊？"

"不远啦，过了承天门、神武门，差不多就到了。"

毕玉继续往前走，他似乎从来没有一天体力这么充沛过。他看到了五座小桥组成的金水桥前那对高大的华表。华表上雕刻的蟠龙上下盘旋，而华表顶上的神兽像在盼望着毕玉回来。他又看了看正中金水桥畔那对巨大的石狮子，公狮子口中含着球在和他说话，仿佛在说要好好地收拾收拾洋人；而母狮子脚下的幼崽在嬉戏玩耍，那只幼崽看着毕玉觉得十分稀奇，它好像还没有明白什么是太监什么是洋人。

毕玉带着洋人走过了金水桥，他抬头看到承天门上的八根楠木大柱子，顶着整座重檐歇山顶的城楼，这就是皇城了，马上就要进宫了。

一路朝前走去，洋人们只看见两旁红色高大的城墙向自己压过来，而远处都是金黄的大殿顶子。他们自然不懂什么叫歇山顶什么叫庑殿顶，分不清哪座大殿的级别更高，更叫不出那些大殿上脊兽的名字，他们只知道，那些金黄的琉璃瓦反射着太阳的光芒照得他们睁不开眼。

天空无比的湛蓝，仿佛抬着头就可以看到天上的世界。他们被眼前壮美的景象惊呆了。

多年以后，理查德在晚年写的回忆录中写道，世界上最为壮美的景色，就是中国京城那座由黄澄澄的琉璃瓦和红墙组成的巨大宫殿。他相信那座宫殿是从天上掉下来的。

当毕玉带着他们走到了神武门下，并告诉他们中国的皇太后正在城楼上看着他们时，他们试图抬头看一眼神武门的城门楼子，却已经不由自主地跪下了。

八

谈判的结果异常地顺利，西洋人已经没有精神再坚持谈下去，他们面对着中国的皇宫只剩下下跪的份儿。他们只得草草地签署了条约，条约规定，作为战败国，中国每年向红毛国进贡茶叶 500 万担；而作为战胜国的回馈，红毛国每年返还中国白银 50 万两。

这是历史上罕见的，一个让交战双方都满意的条约。

西洋人心满意足，他们得到了东方昂贵的茶叶。而把 500 万担茶叶卖出 50 万两银子的价格，毕玉觉得这是他一生中做得最为划算的买卖。他心里盘算，签约的时候，给西洋人尝上点西湖龙井、君山银针、信阳毛尖、六安瓜片、黄山毛峰、洞庭碧螺春什么的，肯定会把他们乐得叫上帝，等到"进贡"的时候，能给他们点土沫（北京方言。低档的碎茶叶末）就不错了。

毕玉正在盘算，按照土沫的市价，这一笔"进贡"朝廷每年能赚上多少，是不是连宫里修缮门窗和各地的赈灾粮食都赚回来了。当然还要算上各层官员的回扣和提成，还有一些贪污备用款，也就是经手人贪钱时万一贪多了怎么办，那一定要有另一笔款子补上来……

这时，朝廷中居然为谁去签订条约而争执起来。王丞相和朝中负责外事的大臣们一律都推举毕玉亲自前去签约，毕玉开始也有些疑惑，签字画押这类的事情，本来不应该自己去的，对此，毕玉也耍起了威风，他不去。他觉得自己连打仗再带着西洋人逛京城，已经够累的了。其实，他心里还是惦记挺着大肚子的淑妃。

这天傍晚，毕玉又悄悄来到了储秀宫，他见到大肚子的淑妃坐在椅子正中，那把椅子已经容不下她的身子了。她看到毕玉后，扶着扶手要站起来，结果身子一打滑，反而从椅子上滑了下去，毕玉赶紧上前扶住她。

"娘娘身子可好？奴才给您请安了。"毕玉笑嘻嘻地说。

一进屋，他又看到了笼子里那只乌黑的盯着他看的八哥。"我真不喜欢这八哥，腠眉耷眼（北京方言。十分丧气）的样儿，拿走算了。"

淑妃先看了一眼，发现周围的太监和宫女已经退出去了，她才冲着毕玉调皮地一笑："这八哥我喜欢啊，我正教它说话呢，不过到头来也没学会两句……公公一向可好？小娘子这厢有礼了。"

"嘿，我都成公公了，你还小娘子。最近怎么样？有什么动静吗？"毕玉说着把淑妃搀扶到床上，他把耳朵贴到淑妃的肚子上。两个人很快恢复了当初在冷宫中嬉笑打闹的样子，早已把国家、时局都扔到宫外了。

"还好吧，我也没生过孩子，也不知道该怎么办，只能听那几个老嬷嬷来回折腾，又要讲究饮食，又要适当运动，简直把我折腾死了。我实在受不了这宫里的日子了。"淑妃把手搭在毕玉的肩上，"小玉子，等我生完了孩子，你带我出宫吧，咱们就像其他太监宫女那样，到宫外包下处院子，小点破点都没关系，我相夫教子，咱们过普通人的日子去。对了，我听说，在京城的西北面有个海淀镇，那里有个村子叫中关村。其实是中官，就是老公的意思；老公，京城话就是太监的意思。可是现在人们都写错了。"

"是啊，其实应该是官员的'官'，前两天我看见奏折上还这么写的。"

"我知道很多公公都在那里养老，百年后埋在那里。中官村那里风景可好了，有玉泉山的水，还有京西的稻米，在沙河、万泉河的两旁都是垂柳，特别像我江南的老家。据说皇上每次登上颐和园中的万寿山，都在上面看着海淀镇成片的稻田，用来代替江南的美景呢。"

"你都见过啊？"

"没有，我只是听那些公公说过，都说海淀镇那里的生活多么地好。我真想死了以后，就陪着你，一起埋在中官村那边。"

"别逗了。"毕玉轻轻推了淑妃一把，"你走了，小皇帝怎么办？到时候他在全国去哪找皇太后和后宫大总管啊？"

"不，当皇太后太没意思了，我在宫里活够了。这么多日子，你没折腾够吗？"

话说到这里，毕玉也感叹了一声。他也没有想到，一个来京城讨生活的小书生，曾经梦想着读书中举，然后进入朝廷，现如今通过净身当上了后宫的总管，还有了众多的宫女作陪，而且把最大的宫女——娘娘都搞到手了。他还不想离开这里，他最为重大的心愿还没有完成，从皮道士、戴梓先生、汤若望，如果这三个人的智慧都不能够让自己还阳，那只怕这辈子都要当太监了。

"这个我怕真够呛了。你我都到了这个位置，尹小六和那帮太监宫女都与我貌合神离……"

"是啊，那咱们还不走？"

"那咱们就更不能走了。"毕玉不想把自己还阳的事情跟淑妃透露，他知道自己根本就说不清楚，就算说清楚了淑妃也不一定能听得懂。"红毛国人好不容易答应签条约了，条约看上去是咱们败了，可实际上是咱们赚了，我想这个你也听说了吧？"

"没有，听说了我也不关心，我可不想做干政的太后。我听老嬷嬷给我讲过，大约在辽代吧，要不就是金代，有个太后想要当政，大臣说她应该去给先帝陪葬，于是她就拔出刀来把自己的手剁下一只去陪葬了，然后接着把持朝政。我既不想陪葬，更不想剁手。"

"呵呵，谁说的不能和女人谈历史、政治和军事？你都懂这么多了，难道还不明白吗？"

"就是我知道这些，我才想走。"淑妃冲着毕玉撒起了娇，她噘着小嘴，扭过头不理毕玉了。

"哎，别，别，娘娘，娘娘，娘——"

淑妃忍不住扑哧一声笑了，毕玉发现自己哄女人比和西洋人谈判要好使得多。

"谁让你叫我娘了？你现在搂着你的老娘……"

"哎呀，我的姑奶奶，别闹了，现在和红毛国人谈判，条约谁都不爱签，怕出事。我要是签了，还不知道会怎样。"

"那你就赶紧签了吧，反正又不是赔你自己的。再说了，谁签不一样？赶紧把西洋人打发走了的好。"

"我总觉得……"

"你签不签，你签不签？"淑妃娘娘拧起毕玉的耳朵来，疼得毕玉忍不住"啊"了一声，一下子，屋外宫女们都赶到了门口跪下请安。毕玉赶紧打发了她们，转过身对淑妃说："好吧，我签。你好好地给我生孩子。"

九

毕玉和洋人签订条约的这天正好是个晴天，云彩高高在上，仿佛和宫中离着有几万里的路程。毕玉看着云彩渐渐地离自己远去了，他想起戴梓给他讲过云彩究竟有多高，太阳离皇宫有多远，但他早忘了，就记着整个正在离自己而去的后宫，还有这一群洋人。

条约签订以后，毕玉又陪着洋人们吃了一顿中西混合的大餐。他在抬头时，发现云彩已经多得把整个天空都罩住了，天一下子阴沉起来。街上似乎有什么异样，仿佛每个人都在看着他，都在他走过去的一刹那，在他背后指指点点，说这个人与洋鬼子签订了条约，而且还是个太监。这种感觉与毕玉第一次走上大街那次一样。当时他觉得自己比皇宫外面的男人少了点什么，那些男人在辛勤地劳作，每个人都显示出肩膀上坚实的肌肉；而每个男人身后都有一位妇人在为他们擦汗，洗衣服，把那些面孔黝黑的男人打扮得更加地强壮。每逢夜晚，那些男人抱着女人走向围着帷幔的大床。

毕玉和别人不一样，这种不一样给他带来了深深的伤害，自己是缺了东西的。而渐渐地，随着宫中生活的开展，毕玉可以作威作福了。他发现总有一些健全的人在围着自己点头哈腰，在争着给自己当奴才；再后来，他发现自己用不着再对那些健全的人客客气气，他们把自己高高地捧在台上，而在自己转过身去走远时从口中啐出一口唾沫，再说上一个"呸"字。

这一次，跟以往不一样了，人们在毕玉路过的时候，不但没有人过来请安，还不时有人赶紧跑开，仿佛毕玉的身上背着一个瘟神。人们开始把唾沫啐到他身后不远的地方，还纷纷发出叽叽喳喳的声音，其中含着"汉奸，卖国贼，条约"之类的字眼。

毕玉的耳朵今天出奇地好使，很多平常他听不到的话现在都能听到了，人们也开始关心和议论国事。如此这样，对国家是有好处的，总不至于退走了红毛国人，前后只是自己一个人在忙活吧。这一次，人们的眼睛里暗藏着一些不容易察觉到的神情，仿佛毕玉的头上长出了犄角。

毕玉以往并不和普通的百姓相计较，这一次那些人仿佛要把他给撕碎了吃掉，从来没有人对太监有过这么大的火气。毕玉目前还不知道出现这种情况的原因。他唯一能做的，就是灰溜溜地回到宫中。一连多日的忙碌，宫中对于他来说有些陌生了。他看着那些宫女太监一张张冷酷的小脸，以往他总喜欢上去拧一下、逗两句的，宫女们也敢和这位毕公公逗逗咳嗽，问问毕公公最近又去了哪家窑子，又嗅到哪位佳人。对此，毕玉一向都是佯装发怒，把宫女们"去，去"地轰走，宫女们却向他抛来一串串的笑声。而这次，这一切都没有了，取而代之的是莫名的肃杀。

他先是到了慈宁宫，和王丞相交接一下朝廷中的一些工作，然后他到了储秀宫，原本想悄悄面见淑妃，却发现储秀宫里服侍的太监宫女都换成了陌生的面孔。他有些异样，毕玉想了想，现如今的办法，干脆就去面见尹小六。不对，怎么能是去面见尹小六，应该直接把他招来才是。按照规定，毕玉回到宫中就自动接手总管的职位，尹小六只不过是临时代理，现在还是他的手下。

毕玉通过其他小太监得知，就在自己和汤若望外出打仗谈判的时候，尹小六主持后宫，又招募了大批的太监。其实本没想招那么多，他只想招八百人来扩充一下后宫中的服务队伍，哪知道全国一下子送进来两万已经阉割好的年轻人，根本无法安置。如果让他们去看守库房或陵墓，恐怕会被他们盗挖一空。尹小六也只能把八百人增加到了一千，然后把一部分人安置到京郊的寺庙或园林中，而更多的人则就地遣散，这使得京城中又多了不少乞丐和偷盗者。

毕玉对此非常不满，他知道太监没有任何的谋生能力，一旦宫里不要他们就意味着生命的终结，他想狠狠地批评尹小六一顿。而当他派人前去找尹小六时，却得知尹小六现在忙得脱不开身，他在负责"修身"。

十

人本身的生长能力是惊人的，不必说皮肤受损、腰腿骨折等能再次长出，就连被太监阉割掉的命根也是可以像壁虎尾巴一样长出来的，只是不会像壁虎尾巴那样长得又快又完全。其实，就是下体多长出一点断茬，稍微地有一点突起。但按规定，这个也是要修剪掉的。宫中历来是三年一"小修"，五年一"大修"，修身不可能按照每个太监阉割后的时间来计算，只能统一规定一下。

毕玉进宫没有几年，正好赶上了这个"大修"的时候。毕玉以前也想到过万一要是暴露了会怎么样。自从他当了总管以后就放心了，"大修"历来都是由后宫总管全权负责，他有权力去检查，去"修"每一个太监，而总管太监由谁来修这就不得而知了。

要是早知道这样，毕玉甚至宁可推掉去与西洋人谈判的机会，也不能放弃作为总管来负责"大修"的权力，他不能容忍尹小六负责这件事。毕玉直接走到了敬事房附近的一间密室，这里是为太监验身的地方。两边负责守门的小太监赶紧上前一拦："毕公公，您现在不大方便进去。"毕玉也不知道是怎么了，他一下子急了，伸手左右一推，把两个小太监推出去老远："滚开，滚开！"

毕玉一推门，不料门关得很紧，好像是里面插上了。毕玉连推了两下都没推开。在这后宫，哪有不给他敞开的门？毕玉抬腿就踹，他一连两脚，"哐哐"地踹到了门上，门还是纹丝不动。他真后悔自己不是个武将，要是会上两手肯定能把门踹开，甚至踹下来。他向后退了一步，铆足了力气向门踹去，大门在这个时候一下子开了，毕玉一个跟头就摔进了屋里。这时他开始庆幸自己不会武功了，要不然会摔得更惨。

他还没来得及站起身来，就听两旁的人向他行礼："参见毕公公。"毕玉气不打一处来，他赶紧站起身来，来不及揉揉摔疼的腰，房门很快又虚掩上了。他从门缝和窗户透进来的光，看到墙角处有几个接受检查的小太监背对着自己，正在拼命往上提裤子，裤腰都快提到胸部了。尹小六端坐在中间，身边的桌子上摆放着一个大托盘，里面放满了各式各样的工具，小刀子、小镊子、放大镜……还有一堆瓶瓶罐罐。在他身后还站着好几个打下手的人，整个密室好像一间手术室，屋子里密不透风，异常地闷热，也就是刚才开门时才透进来点新鲜空气。

这使得毕玉又想起他在刘爷的净身房里的情景了。

尹小六上前行礼道："哟，怎么在这里见到毕公公了？这话怎么说的，真是武大郎迈门槛——碰雀（巧）儿了。"

"呸！少说俏皮话。"毕玉道。

"是啊，是啊，尹公公这句说得不对，咱们和毕公公都是没有雀儿的人，上哪碰去啊。哈哈哈……"尹小六身后的一个老太监这么一说，众位太监都一起哄笑起来。

"是啊，我不在的时候，你们都是屎壳郎变季鸟——一步登天了……"毕玉的脸上充满了怒气。

尹小六却不紧不慢地说："毕公公，这次您外出谈判，宫中的事情就由我来代理了，我还不知道您已经回来了……"

我回来你能不知道？笑话。毕玉接着说："好吧，你们在这里检查却不通知我一声。现在这件事由我来负责，历来都是由总管负责的，而且我要挨个检查。小六子，你先回去休息吧，等轮到你的时候我再派人叫你。"

"毕公公！"尹小六不卑不亢地，十分镇定，"这次我已经检查了一些人，事情已经由我开头了，还是由我来负责吧。王丞相和朝中的一些大臣都知道了。"

"王丞相？"毕玉一听就更加反感了，"真不懂规矩，宫里的事，难道需要让外人来参与吗？这是咱们自己的事，难道要嚷得满朝廷都知道？"

"毕公公，您不能这么说，满朝的大臣还都说您干预朝政呢。那个王丞相说，许您干预朝政，就不许他干预后宫？"

"混蛋！"毕玉蹦着脚地叫骂，"先帝驾崩尸骨未寒，皇上别说还没立起来，连生还都没生出来呢，我是后宫的大总管，我能在小皇上生下来前什么都不管吗？他王丞相算老几？后宫的人又没死绝，他凭什么管？还有你，你是后宫的人，还敢向着外朝说话？别怪我动用家法。"

"毕公公息怒，我不是说外朝和后宫的事，而是说，关于'修身'还是由我来办的好，毕公公您歇着去吧。"

"不成，你修人家，那谁来修你？你要是负责修身，我就先来检查检查你！"

"那好吧，毕公公。"尹小六一下子就站了起来，两步走到毕玉面前，三下五除二地解下裤子。周围的小太监们都面无表情地看着，尹小六露出了白光光的大腿，他腿上的皮肤非常细嫩，却比毕玉要强壮得多，显示出一疙瘩一疙瘩的肌肉。而他臀部的肉早已经长好了，只是颜色有些发黑，斑斑驳驳的没人敢看。

毕玉一下子也愣住了，他原本想借着修身的机会给尹小六来上一刀，他根本不敢去看尹小六的下身，甚至连想都不敢想，他害怕那个被刀子阉割殆尽的地方，那里仿佛是最腐朽、最恶心、最见不得人的地狱一般的刑房。他更不理解为什么有人总对那里感兴趣，尽管他自己也是太监，还是宫中的总管。

"毕公公，您倒是验证啊？"尹小六说。

"胡闹，你快给我穿上。"

"那毕公公，这我就算您验证过了，您觉得我不需要修身我可就穿上了。不过，属下有个不情之请，您既然验证了我们，我们也得验证验证您。在宫里头历来都有这样的规矩，修身的时候连总管太监也不能例外，这是祖宗传下来的规矩。"尹小六开始咄咄逼人，仿佛他掌握了毕玉大量见不得人的事。

毕玉的太阳穴上开始冒汗，他的心跳得异常迅速。

"毕公公，您这是……"尹小六绝对不肯放过他。这时，毕玉看见身边的那些小太监，也都用质疑的眼光看着自己，他猛然意识到，自己最害怕的事情终于到来了。

"胡闹，简直是胡闹！"毕玉抬起手来就打了尹小六一个嘴巴，这个嘴巴根本就没有打响，仿佛是打在了一团乱糟糟的布上。随后，毕玉气冲冲地转身就要走，猛然间，他发现尹小六身后的一个角落里放着一个大八哥笼子，里面正好就是在储秀宫淑妃那里见到的那只八哥。

"这八哥是怎么回事？"

"这是宫里养的啊，会说话的，毕公公喜欢就拿走吧。"尹小六回答。随后还接了一句："这个在淑妃娘娘那里放了一段时间，淑妃娘娘嫌吵就送回来了。"

毕玉心里一惊，他知道这八哥肯定是尹小六的眼线，十有八九是把自己和淑妃的事都说了。现在就是再把八哥掐死也来不及了。毕玉回身又给了尹小六一个嘴巴，转身就走，临走还扔下一句："宫里的八

哥别放在密室里，会憋死的！"毕玉的身后留下了尹小六和一干小太
监的目光，尹小六摸了一下自己的脸，慢慢地提起裤子，继续关上了
密室的门。

十一

毕玉逃跑一样跑出了宫，他从来没有这样狼狈过。他把自己的青
春献给了整个朝廷，没想到他作为家庭的后宫却换了主人。他进宫以
来，自己的经历不算少，也学会了宫中的尔虞我诈，却不料败给了自
己的手下。他怎么也想不明白，自己待尹小六一向很好，为什么尹小
六要揭开他的伤疤？他想不出尹小六是怎样了解了他的秘密，也许尹
小六根本就不知道，而他却做贼心虚地跑了。这下，他不知道该怎么
回去了。

京城中的百姓们都在忙自己的事，没有人注意到大街上这个匆忙
走过的太监。毕玉觉得每个人都在看他，就像每个人都知道了他的秘
密。他要跑到一个没有人的地方。

大街上人来人往，胡同中有下棋、喝茶、聊天、遛鸟的闲人，老
树下有坐着等死的老人，寺庙门口有乞讨的乞丐。街头巷尾到处都是
游商小贩，他们做着各种各样的生意，从梳头的篦子到掏耳朵的耳挖
勺，书院里的书生们仍旧在和老师争论着各种经典的注释，街边的木
匠、铁匠、泥匠、瓦匠仍然在自己的作坊里干活……

　　毕玉不知道，作为一个太监总管此时应该做点什么，也许应该在宫里伺候皇上，但是皇上还没有生出来；那就该管理其他太监，可却被其他太监给管了，还要验明他的身体，他最不愿意被别人见到的地方。

　　他想到了戴梓给他的那封信，在这个时候，他只能去寻找朝中大臣的支持。身为一个太监，此时就像背叛了自己的阵营去寻求敌国的帮助一样。当然，他嘴上是不能寻求帮助的，而是要大臣为他解决问题。而这个大臣，就是那位王丞相。毕玉想起来，当初反对皇太后西方化的时候，可没有他。

　　王丞相的府邸位于一条僻静大街的中间，他的府邸十分宽大，为的是能够容下他的一房正室外加十二房小妾。据说她们都是武林高手，正是她们保卫着他的安全。

　　毕玉见到王丞相时，王丞相正在为和十三位夫人合影怎样排位而伤脑筋。如果总共是十二位夫人，他自己正好站在中间，然后一边六个。现在只能是他和夫人站在中间，然后一边六个了。

　　毕玉等了许久，等王丞相摆完姿势拍完照，时间已经过了两个时辰。毕玉见到王丞相后并没有行礼，他是前来挑衅的。

　　"王丞相，我这些日子出兵与西洋人打仗，然后签订条约，您在朝中一向可好？"

　　"好，好，十分地好。"王丞相缓缓地说，"朝廷中一片太平，敬请毕公公放心。"

　　"那么后宫中的诸多事情王丞相可知道？"

"知道，知道，但我都没有参与，再具体的就说不清了。"

"哦？那么王丞相知道尹小六的事情吗？"紧接着，毕玉把尹小六篡夺他在后宫中领导权的事大略说了一下，着重说了王丞相批评他干预朝政之类。

王丞相开始沉思，他苦思良久，终于冒出这样的话来："按照道理，你是对的，后宫应该重新归你统领，是尹小六在你走后做得不地道；不过要按照人情来说嘛，我想您也是知道的。咱们天朝大国一向以人情为重，你想你既然已经离开了后宫，然后再回来，人家已经站稳了脚跟，你怎么好意思去和人家争呢？"

"王丞相，不是这样，是……"毕玉接着说，他希望得到王丞相的支持。而王丞相却以年事已高推托了，到最后，他干脆说，自己只管朝廷，从不过问后宫的事情。

看来王丞相这边是没有希望了，于是，毕玉想起了一个人，那位胡子几乎遮盖了脸部，并且十分不招他喜欢的洋人汤若望。大臣中能跟自己说上话的，恐怕只有他了。

毕玉离开王丞相的府邸，匆匆向南城走去，当他再次抬起头来时，发现自己已经到了汤若望居住的四译馆。多年来，汤若望并没有在京城购置宅院，京城的地价实在太贵了，连来自号称意大里亚国的传教士都买不起。

汤若望倒是很愉快地接待了毕玉，毕竟这是和他一同打过仗的战友。毕玉十分委屈、满腹疑惑，却又没有办法，向汤若望诉说了自己的遭遇。同时，毕玉打开了随身携带的一个小包袱，包袱中金光闪闪，汤若望从中看到了笄、簪、钗、环、步摇、凤冠、发钿、扁方、梳篦等女人所戴的首饰。他皱了皱眉头，把这些都推给了毕玉。

"这是一点见面礼，望先生难道不收下吗？"

"呵呵，我是个单身汉，要这些女人的东西做什么？"

"可您以后会有女人的，再说这些足可以卖钱。"

"呵呵，我对于女人和钱都不感兴趣，给我了我也不会用，这些对我来说都是没有用的东西，毕公公有什么话就直接说吧。"

西洋人和中国人就是不一样。毕玉本想说这些首饰能够给汤若望置办一处好点的宅院，再配上几房妻妾，看来那些都是多余的了。他跟汤若望讲述了自己想"还阳"的事情。汤若望听得神乎其神。"嗯，嗯，这样吧，你把裤子脱下来，我看一下。""抱歉，望先生。"如果汤若望不是外国人，毕玉会觉得自己受到极大的侮辱。他想对外国人也没有什么不能直说的，只当给外国人上了一课。于是，他把太监的忌讳给汤若望详细地讲述了一遍，包括京城的餐馆中都没有"鸡蛋"这个词，摊鸡蛋要叫作"摊黄菜"，鸡蛋炒肉要叫"木须肉"等等，而鸡蛋，有时候干脆叫作芙蓉。

汤若望随后说："毕公公，你的情况我已经了解了，但是，你为什么会认为我能够帮助你'还阳'？我虽然知道些西洋人的医术，但正是因为我对西洋医术的怀疑才来到中国学习的，现在我已经够得上一个江湖郎中了，不信你看看。"

毕玉这才看到汤若望的书桌上摆满了中医的典籍，在一旁的地面上还摆满了各种草药，甚至还有一个铜人的模型，那个铜人身上布满了代表人体穴位的小孔，里面装满清水，如果针刺中了穴位水就可以流出，看来汤若望是在学针灸。

"毕公公，这么说吧，你们中国人的医术是哪里有问题了，吃药治疗哪里。而我们西洋人的医术并不是在治病，只不过是逃避病魔的一种方式罢了。如果说你的胳膊、腿、内脏坏掉了，我可以动手术把它切掉，并且保证你身体其他部位是健康的，细菌不会感染到身体其他地方；而您现在要让它再长出来，那可是太难为我了。不过毕先生，我可以给您出一个主意，听不听就看您的了。"

"好吧，你说。"事到如今，毕玉也只能这样了。他听完汤若望的建议，觉得倒是个不错的想法。

这时候，毕玉觉得他跟汤若望亲近了许多，而不久之前，当汤若望和戴梓在皇太后面前进行各种比试的时候，他还是坚定地站在对他有恩的戴梓一边。他自己也搞不清人与人之间的关系是怎么回事了。他本想问问汤若望对戴梓是个什么态度，甚至问问两个人一直都在宫中，以前有没有过什么过节，但他临时改变了主意，什么都没有问。

毕玉起身告辞，却被汤若望拦住了。他以为汤若望有什么要他办的事，只听这位西洋人说："毕公公，我再问你个问题，我们西洋人真的没有经络吗？我怎么也找不到自己的穴位……"

第八章

逃 亡

在此后的一个月，毕玉几乎是天天喝粥，喝得他整个身体像粥一样地稀薄。每日只能仰望着那乌黑的底子上略微刷了白浆的天花板。

他不能翻身，就连腰椎骨疼得都要断了也不行。

实在无聊时，他会回想一下以前念书时念过的几句诗文，想得厌烦了，干脆就去数天花板上的纹路，他觉得那就是天上的纹路。

一个月以后，毕玉可以正式下地走路了，虽然疼痛还是一阵阵地袭来。

夏天过后，秋季来临，每到阴天下雨，毕玉就更觉得难受，他还没有习惯随时换洗衣服。渐渐地，刘爷和他的徒弟不再像以前那样照顾他，慢慢地让他干一些活，并告诉他宫中一些简单的常识和礼节。

很快，刘爷把净了身的毕玉送到敬事房去学习各种礼仪。至此，毕玉才知道刘爷就是以给别人净身为职业的"刀子匠"，而且是业内一位十分有名的老"刀子匠"。

毕玉在敬事房中的日子不用说也能想象得到，什么事情都要从最底层做起，当太监也不例外。随着毕玉向内务府会计司正式报名注册，京城中那片古老的宫殿在向他招手，他的太监生涯就这样开始了。

一

　　毕玉开始寻找那个给他带来终身痛苦并改变了他性别的人——"小刀刘"。他几经打听，又来到了那个破旧干净的小院。太监是要拜给自己净身的刀子匠为师的，一日为师终身为父；一旦太监进了宫发达了，要给师父很大一笔酬金，并且要花钱赎回自己被割掉的宝贝。

　　这一切他都没有遵守。刚进宫的时候，他都不愿承认自己是一名太监。凭着运气和机灵，他很快成为了后宫的总管，已经可以对别人吆五喝六的时候，他更不愿提及当年的往事。这是他终生的忌讳，这一刀不仅仅是割在他的下身，也割在他的心上。

　　小院里十分地幽静，毕玉不愿意回忆在这里净身后养伤的日子，尽管那时正是京城里最为舒适的时节。而对于毕玉来说，那是一段奇异的旅程，仿佛是在十八层地狱里一级一级地爬楼梯。那片阳光下的阴影一直被埋藏在他内心的最深处，他似乎把这段记忆忘掉了，只有每逢变天的时候身上的疼痛会提醒他。

　　毕玉站在小院的门口，看着那两扇残破的、生有倒刺的黝黑的大街门。普通人家的大街门是黑色的，只有官员才能够用朱漆漆大门，而这个普通的人家也太不普通了，那位干瘦的刘爷，他一生使得多少男人失去了做人的能力，使得他们变得白净、肥胖、说话怪声怪调的，成为后宫中的仆役和奴才？看到刘家小院的门上刻着"忠厚传家久，诗书继世长"的对联，毕玉心想这哪里是在忠厚传家，完全是净身出户。一家人的儿子做了太监，就像被婆家休掉的儿媳一样，出了门就永远不能再回去，不论毕玉今后再怎么发达，他是不可能再葬回河北老家的祖坟的。

还是之前的季节，小院中还是以前的那些花木，毕玉虽然已经是大内总管，面对那个干瘦的老头，他还是不敢看对方的眼睛。刘爷还是老样子，他笑眯眯的，沉稳地坐在墙边，像一片靠着老树的枯叶，一阵大一点的风就能把他吹走。

毕玉腿一软，他扑通一声跪下了。"刘爷，我想拜您为师。"

"拜我？你已经是我的徒弟了啊，要不你怎么能进得了宫？你回来看我，难得还有这份孝心。"刘爷还是面无表情。

毕玉心中突然对刘爷充满了怨恨，他知道就是这个人和毕小四一起，骗了自己的一生。"刘爷，我要学净身。"

"混账，你懂不懂规矩，亏你现在还当了总管。"

"刘爷。"毕玉说着拿出了一个装满了女人首饰的包袱，同样都是中国人，这个还是管用的。而刘爷对毕玉打开的包袱连瞟都没有瞟一眼："呵呵，就你这点东西，我要是想要，还用得着你送吗？"

"你……"毕玉想争辩几句，却张口结舌没词了。他发现，刘爷是个你不问他，他绝对什么都不说的人。毕玉不愿意冷场，他硬着头皮问刘爷。刘爷却说："刀子匠一向是世袭的，你看我阉割你时，收的那两个徒弟，也都是我的亲戚，都是本宗族的人。我们这一行从来不传外人。"

"那我改姓行不行？"

"不行！我们家不要太监！"刘爷的话一点也不客气。毕玉仅有的一点自尊也被粉碎了。"毕公公，身为公公，自己是不能去干这一行的，您放着宫里好好的差事不干，难道想改行吗？"

"不是，不是有一些公公是自己阉割的吗？"毕玉勉强说了一句。刘爷不是宫里人，把宫里的事情对他都说了也不大好。

"正因为这样，他们的成功率才很低。有很多人都因为手术失败死了，毕公公不管怎么说，都应该念及老天爷的好，呵呵。"

"嗯，也是。"毕玉对于刘爷天生有着一种惧怕感，他觉得这个干瘦的老头比皇上和宫里的那些老太监都可怕得多。他欲言又止，只是不住地嘟囔："戴梓啊戴梓，你说这该怎么办……"

忽然间，刘爷的耳朵一下子支起来了，他像鲤鱼打挺一样从椅子上弹了起来，"嗯？你说什么，戴梓？"

"哦，是以前钟表馆的戴先生，他现在已经不在京城了。"

"是戴梓先生告诉您要学这个的吗？"

"是的，他给我留了一封信，告诉我要去学这个。"

"你把他的信给我看看。"

"啊，可是那已经是白纸了，我好像给……"

"什么白纸！戴先生给的东西能扔吗？不管怎样，你赶紧给我取回来，快去！"

刘爷急了，毕玉在宫中已经习惯了自己的位置，很少有人这样对他说话，而到了这里，他却拿不起半点的底气和派头来。他赶紧跑回宫中，翻箱倒柜地找，终于找到了戴梓留给他的那封书信。他拿着书信又来到了刘爷的小院。刘爷找了个脸盆，在里面滴上一滴蓝色的药水，书信躺在水面上，再次显现出戴梓工整而又苍劲的笔迹，只是比毕玉看的时候要淡得多。

刘爷大略看了看信，随后把信团在火盆里烧了。他对毕玉说："好吧，我可以传授给你，但是，你要接受我的条件，不能讨价还价，否则免谈。"刘爷继续说道，"第一，不可声张，刀架在你脖子上都不能承认；第二，学会了不到万不得已时不能轻易使用。明白吗？"

"明白，这个都好说，都听您的。"

"那第三，你差不多也能同意吧？"

"当然能了，要学门手艺，师父的话是肯定得听的。"毕玉这时才渐渐地松了口气。

"那好，第三就是我要收你学费，金子银子都不要，我就要你割下来的'宝贝'！"

毕玉脸色惨白，今天到这里来为的就是赎回自己的"宝贝"，等到将来百年之后，要和这个宝贝一起合成自己的全身，这是天底下太监们共同的心愿。如果说毕玉被净身只是和自己的身体暂且分离，尚还有团聚的机会的话，那这一次就是永别了。毕玉骨子里还是传统的，净身入宫就已经是对祖先的最大侮辱，但是宝贝是不能丢的，还要用香油炸了，吊在房梁上，每年升高一点以求步步高升。如果赎不回那点零碎，那还不如杀了自己的好。毕玉要是个刚烈之人，他肯定能在刘爷家搬把凳子上吊，幸好他不是。

毕玉带着哭腔对刘爷说："刘爷，我问您个事行吗？如果说了您可别搓火；要是真生气了，就求您忍着吧。"

"好吧，你说。"

"当年您是怎么和我哥哥一起商量，给我做的手术？如果我不明白是怎么回事，我是死不瞑目的。"

"那你就别瞑目了。我不知道，按照行规，主顾人家为什么要净身入宫这一点我们从来不问，也不能问，只要确定你要净身，我尽心做手术，安心收钱，仅此而已。"

毕玉听后，感觉自己就像一只被劁掉的公猪、被骗掉的种马和被阉掉的公鸡一样，总之就像个牲口。也许在刘爷眼里，人和畜生没有什么区别。他本来对这位师父有一点亲近，现在又荡然无存了。

刘爷说："毕公公，小玉子，干哪一行都有干好哪一行的道，既然进了宫，就要按照宫里的规矩去做。你也不是不懂怎么做一名好太监，都是你在宫里不守规矩，才惹下这么多的麻烦事，收了你的宝贝也算对你一个警告。"

毕玉再也受不了刘爷的话了，他咬着牙，跪在地上恭恭敬敬地给刘爷磕了一个头："刘爷，我能求您给我看看吗？我就看最后一眼。"

刘爷转身走到他的储藏室内，里面是一大排的柜子，都上着锁。刘爷拿出随身携带的钥匙，又找出几个账本，他按照账本打开柜子的锁，从中取出一个精致的小木盒。小木盒上还有一个小锁，刘爷又走进一个套间里找出钥匙。毕玉在一旁等得着急，他恨不得马上把盒子抢过来劈开。他看到锦盒中有一块丝质的黄布，黄布打开，只见其中一层干枯的皮中包裹着两个风干的肉球，就像山野的树枝上，那些来不及采摘而风干的酸枣。

毕玉连忙用力捂住自己的心口，忽然间，他发现自己的心并不疼，而疼的却是胃。他把手放到了胃上，轻轻一按，"哇——"的一声，毕玉吐了。

二

此后的每一天，毕玉都偷偷来到刘家学习。刘爷刚开始并不让他动手，只是教给他一些医药常识，和一些他根本听不懂的口诀。这些戴梓曾经给毕玉讲过，他多少能明白一点。随后，刘爷开始每天给毕玉讲枯燥的医学理论，让毕玉去市场上观察人们如何阉割猪、牛、羊、猫、狗、鸡、鸭等等，看得毕玉天天反胃吃不下饭，以致他竟然瘦了下来。

就这样过去了一段时间，毕玉有些等不及了。由于在刘爷那里求学，再加上要集中精力对付尹小六，毕玉已经很久没有到淑妃那里去了。

等到他再次前往储秀宫，才发现淑妃的肚子已经大得像装进了两个西瓜。

淑妃老了，丑了，身孕的状态使得她失去了往日的风韵。她的胳膊和腿都迅速变得粗大起来，像宫中的柱子，脸也像一个偌大的圆盘，肥胖得能从脸上的脂粉中透出闪亮的油脂来。她背对着毕玉坐在窗前，开始畅想以后的好日子。毕玉上前请了个安，一把从后面把淑妃抱住了，他抱得很费劲。

"啊！"淑妃一声尖叫，"你要干什么？"

"嘘，是我啊。"毕玉嬉皮笑脸的。

"是你又怎么样？别瞎闹，太医说了，我过不了多久就要生了，不能多见人，也不能多说多动，否则会影响胎儿的。小玉子，你有事说事，没事就出去吧。"淑妃的表情异常冷淡，她似乎忘记了他俩之间的关系了。她为什么对自己这样冷淡？难道怀孕的女人都会变吗？难道她不再对自己有感情？

"你怎么了？是我啊，我又没要你怎么样，哈哈，你现在身子不方便，等孩子生下来以后再说。你看……"毕玉说着从怀里掏出了一个布包，"这是我在集市上买的，你平常最爱吃的驴打滚，给你放这里了。"

"快拿走，你烦不烦啊，老是一趟一趟地到储秀宫来找我！你是后宫的总管，又不是储秀宫的总管，管好你的事，别有非分之想，明白吗？还不快谢恩，退下！"

"啊，可是，娘娘？"

"什么娘娘，我马上就是皇太后了。赶紧退下！"

毕玉就像被人从太和殿的顶上给推下来了一样，还正好摔在一个削尖的木头桩子上。他的心一下子被穿透了。如果说一个人把唯一的希望都寄托在一株大树上，最后发现这株大树不过是一根荆棘，他的下场注定是可悲的。

如果毕玉再这么想下去，他会成为思想家的。而现在，他明白但不能接受这个事实。幸好这时淑妃说话了。

"你就别做美梦了，我马上就要成为皇太后了，我能接着跟你对食吗？你不过是一个太监，一个奴才。"接下来，淑妃的态度突然缓和了，像一位教书先生在告诫自己调皮的学生，"小玉子，谢谢你以前对我的照顾，不过以后咱俩就算了吧，我是太后，你得有个太监的样儿。"

"你不是还说要和我一起出宫去过普通人的生活吗？你说过咱们要用在宫里攒下来的钱，在中官村置办一处宅院再买下一大片地，再开上几间小店……你说过等我还阳了，咱们没日没夜地生孩子，想生几个就生几个……你现在肚子里的孩子还是我的……"

毕玉的声音越说越小，小到最后他自己也听不见了，淑妃根本没注意到："你下去吧。"

毕玉灰溜溜地走出房间，他在院子中冲着天空长长地感叹了一声，他想如果就这样被淑妃抛弃，还不如犯个事被淑妃下令打死算了。毕玉最为难的就是不知道自己和淑妃之间到底是一段什么感情，他小时候也看过一些戏，看到《西厢记》中翻墙的张生和崔莺莺，看到《长生殿》中的杨贵妃与唐明皇，没想到自己的感情居然变成了太监和一位娘娘之间不可告人的秘密，而这个关系还十分地不稳定，早知如此还不如多去搞几个宫女。在一位娘娘身上吊死，还不如紧紧傍着皇上的好。

其实其他太监都是这么做的，最后就傻了一个总管，还在痴呆地回忆从前的事。

"怎么都别扭。"毕玉自言自语，他觉得以前习惯的生活一下子被打乱了。以后该去储秀宫的时间，他都不知道要干什么了，仿佛自己被抽掉了一大管血、被砍掉了一大块肉或被取出一根肋骨。他在宫中实在待得憋闷，又漫无目的地走出了宫。一路上，他躲避着对面走来的太监和宫女，仿佛那些人都知道了他的处境，甚至花园中的花草树木、假山石雕，游廊上绘画中的人物，以及那些大殿上的琉璃瓦和宫院的高墙，都在嘲笑他。

三

守卫皇宫的太监和侍卫都很奇怪，毕总管这些天为什么一趟趟地往宫外跑，虽然不能阻拦他，但按照规定是违反祖制的。可能是毕公公最近要发达了，他可以连祖宗的规矩都不在乎了。他们这样想。

毕玉现在的处境就像一只人人喊打的大老鼠，在宫外怕人家挤对他是太监，在宫内怕大家笑话他是失宠的太监。身为太监是悲哀的，而失了宠的太监则是更大的悲哀。

既然话本中古代的英雄失势了，都要找一个小酒馆要上酒菜一醉方休，毕玉就效仿一下，故作豪气，到南城找了一家小酒馆，要了半壶酒和火爆腰花、芫爆散丹、熘肝尖、地三鲜等几个炒菜，还点了油炸花生米和手剥小竹笋，最后还要了一大盆西湖牛肉羹。因为忌讳，他不会去点自己十分爱吃的松花蛋，而用高碑店的五香豆腐丝代替了。

毕玉想风卷残云地撮上一顿，却发现刚喝了口西湖牛肉羹就饱了，剩下的每样菜他都是吃上几筷子就放下了，酒更是喝上半杯就觉得又呛又辣，还一个劲地烧心，油炸花生米有些皮了，但其中的老醋味道还不错。他站起来一拍桌子，成功把从食客到跑堂的目光都吸引到了他身上。

跑堂的带着几个灶头上的杂役都怒气冲冲地过来了，他们看到是毕玉，纷纷跪下请安，并说了一大串恭维的话。毕玉听得心满意足，迈着方步走了。他刚刚走出饭馆，就听身后议论声四起："呸，又他妈是个吃饭不给钱的太监。也不撒泡尿当镜子照照，也拿自己当个爷。"

"你还让他撒尿当镜子照，还嫌他满身尿气不够臊吗？"

"好啦，好啦，把他的饭钱算到这个月的狗食开支里吧。"

毕玉的脸上一阵红一阵白，没走几步，刚才喝的小半杯酒开始上头，他觉得自己走在一段满地碎石的山路上，路面还布满了蹄窝和深坑。他一跩一跩（北京方言。扭着身体）地向路人撞去，而那些路人老远就纷纷躲开，生怕惹上一身太监的尿臊气，仿佛看到一个太监就会阳痿一周。

渐渐地，毕玉觉得自己的视力开始模糊，他想孙猴子在偷喝了王母娘娘的御酒后也应该是这样的反应。他来到一条僻静的胡同，刚到胡同口，就觉得这里十分熟悉，身边来往的人都像自己的孪生兄弟，每个人身上都和自己一样散发着一股哈喇味儿和尿臊味儿。他走到一家门脸前，也没有看清上面的匾额，两旁负责招待的人就迎了上来。

"毕公公，您来啦？您慢点。现在里边人不多，水正热呢。"接着，这个人扭头向里面喊，"贵客一位，大总管到。"

"哎喝——"里面的人发出一声悠长的唱和声，声音十分地奇怪，悠悠扬扬中带着女人的腔调。

毕玉不知道怎么就脱去了衣服，晃晃悠悠来到一间屋子内，里面像是到了人间仙境一样到处都是白雾，乱哄哄的看不到对面的人。他往前几步迈进了一个池子，他觉得水热过劲了，但已经没有力气拔出脚来。这一热，反而使他的酒醒了一大半。这下他才明白自己到了澡堂。既来之则安之，既然到了那就洗吧。

池子中的热水慢慢地被一个白净的身躯挤开，毕玉在其中享受着热水对他身体的浸润，他由脚底舒服到头顶，这令他十分地痛快，仿佛面前紧张的局势和那些烦心的事情都不存在了。他的酒醒得差不多了，这期间不时有人过来跟他打招呼，但发现他爱搭不理的，也就都自己洗澡，或者请人给搓背了。

当毕玉眼前的热气渐渐散去时，他自己也泡得差不多了。他一下子站起身来，带起了哗啦啦的水声，仿佛一条大鱼从平静的湖中跃起一样。而这下，池子里开了锅。

"啊！啊……"澡堂子里顿时尖叫声四起，仿佛人们看到了一段血淋淋的肠子，或者是一条鲜活的蛇，实际上，他们确实看到了蛇，只不过这条蛇长在毕玉的身上。毕玉的下身在热水的浸泡下雄壮地挺起，仿佛能够撬起一座大山。人们惊讶并不在于自己没有这件东西，而是毕总管的为什么和他们不一样。

毕玉的酒一下子全醒了，可他还没有明白是怎么回事，他奇怪地看看四周那些白胖胖的、上下都没有毛的小肥猪。他再低头一看，似乎明白了什么。他脚下一滑，扑通一声滑倒在池子里了。

毕玉喝了两口太监们的洗澡水。他知道太监们在洗澡时，在热水的刺激下更容易遗尿，这水池中肯定充满了太监们的尿液。他已经来不及顾及这些了，手忙脚乱地从池子里爬出来，匆忙围上一条围巾，又匆忙地穿上衣服。

他仿佛看到太监们的千万个手指头都在指着他，千万条舌头都在上下翻飞地诅咒他。他完全能想到太监们的嘴巴中会出现怎样污秽的字眼，而且肯定会有人把这件事禀告给尹小六。就算不告诉他，也会从后宫中传扬出去，很快就会闹得整个紫禁城都知道；而紫禁城知道了，也就意味着全京城都知道了。

这时，他能做的事情只有跑路。

毕玉来不及看一眼街边的风景，他飞快地向宫中跑去，慌忙之中还跑丢了一只鞋。当他到了东华门时，却发现东华门附近岗哨林立，太监和侍卫们来回穿梭。御林军纷纷手持刀剑，一副如临大敌严阵以待的样子。

毕玉刚要进门，只见两旁的守卫一下子把手中的长枪来了个交叉："站住，干什么的？！"

"我是宫里的！没看出来吗？"

"大胆，什么人敢擅闯禁宫？"

"我是太监！"毕玉急得张嘴就把实话说出来了，不过他每逢进宫的时候从不说假话。他说完这句话脸色十分地难看，连自己都这样作践自己，别人还能高看你吗？

"宫里的也不行！现在禁止进宫。"侍卫们叫嚷道。

"哎，哎，毕公公！"一旁的小太监认出了毕玉，他们连忙上来解围，跟侍卫解释这就是宫里的大总管，还跟毕玉解释说侍卫都是新调来的，所以不认识他。毕玉一边进宫一边跟他们打听，原来，淑妃娘娘正在生产，但是情况不妙，朝廷和后宫都乱了。如果小皇帝保不住的话，只怕朝廷真的要打起来了。

四

毕玉在太阳就要落山的时候进了宫，却发现宫中是如此地陌生，不仅四处都是岗哨，而且每个人的表情都预示着宫中将有重大事情发生。以往皇后或嫔妃产子，在宫中也是大事，但是不论婴儿是否健康，却从来没有这般凝重与恐慌的气息。

毕玉回到自己的房间换了衣服，找出一双鞋来穿上，按照习惯此时应该有小太监上来给他泡茶，可现在根本没有人来伺候他。毕玉也不管这些了，他心中更为着急的事情是自己不慎暴露了秘密，只怕在这宫中待不长久了。

情急之下，他想起应该去看看皮道士，自己跟他一直交情不错，应该去问问情况。太医院的太医们都去了储秀宫，一起研究淑妃娘娘生产的问题。毕玉忽然发现事情实在蹊跷，这淑妃一定是早产了，要不怎么自己一出宫，这边立马就生了？这也太立竿见影了。而未来的准皇太后早产，按说应该提早通报毕玉，要么就是尹小六把消息按住了。

毕玉赶紧跑到储秀宫，宫殿的大门紧闭，一干太监宫女在门外等着被叫进去服侍，侍卫们层层叠叠地站在大殿下。毕玉在门外来回转圈，一直转到天都黑了。这一天没有月亮，四下里掌起了灯火，把人们的影子都照到了宫中高大的红墙上。其中有一个像走马灯一样的影子就是毕玉。

他就这样在大殿前来回溜达，一直走到每个人的眼睛里都是毕玉的身影。那些人渐渐都打起了哈欠，而毕玉还在不停地走。当他把鞋底都磨得薄下去几分时，他终于见皮道士满头大汗地从储秀宫中出来了。

"怎么样？"毕玉赶紧迎了上去。

皮道士摇了摇头，他这时不敢发表任何意见，怕担责任。毕玉围着他问个不停，他才在别人都不注意的时候，对着毕玉耳语道："很不好，娘娘有危险。孩子生不出来。"

"能救吗？"

"很难说，走着瞧了。尹公公也在紧盯着，我不能多说了，毕公公小心。"皮道士匆匆跟着其他太医一起出去了。毕玉知道，太医们在一起开会总要撮上老半天，不管谈的什么，最后每个人开的药方都差不多，而能否把大人孩子保住那就另说了。

毕玉又想起了和淑妃恩爱的时候，以及前不久她对自己的冷淡和傲慢。他仍旧不相信淑妃当上太后就变心了，她肯定有难言之隐，在不久的将来，她会在一个天气晴朗的日子里与自己和好的。

这时，毕玉忽然看到，远方一个穿着长袍的人在向自己招手，那个人离得比较远，毕玉看不清他的面孔，但在夜晚的禁宫中仍旧十分吓人。他定了定神，向一个小太监要了盏灯笼，就提着灯笼向那个方向走去。没走几步，他发现那个人已经消失在了夜幕中。

毕玉觉得蹊跷，他紧走几步跟了上去，前方出现了一盏灯笼。毕玉走，那盏灯笼也在走；毕玉停，那盏灯笼也会停。毕玉赶紧向前跑去，那灯笼也跟飞起来一样。而自己也提着一盏灯笼，要是离远了看，肯定是两盏鬼火在赛跑。等出了储秀宫，他来到宫中一个僻静的角落里，前面那盏灯笼忽然灭了。毕玉走上前去，他知道面前肯定有个提着灯笼的人。猛地举起自己的灯笼，才发现面前的人高鼻梁蓝眼睛，满脸都是胡子。

毕玉吓得差点叫起来，而那个人已经叫起来了。

"您燎了我的胡子！"他喊道，紧接着，那个人赶紧一捂嘴，不让

261

自己发出声来。

毕玉已经认出来，这个人是汤若望。

汤若望赶紧让毕玉灭了灯笼。毕玉问道："你要我的命啊，这种时候了，还把我叫到这里来干什么？"

汤若望说："用不着我要你的命，你摸摸自己还有脑袋吗？"

毕玉伸手摸了摸："还有啊！"

"什么还有！要不是我叫你过来，再过一会儿，你的脑袋就被尹公公砍了。这么多日子，你还没感觉到吗？您已经被架空了，尹公公马上就要对您下毒手了。"

"嗯，我知道，但是宫内的事用不着你这个宫外的人来操心，尤其是用不着外国人来管。"

"但我不能坐视不救，看着你死。"

毕玉心想你这个外国人还挺能转文，他不知道汤若望此举究竟有何目的，但愿这个洋人够局气。"那你是什么意思？"

"我想让毕公公找个地方躲一躲，最好能到宫外去。"

"宫外？呵呵，普天之下莫非王土。望先生您果然是外国人。如果尹小六忘恩负义的话，他肯定能杀得了我的。只不过我还是不明白他为什么要杀我。"

"他想当总管，就这么简单。毕公公是当事者迷，我是旁观者清。我这个外国人看得最清楚了，把你们天朝大国的一切都看清楚了。而我也不会在这里久留了，我要马上回我的老家意大里亚国去。"

毕玉知道汤若望绝对不是瞎说，他差一点就说出了"你能不能带着我走"，但他想等汤若望自己说出来，这样显得自己不是求着他带自己走，而是他主动提出把自己带走的。

"毕公公不要再耽搁了，您听……"这时，附近已经传来侍卫盘查的声响，其中隐隐约约能够听到呼唤"毕公公"的声音。

汤若望转身拉着毕玉就跑，毕玉只能跟着汤若望一起逃跑。可是没走几步，他就发现汤若望对于宫中的环境根本就不熟悉，这样根本就跑不出去。他赶紧一拉汤若望："你还是跟着我跑吧。"

五

这也许是宫中夜晚最明亮的一天，四处都是松明火把，四处都是灯笼，人们来来往往穿梭不停，也不知道众人都是哪里冒出来的，归哪个部门统辖，反正共同的目标就是保卫皇上，捉拿毕玉。

毕玉带着大胡子汤若望四处乱跑，他们跑过了西六宫，跑过了乾清宫、交泰殿。他不敢走三大殿，怕被人抓到，只能从一旁的夹道偷偷地溜过去。在文华殿附近有一座文渊阁，是宫里藏书的地方，稍微僻静一些，毕玉带着汤若望悄悄地躲进了藏书楼。

楼下的追兵渐渐近了，一大群蝗虫包围了藏书楼，他猛然间想起宫中有一条秘密的通道，通往宫外面那个自由的世界。那是当初为了先皇前往八大胡同而修建的地道，没想到地道刚刚修建好先皇就驾崩了。先皇为了避嫌，并没有把通道修在养心殿，而是修在了收藏图书的文渊阁，那样他就可以借口去文渊阁读书而溜出宫去了。

那条暗道不知有多长，从文渊阁开始，由筒子河的地下一直穿到景山，再从景山的下面穿过。

毕玉忽然觉得有一件最为重要的事情要即刻解决。汤若望问他是什么事，毕玉说："上厕所。"

普通人上厕所，对着墙角就解决了，毕玉不能那样。他在文渊阁内找了条狭窄的通道，两旁都是密密麻麻的书柜，赶紧跑进去。毕玉刚刚脱下裤子，就稀里哗啦在木制的楼板上撒起来。汤若望一直在角落里默默地注视着他。当那些液体在地板上四散开来，逐渐向柜子底下的阴影中爬去时，毕玉才发现没有拿手纸。他只能匆忙从书柜中抽出一本书，把书的扉页扯下来擦拭。他手忙脚乱，不少尿液蹭在了裤子上，他知道这样会使得自己浑身充满尿臊气，导致他还没有逃离京城就会被发现。但现在顾不得那么多了，他下意识地拿起那本薄薄的小书。

毕玉觉得举着灯笼寻找地道太显眼了，他想找根蜡烛，或者细小的木条之类，但压根找不到。汤若望从怀中掏出一个小匣子，他按住小匣子的一边，另一边就冒出了一指多高的火苗。毕玉看着新奇，汤若望来不及解释，他说这是外国的一种打火的机器，和中国人的火镰差不多，不过更加小巧一些。

两个人就在这朵神奇火焰的指引下，一起在文渊阁中寻找通向外面的地道入口。

忽然间，汤若望说："毕公公，你看！"他顺着毕玉的尿液散开的地方一指，毕玉发现，他自己刚才方便的地方，正好有一个翻板，这里肯定是一条通道。汤若望又拿着那个小匣子，弯下腰向两旁的书柜底下一照，找到了翻板的把手，一下子拉开了地道的入口。

毕玉跟着汤若望下了地道，自己那一滴滴的尿液正好顺着翻板的缝隙，再次落到他的身上，就像穿着衣服给自己洗了个澡。地道里面不算很宽敞，毕玉要是直起腰，很容易就碰到头，汤若望就更是得弯着腰前行了。

地道两旁的墙壁十分湿润，都是黄土加石灰砌成的，不时往下滴水，脚下也有一些浅浅的淤泥，不论怎样肯定会留下脚印。毕玉觉得这里一定是筒子河的底下，但愿地道不会大规模地进水。

渐渐地，他们的脚下开始干爽起来，路面也开始上升。在不知走了多远的路以后，他们推开了一扇很久都没有开启过的木头门。门外堆满了掩护用的树枝，他们费了好大的劲才走出来，发现这里还是一处皇家禁地，原来是皇宫北面的煤山。

不久前，毕玉下令修建的那五个亭子，现在已经基本上修好了，就等着毕玉验收。不过他知道自己是看不到那一天了。

他和汤若望重新扎好了火把，来到煤山北面的寿皇殿，这里是供奉历代皇帝神像的地方。夜晚的大殿比白天更加高大雄伟，仿佛是一尊天神在镇守着一方领土，那些千百年的蟠龙松像一些怒目的金刚力士在张牙舞爪，让他们十分害怕。

他们走到寿皇殿外围墙的宫门处，守卫的士兵非但没有阻拦，还向他们请安行礼。尹小六的命令显然还没有传出皇宫，真是天助他毕玉。

汤若望说："咱们顺着煤山往北，我有出皇城的腰牌，可以出城。出了地安门就能到什刹海。从那里一直往西到了积水潭，有一条船在等着我们。到时请毕公公打扮成一个普通的仆人，我们顺着运河先到通惠河，再到京杭大运河，然后出海，你就可以跟我去意大里亚国了。"

毕玉跟着汤若望平安出了地安门，到了什刹海畔。

什刹海在老年间叫作"十窖海"，这里早先是富商沈万三埋银子的地方，他一共在这里埋了十窖银子，都被皇上抢来修了北京城。也有一种说法说这里周边一共有十多座寺庙，所以人们就管这里叫什刹海了。

不管是哪一种说法，午夜的什刹海寂静无人，只能听到蟋蟀和青蛙的鸣叫，四周的水气和青草气迎面扑来，脚下一不留神就能踩到跑出来寻觅配偶的癞蛤蟆。

面对眼前的美景，毕玉的心情放松了许多，他还是第一次见到这里的夜景，可惜也是最后一次了。

他们走得很快，没多久就到了积水潭的码头，远远的，他就看到了那里停泊的船。那座船停在汇通祠的门前，那是祭祀前朝的一位水利学家郭守敬而设立的祠堂，现在虽然没有荒废，但也鲜有人来了。

"你对中国的水系航运还挺熟悉的。"毕玉对汤若望说。

后面并没有人追来，他们要在这里做一次长时间的谈话，这次谈话决定着毕玉今后的命运。

六

毕玉回头望望皇宫的方向，他突然觉得皇宫要在这个世界上永远地消失了，起码是在他的世界里消失。那里有他的居室，有他的女人，有他的孩子，还有他的理想。

按时间算，淑妃娘娘现在应该已经把小皇帝生下来了。

毕玉早就盼着小皇帝早早能生下来，然后自己亲自教他，看着他一天天长大，一直到他能够登基亲政。那时候，他一定要教导他，不要像他的父亲一样胡闹，要做一个有作为的君王。他要从生活中的一点一滴做起，从教小皇帝待人接物，到如何治国退敌，开创功业。而自己，也可以在宫中好好地享受天伦之乐，再好好地读上点书。虽然没有什么功名，也可以让皇上赏赐自己个名誉上的官职，比如太傅、太师、太保一类的；如果不能，封个少傅、少师、少保也行。总之死后最好封个光禄大夫，把自己算作一位贤德的大臣。他是多么羡慕那些大臣啊，走到哪里人们都敬畏三分，而不是作为宦官，表面上被人逢迎，背地里遭人唾骂。再有，他想有朝一日祖国的医学技术发达了，能够让他重新长出下半身，就算这个梦想不能实现，多少也得装个动物的，狗的、马的、驴的都行，总之假的也比没有的好。那样，自己就可以真真正正地还阳了。

现如今，这一切都成了泡影，他开始无比怀念在宫里的日子。他想念着外朝的太和殿、中和殿、保和殿、文华殿、文渊阁、上驷院、南三所、武英殿、内务府；想念着内廷的乾清宫、交泰殿、储秀宫、养心殿、东西六宫、斋宫、毓庆宫、宁寿宫、慈宁宫、寿安宫、重华宫，还有慈宁宫花园里连他也从来没进去过的临溪亭、咸若馆、宝相楼和吉云楼等等宫殿，甚至连那些已经被汤若望改造成西洋风格的建筑他也开始怀念了。宫里的一草一木，一砖一瓦，连黑夜中宫里的一个阴影他都舍不得离开，想把宫里的每一个人都装进自己的脑子里带走，甚至包括那个尹小六。

忽然间，有一个探子赶过来向汤若望禀告，他附在汤若望的耳朵边低语了几句。

毕玉若有所悟，他又重复了一遍刚才说过的话。

"望先生，你对中国的水系航运还挺熟悉的。"

"是的，我对你们国家的一切都很熟悉。现在，我想回国写一部游记，在这部书中，我将记载下你们国家的方方面面。毕公公，刚才我得到报告，淑妃娘娘因为难产去世，不过孩子还健康，希望毕公公不要难过。"

毕玉往积水潭的水边走了两步，平静的水面像一块巨大的冰，似乎只要他愿意，他就可以从冰面上走过去。远处宫中的灯火就像鬼火一样浮在空中。他差一点走进水中，两旁的随从赶紧架住了他。

"放开我，我要去看我的儿子。"

"抱歉，恕我不能答应您。"

"让我走！"毕玉使出蛮力挣扎，他肩膀左右猛地一晃，一下子就把抓着他的两个人重重地撞在了一起。他迈开大步走进了水中，浪花四散开来，就像冬天孩子扬起的雪花。没走几步，毕玉脚下一滑摔倒在了水中，随后他开始扑腾，原来他并不会游泳。

随从把毕玉从水中捞出来的时候，他已经呛了好几口水，蹲在岸边不停地咳嗽，鼻涕和口水都落到了衣服上，像一个病重不能自理的人。汤若望看他可怜，想了想，还是索性把事情原原本本都告诉了他。

"毕公公，也许您会受到打击，但我还是要在这个时候告诉您。"

"我要看我的儿子。"

"希望您别再有轻生的想法了，我们这么多人不会看着您死的。"

"我要看我的儿子。"

"您回不了宫了，一旦回去肯定会被抓住剁成肉泥的。您杀了那么多大臣，又失去了后宫总管的位置，还有您代表国家跟红毛国签了那个条约，全国人民都在骂您是卖国贼。我劝您彻底断了念想吧。"

"我要看我的儿子！"

"那不是您的儿子！不是！"汤若望大喊一声。他的声音顺着水面传出去老远，一直飘过煤山传到了宫里。

毕玉猛地站了起来，旁边的人赶紧按住他。

"我要再看一眼淑妃！"

"看什么看，淑妃就是你害死的！"汤若望上来就踹了还在挣扎的毕玉一脚，差一点又把他踹回到河里去，毕玉又哇哇地吐了几口水。他的脸色苍白，连嘴唇都失去了血色，什么话都说不出来。

毕玉咧开嘴开始号啕大哭，周围的人请示汤若望用不用制止他，而汤若望没有作声。毕玉一直哭得整个积水潭里的水都起了波浪，才渐渐安静下来。

汤若望缓缓地说："毕公公，请您脱下裤子，我要画画。"

毕玉以为自己听错了。

这时，随从一下子把他按倒，扯掉他的裤子。毕玉狠命地并上双腿，却被两旁的人一人抱住一条大腿，就像吃鸡时掰开鸡大腿一样。有人递过来火把。

汤若望席地而坐，他的表情严肃而认真，像一位老师在野外教学生上认识种子的课程。他拿出一个画夹子，从中抽出一张厚纸，用碳棒几笔就画出了毕玉的下身。

猛然间，他发现毕玉的下身像一根冻胡萝卜一样阴沉沉地挺起，紧接着一股尿液从那里喷涌而出，在汤若望脸上圆圆地画了个圈，又顺着他浓密的络腮胡子一滴滴地滴下来。汤若望若有所思，仿佛明白了什么。

"毕公公，您的卵蛋已经被割去了，阳物虽然还在，但那个孩子不是您的。至于先前皇上和淑妃娘娘同房时用的羊小肠，是有毒的！皮道士很早就被王丞相收买了，他们想要扶持康王爷的儿子作为傀儡，以便他们在朝中掌权。淑妃中了毒，并且因此而死，我想她是知道自己中毒后，才拒绝和您同房并分手的。"

人们放开了毕玉。毕玉坐在地上，深深地叹了口气，把他在宫中吸进去的空气全部吐了出来，连带着那些不为人知的记忆。他的心已经枯死在重重的大殿和后宫一望无际的太监群里了。

猛然间，毕玉觉得身上有些别扭，仿佛怀里藏着什么东西。他拿出来一看，原来是那本在文渊阁中撒尿时随手拿的书，书已经被水浸湿了，但纸张尚好，字迹还算清晰。书的扉页已经被扯掉，在第一页的第一列上写着这样几个字："秘制宦官阉割要诀。"随手一翻，书中图文并茂，完全是在刘爷那里净身时的场景。

毕玉这时最恨的人就是毕小四和刘爷，要不是他们，自己为什么在淑妃那里作下这般的孽？又如何落得这般要远走海外？

汤若望看着神情忧郁的毕玉，耐心地说："毕公公，其实你不必难过，你们历朝历代，成为太监的人何止千百万？有那么多前辈，你又有什么难过的呢？你们中国人讲究'不孝有三，无后为大'，可是没有言明这个后人必须是亲生的，您到我们国家抱养几个就是了。还有，在埃及、希腊、罗马、大秦、大食、高丽等国都有太监，这个还阳的问题是全世界的问题，我想您一定会找到有效的办法的。"

此时的毕玉恨不得自己是位孔武有力的强盗，他要把尹小六耷至汤若望这堆人全部杀掉，再踹到积水潭中。他想到此时自己就算不是太监，也顶多是个没用的书生。书生能够控制这一切吗？他想起老家那些整日为了功名而闭门苦读的读书人，他们和现在的自己一样面色苍白，手无缚鸡之力，只会说些"子曰诗云"，阉不阉看起来是没什么区别的。但实际上不一样，他们能够陪女人睡觉，而自己不能。

事到如今，他能做的也仅仅是像那些对"菜户"忠实的公公一样，在晚年寄居的寺庙中为淑妃立上一个牌位。也就这些了。

这时，远处有些火把在向这边飞快地赶来，那些火把举得很高，料想一定是宫内的骑兵了。很快，毕玉听到了马蹄声。

"毕公公，您跟我走吧。"

"我到你们那里去干什么？"

"我们意大里亚国虽然没有太监，但是我们嗜好合唱。跟贵国一样，演唱时女人不能登台，那些女声部都是男童通过净身来完成的，您就到我们国家去阉割童声合唱团吧。我们的国王崇尚中国文化，他想让我国全盘汉化，就像你们的太后喜欢西洋化一样，到时候您一定会被重用的。同时，我们国家孤儿很多，您可以多抱养几个当儿子。"

七

马蹄声越来越近了，大内的御林军很快来到积水潭畔，领头带队的正是尹小六。

火把森林一样举起，把积水潭四周照得如同白昼，他下令弓箭手拉开弓箭。那些弓箭手都有百步穿杨的好射术，他们的箭叫作三棱透甲锥，射入人的身体，伤口很难缝合。这一片大锥子闪着寒光的尖构成了一面钉板。

　　尹小六却迟迟没有发令，他平静地远眺着汤若望的小船，直到船已经行驶出了弓箭的射程，他才一挥手，让弓箭手们收了箭，率领御林军返回皇宫去了。

　　在远处的船上，有人在秘密私语："望先生，都准备好了，什么时候动手？"

　　"先不忙，先好好地看着他。回到意大里亚再说吧。"

　　随后，汤若望走进船舱，把一个装杂物的箱子当作书桌，在箱子上摆好白纸、鹅毛笔和墨水瓶，在上面写下了第一行字。

关于历史小说的四种写法（再版后记）

侯磊

一

在 2009 年前后，写诗的朋友蝼冢要编一套"小说前沿文库"，问我能不能也写一部我喜欢的小说，由此我兴致大发，并在 2010 年辞职写完后出版。那时我沉湎于重述历史神话这类话题，沉湎于尤瑟纳尔、博尔赫斯、艾柯和井上靖的小说，他们都取材于历史，又和传统的蔡东藩、高阳、二月河，还有日本的山冈庄八、司马辽太郎、陈舜臣大大不同。实际上，我是在不知历史与小说为何物的状态下，写完了这部小说《后宫还阳》（当时以《还阳》为名出版）。时至今日，我仍没搞懂我写的是哪种小说。

历史小说是尴尬的，因为它的评判标准太过多元。即写作者的追求到底在哪里？我们假定，小说是虚构，历史是真实。就二者的关系可以排列组合如下：

一、虚构得接近真实；

二、真实得接近虚构；

三、真实得接近真实；

四、虚构得接近虚构。

这四种小说都有各自的写法。大多数历史小说，是第一种，以虚构得接近真实为荣。以此拍成的电视剧，观众是期望服装、道具、背景、表演、整体感觉更为接近真实的历史。井上靖等历史小说家会以一个历史上不存在的小人物来写历史，仍旧写出大汉大唐的气象来，他们改换了视角，但仍是追求意境的真实。

第二种，真实得接近虚构。恐怕是魔幻现实主义的范畴了。如马尔克斯的小说，他始终不承认自己写魔幻，说在拉美大地上，那一切看似魔幻的历史都曾真实地存在过。

第三种，真实得接近真实。这样的写法不多。有位李商隐研究专家写过一部李商隐的历史小说，大凡具体故事都一一经过考据，像是学者在考据之余的尽兴之作，掌握了那么多材料，在学术中用不完，来写小说过一把瘾，严谨有余，趣味不足。

第四种，虚构得接近虚构。这怕是随着现代派以来更广泛的写法。如博尔赫斯、卡尔维诺，他们一只脚停留在现实里，另一只脚迈向魔幻以外。还被广大网络小说所采用，成为了架空历史。它们的创作方法有些类似，但作品和评价走向了两个极端。或许这就是课本上写的，后现代文学带有通俗小说的风格吧。

就《后宫还阳》而言，用以上四种，我都能试着写写，问题在于我还没想好用哪种方法就开始写了。我不在意真实与历史之间的关系，只期待它是一部好的，好看的小说。

二

之所以写历史，是因为它能给人更多的想象空间。

我们将时间轴分为三段，过去，现在，与未来。仿佛写过去一百年以上的，都是历史小说。写未来的是科幻小说，剩下的是反映当下。未来也是历史，科幻小说也是一种历史小说，只要我们不想写当下，尽可把目光向前后看，去看那个虚构的过去与未来。

我一直在端详历史时四面徘徊。历史是文献和实物的骸骨复原出的血肉。谁也没见过项羽刘邦，但我们为什么相信，真的存在过项羽刘邦？我的祖父生于宣统三年，他还是清朝人。我更相信他们那一辈的事，而对早先的历史更加怀疑。曾有一段时间，我在想"四书五经"为什么不能是明朝和清朝人替古人写的？两千年前看不见摸不着的智慧来自何方？我开始怀疑明清以前的历史，正如质疑一位汉朝人怎能有好几处存疑的陵墓。但更多时，我会畅想更遥远的大汉大唐，向往先秦。那个只能摸到一些青铜器的时代带来了更多想象的气息。进而，我怀疑历史的存在。我想说，历史是推论出来的、想象出来的、虚构出来的，反正它是活人写出来的。由此，我会相信胡同里街头巷尾口传心授的历史，那是活的。

历史是暗地里虚构，文学是公开虚构。大多数家庭没有意识来写家族史，那么每当谈及祖上的事，大都是闲聊时的只言片语，真实性与艺术性都在这期间交互流淌着。我们无法判断项羽是否自刎乌江，司马迁没见过，谁也没见过。纪录片通过剪辑能表达不同的意思，如何去相信不在同一时空的历史？而身为写作者想说的，是我在写，信不信不重要。这样的生活才更加有趣。

三

之所以写一个太监，是因为在我小时候那会儿北京还有太监。最后一位公公羽化于1996年。这引发我想起人与历史的关系。20世纪八九十年代，那些清末的王爷、国民党的将领、民国时的文人……历史的一线本人还都在世，现在仅能采访到他们的后辈了。而仅仅三十来年时间，他们几乎都故去了。人和历史的关系，有时那么近，有时又那么远。

小说中的这位太监并不是因走投无路而进宫，而是走错了路而进宫，他读过书，家境一度也还说得过去。当太监后，他仍旧想要达到读书齐家治国平天下的目的，又谈何容易。读书人祸乱的本身是朝堂，现在开始祸乱起后宫了，就像《还珠格格》里一个民间长大的格格进了宫一样。读书人被阉了，自然要想着找回来；或者说，读书人本身是假装被阉，他早晚有一天会登堂。结果是，不怕格格进宫，就怕读书人多嘴。

后宫本身是没有思想、只有规矩的地方，如今有个人有了主意。我曾想把这本书写成一个寓言故事，但寓言容易写得更乱。不论怎样，我最渴望写出的，不仅是《纽约客》那样精致的绣花，还有像《巴黎圣母院》那样大气磅礴，像《巨人传》《堂吉诃德》等小说雏形时的作品，粗犷而不羁，充满了种种狂欢。

《后宫还阳》是一次撒欢儿的写作，是乱写，也是敢写，敢于相信自己的语言，并敢于写细、写长。有时，我不会太较劲于某一句某一段的得失，而会在意整体阅读的感觉。我不喜欢写作的趋同性，写作绝不是填表，若趋同则毫无意义。我在尝试用部分北京话来写作，不介意所谓"狗血"的剧情。现在"狗血"的意思也在变化。以前戏台上"洒狗血"是彻底开搅胡闹的意思，现在好像更近似于雷人、惊人、重口味的意思了。我想我的小说还不够雷人、不够重口味。

我们对小说的分类一直有分歧，比如曾经以革命与否来做通俗和严肃（纯文学）之分，张恨水与老舍二位先生的小说难度都差不多，但张恨水被划为鸳鸯蝴蝶派，后者成为人民艺术家。其实张恨水先生除了言情武侠以外也写抗战，更有还珠楼主的小说写得半文半白，远比很多严肃文学更纯。后来，我们把小说分为类型与非类型，貌似类型小说家的短板在于写了一百本都是推理或言情，但这是人家的创作自由，不能判高下更不能说类型小说写得容易。更有一种说法，若金庸先生只写一部《鹿鼎记》，他一定是绝对的纯文学大师，写得多成了罪过。

在中世纪以前，人们对小说绝无通俗和严肃之分。有一系列作品，始终在通俗与严肃，类型与非类型之间骑墙。如大小仲马、《歌剧魅影》、《廊桥遗梦》、《荆棘鸟》、斯蒂芬·金、托尔金、毛姆、村上春树等，还有小时候读过的凡尔纳、福尔摩斯，我曾会为他们在文学史上的失踪而惋惜。他们也许死在文学史上，但活在读者心中；而更多的作品，则是活在文学史上，死在读者心中。

因此，我不考虑小说是通俗严肃、类型非类型，是好小说就行了。

一晃之间，《还阳》写完六年了，我的观念和文笔都在变化。作家双雪涛兄对我说过，不用悔其少作，这样能看到自己是怎么走过来的。这句话解放了我，使我敢于再版它，并继续撒欢儿般地写作。最后，特别感谢北京紫图图书有限公司的万夏、李媛媛等众位老师对本书再版的促成，更特别感谢小说家赵志明对我的帮助。

2016 年 8 月 25 日至 30 日

图书在版编目（CIP）数据

后宫还阳 / 侯磊著. —南昌 : 百花洲文艺出版社，
2016.12
ISBN 978-7-5500-2028-3

Ⅰ . ①后… Ⅱ . ①侯… Ⅲ . ①长篇小说 - 中国 - 当代
Ⅳ . ①I247.5

中国版本图书馆CIP数据核字（2016）第300243号

出 版 者　百花洲文艺出版社
社　　址　江西省南昌市红谷滩世贸路898号博能中心A座20楼
邮　　编　330038
电　　话　0791-86895108（发行热线）0791-86894790（编辑热线）
网　　址　http://www.bhzwy.com
E－mail　bhzwy0791@163.com

书　　名　后宫还阳
作　　者　侯　磊
出 版 人　姚雪雪
监　　制　黄　利　万　夏
丛书主编　郎世溟
责任编辑　臧利娟
特约编辑　赵志明　陈　思
装帧设计　紫图图书 ZITO®
经　　销　全国新华书店
印　　刷　北京嘉业印刷厂
开　　本　1/32　880mm×1270mm
印　　张　9
字　　数　160千字
版　　次　2017年1月第1版
印　　次　2017年1月第1次印刷
书　　号　978-7-5500-2028-3
定　　价　39.90元